DER FAKE-VERLOBTE DES MILLIARDENSCHWEREN COWGIRL

McCoy Milliardärsbrüder, Buch Sechs

HOPE MOORE

Der Fake-Verlobte Des Milliardenschweren Cowgirl

Sie ist ein milliardenschwerer Freigeist und er nur ein Kleinstadt-Sheriff. Seit Jahren tanzen sie umeinander herum, doch nun bittet sie um einen Gefallen…

Caroline McCoy ist nicht gerade glücklich über ihren Großvater und dessen Mission, sie und ihre Brüder zu verheiraten. Und besonders unglücklich ist sie, weil er sich in den Kopf gesetzt hat, dass Sheriff Jesse James der richtige Mann für sie ist. Die Funken werden fliegen und jeder sollte besser in Deckung gehen!

Zwei Milliardärsbrüder, die entschlossen sind, ihre Enkel zu verheiraten… einer von ihnen tut das sogar aus dem Grab heraus mit seinem letzten Willen… gelingt es dem anderen, das zu tun, bevor es zu spät ist?

KAPITEL EINS

Tänze wie dieser, dessen Erlös der ganz in der Nähe von Stonewall gelegenen Ranch für Jungen zugutekamen, gehörten zur Tradition kleiner Städte in ganz Texas. Freude und Aufregung erfüllten Caroline McCoy beim Anblick all der Menschen, die gekommen waren, um das wunderbare Projekt zu unterstützen, das ihr so sehr am Herzen lag.

Laute Musik erfüllte die Luft. Sie liebte, liebte, *liebte* Straßentänze.

Und wenn sie dann noch einem guten Zweck dienten wie dem, die Jungsranch am Stadtrand zu unterstützen, dann liebte sie sie sogar noch etwas mehr.

Was ihr gar nicht gefiel… war, mit Sheriff Jesse James zu tanzen.

Sie hätte es vorgezogen, mit einem Bären das Tanzbein zu schwingen. Doch als sie nun inmitten einer fröhlichen Menge im Two-Step über den Asphalt wirbelten, seine Arme um ihren Körper gelegt, da stieg ihr sein frischer Duft in die Nase. Sie nahm sein würziges Aftershave wahr, nichts allzu Teures und dennoch ein Geruch, der äußerst wirkungsvoll war und irgendwie gefährlich an ihm, sodass sie gegen den Drang ankämpfen musste, ihre Nase an seinem Hals zu vergraben und tief einzuatmen. Sie zitterte sehnsüchtig, eine Empfindung, die sie nicht verspüren *wollte*. Er veränderte die Lage seiner Finger auf ihrem unteren Rücken und zog sie näher zu sich, sodass sie sich im Einklang bewegten. Hitze durchströmte sie wie ein heißer Luftstoß an einem windigen Tag.

Sie begegnete seinem durchdringenden Blick. „Zieh mich nicht so eng an dich. Die ganze Stadt beobachtet uns."

„Und das soll etwas Neues sein, Erbin? Sie werden so oder so über uns reden." Er zog sie noch einen Hauch näher.

Er genoss das alles viel zu sehr. Er wusste genau, wie er auf sie wirkte und obwohl sie dagegen ankämpfte, raste ihr Puls wie der eines Läufers, der vorwärts schnellt. Sie versuchte, das zu unterbinden – es war ja schließlich nicht so, als hätte sie nicht schon früher mit ihm getanzt. Aber im letzten Jahr hatte sich ihre Beziehung der gegenseitigen Anziehung und Abstoßung zugespitzt und ihm so nahe zu sein, tat ihr ganz einfach nicht gut.

Sie ermahnte sich selbst, sich gefälligst zusammenzureißen und zu ignorieren, dass diese

Schokoladenaugen ihre Knie zum Wackeln brachten. Vergeblich.

„Wie geht's deiner Freundin?", fragte sie herausfordernd. Die Frage war als Erinnerung an sie selbst gedacht, daran, dass dieser Cowboy zwar wie verrückt mit ihr flirtete, dies aber alles war, was jemals zwischen ihnen geschehen würde. Er interessierte sich für alles und jeden und erst vor Kurzem hatte sie ihn in Fredericksburg gesehen, als er gerade Kleidung für ein kleines Mädchen gekauft hatte, bevor er mit einer Frau, die sie nicht kannte, davongegangen war. Nein, Jesse hatte keinen Mangel an Freundinnen. Der Mann des Gesetzes sah gut aus, war selbstbewusst und zog Frauen an wie Fliegen. Sie ärgerte sich darüber, dass sie unversehens zu dieser Gruppe gehören würde, wenn sie in ihrer Wachsamkeit nachließe. Sie war nicht gern ein Lemming.

Er senkte sein Kinn und grinste. „Eifersüchtig, Erbin?"

„Ha, wegen dir wäre ich auf niemanden eifersüchtig."

Er lachte und zog sie noch näher zu sich heran, so weit, dass sie sich an seine Brust gedrückt wiederfand. „Ich glaube dir nicht Und um deine Frage zu beantworten, ich habe keine Freundin. Es hat nicht funktioniert."

Ihr Herz frohlockte, als sie hörte, dass die Frau, mit der sie ihn vor Kurzem in Fredericksburg gesehen hatte, nicht seine Freundin war. Ein Kribbeln durchfuhr sie bei der Erinnerung daran, wie sie die beiden Hand in Hand die Straße hatte entlanggehen sehen. „Nun, ihr zwei habt auf jeden Fall einen recht vertrauten Eindruck erweckt."

„Ich habe nicht behauptet, dass wir keine Freunde sind. Aber wir haben uns darauf verständigt, dass wir es dabei belassen, so ist es am besten. Es besteht also kein Grund zur Eifersucht."

„Ich bin nicht eifersüchtig." Absichtlich trat sie ihm auf den Fußrücken.

Er verzog das Gesicht, grinste aber gleich darauf. „Ich denke doch."

Schmetterlinge begannen wie verrückt in ihrem Unterleib umherzuschwirren. *Mochten ihre elenden Flügel verkleben.* „Warum denkst du eigentlich immerzu, dass ich mich auch nur im Geringsten zu dir hingezogen fühle, Sheriff?"

„Weil es wahr ist. Sieh mal, ich kann es nicht ändern. Auch ich fühle mich zu dir hingezogen. Doch das bedeutet nicht, dass ich irgendetwas tun werde außer diesen Tanz mit dir zu genießen. Und den braven Einwohnern von Stonewall etwas Gesprächsstoff zu bieten."

Er wirbelte sie in einem schwindelerregenden Bogen herum und beugte sie dann nach hinten herab. Er zwinkerte ihr zu, als sie aus der horizontalen Position, in der sie sich mit einem Mal befand, zu ihm aufblickte.

Dieser Mann war unverbesserlich. Sie lachte und kämpfte gegen die Schmetterlinge an. „Oh ja, tratschen werden sie, daran besteht kein Zweifel. So, tanzen wir jetzt weiter und fordern uns gegenseitig heraus oder können wir über Geschäftliches sprechen?"

Er zog sie zurück in eine stehende Position; seine große Hand lag noch immer auf ihrem unteren Rücken und sie spürte, wie ihr ein jeder seiner Finger einen Abdruck in die Haut zu brennen schien.

Es war nur eine verfluchte Berührung.

„Nun, Erbin. Es geht um Folgendes – die Ranch steckt in Schwierigkeiten, ich weiß nur noch nicht genau, was los ist."

„Was brauchen sie? Du weißt, ich werde mich darum kümmern oder die benötige Summe auftreiben."

„Ich weiß. Ohne deine Hilfe und das Geld, das du ihnen immer wieder hast zukommen lassen, hätten sie sich niemals so lange halten können. Die beiden reden schon seit zwei Jahren davon, in Rente zu gehen, aber ich habe das Gefühl, dass sie es nun wirklich tun werden. Sie werden älter und es ist keine leichte Aufgabe, sich um all die Jungen zu kümmern. Es ist an der Zeit, dass jemand anders übernimmt. Sie haben uns Jungen, die dort gelebt haben, immer geliebt. Sie haben es sich verdient, etwas kürzer zu treten. Sie haben da diese Meute Jungen, die sie lieben und für die sie nur das Beste wollen. Aber sie können nicht mehr dasselbe leisten wie früher, deswegen bestärke ich sie darin, das Projekt jemand anderem zu übergeben.“

Was er sagte, entsprach der Wahrheit. Das war einer der Gründe, warum sie sich zu diesem lästigen Mann hingezogen fühlte. Er mochte großspurig sein und gut in seinem Job, aber er hatte ein Herz von der Größe Texas‘. Er war auf eben jener Jungsranch aufgewachsen, nachdem er als Kind im Stich gelassen worden war und liebte Gladys und Mike sehr.

„Ich stimme dir in allen Punkten zu.“ Sie erkannte Besorgnis in seinen Augen und ihr Herz schmerzte, weil sie wusste, dass er sich Sorgen um die beiden machte. „Sie sind beide schon in den Achtzigern, oder? Es wird sicher hart für sie, ihrer Lebensaufgabe den Rücken zu kehren.“

„Ja, das wird es.“ Er seufzte und für einen dieser seltenen Momente ließ er in seiner Wachsamkeit nach und erlaubte ihr einen Blick auf die Besorgnis, die ihn erfüllte.

„Was glaubst du, wie viele haben sie im Laufe der Jahre aufgenommen?“

„Ich schätze, dass es in vierzig Jahren und mit jeweils sechs bis acht Jungen, die dort jeweils gleichzeitig unterkamen, um die hundert gewesen sein müssen, die dort ein Zuhause fanden. Solange ich dort lebte, waren immer alle Plätze belegt, wie du weißt. Manche Jungen waren schon älter, als sie kamen und andere waren noch jung, so wie ich und blieben, bis sie zu alt für das System waren."

Sie bewegten sich langsam, ohne die Musik und die Menschen um sie herum zu bemerken, ganz in ihre Unterhaltung vertieft. Dies war wichtig und für den Moment hatten sie ihr Tauziehen der Anziehung, das sie stets führten, beiseitegeschoben, denn diese Sache war größer als sie beide.

„Wer wird die Verantwortung für die Ranch übernehmen?" Sie spürte, wie seine Hand über ihren Rücken glitt und dass ihr Magen einen Satz machte und bemerkte, dass sie noch immer in der Umarmung des Two-Step verharrten.

Sein Blick bohrte sich in ihren. „Meine Zeit als Gesetzeshüter neigt sich dem Ende zu. Ich könnte erneut kandidieren, denke aber darüber nach, es nicht zu tun und stattdessen ihre Arbeit fortzuführen. Ich habe ein paar Deputys, die ohne Weiteres meinen Platz einnehmen könnten und gut für das County wären."

Bestürzt sah sie ihn an. „Jesse, du bist durch und durch Sheriff. Bist du sicher, dass du das könntest?"

„Ja, wenn ich einen guten Grund dafür habe. Und von diesem abgesehen, fällt mir nur ein anderer Beweggrund ein, aus dem ich die Stelle aufgeben würde."

Ihr Herz schlug heftig, als er sie unverwandt ansah. „Und was wäre dieser andere Grund?" Eine gefährliche Frage.

„Wenn ich eine Frau treffen würde, die ich heiraten wollte und die es nicht gern sähe, dass ich als Sheriff arbeite, dann wäre das ein guter Grund, es aufzugeben und mir etwas anderes zu suchen. Ich spare schon seit einer Weile auf eine eigene Ranch."

Der Gedanke daran, dass er jemanden heiraten könnte, ließ ihr Herz stets auf eine Art und Weise schmerzen, wie das nichts anderes vermochte. Es gefiel ihr, dass er seine Ehe an erste Stelle setzen würde, seiner Frau den Vorzug vor seiner Karriere geben würde. Sie verbannte den Gedanken aus ihrem Kopf. „Nun, das finde ich äußerst lobenswert. Dann musst du wohl nur noch eine Frau finden, die gern die Mutter einer ganzen Horde Jungs jeden Alters sein will, schätze ich."

Seine Augen verengten sich und sie wusste nicht, ob ihm das bewusst war, aber mit einem Mal sah er äußerst sinnlich aus, verführerisch geradezu und unerträglich herzzerreißend. Sie geriet aus dem Takt und trat ihm versehentlich auf den Fuß.

„Tut mir leid. Ich wollte dir nicht mit meinem hochhackigen Stiefel auf den Fuß stampfen."

Er verzog leicht das Gesicht. „Kein Problem. Zum Glück sind meine Rohleder-Stiefel dick genug."

„Das ist gut. Wenn ich also noch einmal versehentlich auf sie treten sollte, würde dir das nichts ausmachen?"

Er lachte. „Nun, ich würde nicht so weit gehen, das zu sagen. Und um die Frage zu beantworten, die du gestellt hast, bevor du mir auf den Fuß getreten bist – ich habe nicht vor, mich in die Ehe zu stürzen. Ich schaffe das auch als Single. Ich werde mit Mike und Gladys reden müssen um zu sehen, wie der aktuelle Stand ist. Morgen werden sie mir sicherlich sagen, was ich wissen muss, ich werde zu ihnen fahren. Bitte behalte das vorerst für dich. Genau genommen bist du die erste Person, der ich davon erzähle."

Freude erfüllte sie, so als wäre sie ein Glas, das mit frischem, sprudelndem Wasser befüllt würde. Sie lächelte ihn an und seine Augen erwärmten sich.

Aus den Augenwinkeln nahm sie Bewegungen war und blickte sich um. Erst in diesem Moment fiel ihr auf, dass die Musik verstummt war und die Leute die Tanzfläche verließen, während sie und Jesse immer noch tanzten. Man beobachtete sie.

Sie schloss die Augen. „Hm, man beobachtet uns und wir tanzen, obwohl die Musik bereits zu Ende ist. Damit haben wir wohl getan, was du wolltest und ihnen etwas zum Reden gegeben."

Ein träges Lächeln breitete sich auf seinem Gesicht aus. „Mir war bewusst, dass die Musik verstummt ist, aber ich nahm an, dass du weggehen würdest, sobald du es bemerkst und wir befanden uns inmitten unserer Unterhaltung. Für eine Erbin, die es gewohnt ist, an all diesen Veranstaltungen im ganzen Land teilzunehmen, bei denen Abendgarderobe Pflicht ist, tanzt du erstaunlich gut."

Es ärgerte sie in höchstem Maße, wie dieser Mann immer wieder auf ihr Geld zu sprechen kam. „Deswegen sorgst du dafür, dass ich auffalle?"

Er grinste und beugte sich vor, sein warmer Atem strich sanft über ihr Ohr. „Du hast nicht bemerkt, dass die Musik bereits verstummt war."

Sie zitterte und ihr Ohr kribbelte. Sie drehte ihren Kopf leicht und starrte ihn an, seine dunklen eindringlichen Augen bohrten sich in ihre. „Ich werde es noch bereuen, mit dir getanzt zu haben. Vor allem, weil mein Großvater uns beobachtet, er hat ein Auge auf dich geworfen, Jesse James, und ich werde wahrscheinlich darunter leiden müssen."

Die Musik setzte erneut ein, ein wenig schneller als zuvor, aber nicht viel. Sie könnten einen weiteren Two-Step tanzen, nur etwas rascher als zuvor. Unverzüglich begann er, sich wieder zu bewegen.

Sie stolperte. „Hey, eine kurze Warnung wäre nicht schlecht gewesen, oder?"

„Wie meinst du das, er hat ein Auge auf mich geworfen?" Seine Stimme klang so unbeweglich wie sein Kiefer aussah.

Er war nicht glücklich.

* * *

Jesse bemühte sich um einen neutralen Gesichtsausdruck, als er Carolines Worte vernahm. Er studierte ihre schönen Gesichtszüge und bemerkte, wie sehr es ihm gefiel, sie in seinen Armen zu halten. Der Tanz diente nur als Vorwand, sie für kurze Zeit festhalten zu können, während sie über die Jungsranch sprachen.

Davon abgesehen gab es keinen Grund, einander so nahe zu kommen und das wusste er, aber manchmal gerieten die Dinge in seinem Kopf ganz fürchterlich durcheinander und er tat törichte Sachen, so wie die, darauf zu bestehen, dass sie mit ihm tanzte. Sie war die Erbin eines Milliardenvermögens und hatte sich auch selbst einen Namen gemacht. Ja, sie war nicht nur Erbin von wer weiß wie viel Geld – Milliarden wie er annahm – sie war auch eine intelligente, talentierte Frau. Sie schuf wunderschöne Kunstwerke und hatte ein gutes Herz, das mit einer losen Zunge einherging. Und sie waren schon seit langer Zeit miteinander befreundet.

Freunde, die einen Balanceakt vollführten, denn sie wussten beide, dass sie sich zueinander hingezogen fühlten. Aber ein Kleinstadt-Sheriff und die Erbin eines Milliardenvermögens passsten einfach nicht zueinander. Er hatte eine Mauer zwischen ihnen errichtet und nun führten sie diesen beständigen Wettstreit miteinander, der zu einem großen Teil darauf beruhte, die unbestreitbare Anziehung zwischen ihnen zu leugnen.

Sie würden nicht miteinander auskommen, auch ohne dieses ewige Tauziehen. Zumindest redete er sich das für gewöhnlich ein. Doch nun war er zutiefst beunruhigt wegen dem, was sie gesagt hatte.

Als sie nicht antwortete, kniff er die Augen zusammen. „Warum beobachtet er mich?" Sein Blick fiel auf ihre zusammengepressten Lippen und er versuchte erneut, das verrückte Verlangen und den Gedanken zu unterdrücken, dass sie ihn heiraten möge. Dass er ihre Lippen gern erneut küssen würde… es war gefährlich, darüber nachzudenken.

Er konnte ihr *nichts* bieten – selbst wenn sie miteinander auskommen würden.

Sie kniff die Augen zusammen, was ihr ein verführerisches Aussehen verlieh. Etwas, das er nicht noch zusätzlich brauchte. Unwillkürlich fuhr er mit seiner Hand über ihren unteren Rücken, strich darüber wie in einer Liebkosung… so als würde er sie hauchzart an seinem Körper formen. Er sagte sich selbst, dass er aufhören sollte, aber manchmal reagierte ein Mann einfach. Er wehrte sich gegen die Notwendigkeit, sie noch näher an sich zu ziehen. „Warum?", fragte er noch einmal.

Sie seufzte. „Dein Name fiel während des letzten Familientreffens, das Großvater anberaumt hatte. Er hat dich und mich erwähnt und ich befürchte, dass die Gefahr besteht, dass er sich Gedanken über uns beide macht."

Seine Stiefel gruben sich in den Bürgersteig. „Du meinst, er droht dir mit mir?"

„Meist kommt es zu einem Feuerwerk, wenn du

und ich aufeinandertreffen. Die Leute denken, dass wir uns zueinander hingezogen fühlen, wenn sie uns zusammen sehen, so wie heute Abend. Und du befeuerst das Gerede noch damit, dass du mich andauernd anhältst.“

„Ich bin der Sheriff und du verstößt ständig gegen das Gesetz. Das ist alles. Und das weißt du.“

„Nein, weiß ich nicht. Du winkst mich raus, auch wenn ich nur einen Kilometer pro Stunde zu schnell unterwegs bin, nur um mich zu piesacken.“

Gereizt sah er sie an. „Du überschreitest das Tempolimit, nur um mich herauszufordern. Du weißt, an welcher Stelle ich für gewöhnlich mit meinem SUV stehe und außerdem bist du ohnehin ständig zu schnell. Das werde ich nicht einfach so ignorieren, weißt du.“

„Und warum nicht?“

„Weil es sich herumsprechen würde, dass ich dir besondere Privilegien einräume und dann würde ich mit all den braven Einwohnern von Stonewall Schwierigkeiten bekommen. Es wäre schlecht, wenn sich herumspräche, dass du besondere Privilegien erhältst.“

Finster starrte sie ihn an. „Erzähl mir nicht, dass du für andere Leute nicht auch hin und wieder mal eine Ausnahme machst.“

„So kommen wir nicht weiter. Ich mache meinen Job und du verstößt gegen das Gesetz. Wir werden es dabei belassen müssen. Warum denkt dein Großvater, dass das ein guter Grund wäre, zu heiraten? Und wie in Dreiteufelsnamen kommt er auf die Idee, dass ihn das etwas angeht? Er kann mich nicht zwingen."

Verärgerung durchströmte ihn. Wie kam ihr Großvater auf den Gedanken, etwas Derartiges tun zu können? Er gehörte niemandem. Er war aufgrund seines Rufs und harter Arbeit Sheriff dieser Stadt geworden. Er war stolz darauf, ein Mann zu sein, zu dem die Leute aufschauten. Niemand hatte ihn in der Hand oder manipulierte ihn. Und daran würde auch niemand etwas ändern. Auch nicht Milliardär Talbert McCoy und diese wunderschöne Frau, von der er wusste, dass er sie niemals heiraten würde.

„Ich weiß nicht, wie der Verstand meines Großvaters funktioniert. Oder der von Onkel J.D. Ich bin noch nicht bereit zu heiraten und habe ihm das auch gesagt. Aber egal, mach dir keine Sorgen. Ich werde nicht tun, worum er mich gebeten hat. Ich kann es alleine schaffen und das werde ich. Er hat nichts gegen mich in der Hand."

„Nun, das ist gut, denn ich hasse es, dir das sagen zu müssen, Süße… wir kennen uns zwar schon lange, aber ich würde dich nicht für Geld heiraten."

„Wer sagt, dass ich dich überhaupt heiraten will? Können wir jetzt wieder über die Jungsranch sprechen?" Feuer blitzte in ihren Augen.

„Eigentlich ist das Lied gerade zu Ende gegangen. Ich habe dich nur vorwarnen wollen, dass sich in Bezug auf die Ranch einiges ändern wird." Er zwang sich dazu, sie loszulassen. Seine Arme fühlten sich leer an, als sie sich von ihr lösten und er einen Schritt zurücktrat.

Sie sah seltsam erleichtert aus. „Danke, dass du mich informiert hast. Nun, ich denke, du solltest gründlich darüber nachdenken, bevor du eine womöglich verrückte Entscheidung triffst. Denn, ganz ehrlich Jesse, das ist eine Verpflichtung auf Lebenszeit. Ich wüsste nicht, dass du dich einfach umdrehen und es wieder aufgeben könntest, wenn du einmal damit begonnen hättest. Sieh dir nur Gladys und Mike an. Vierzig Jahre voller nicht enden wollender Hindernisse, die es zu überwinden galt. Sie haben die halbe Zeit gegen das System und immer für das Glück all dieser bedürftigen Jungen gekämpft und stets alles gegeben, um ihnen zu helfen, bis zur Erschöpfung. Bist du sicher, dass du das kannst? Vollzeit?"

Ihre Worte trafen ihn. Er riss sich den Hut vom Kopf und schlug ihn gegen seinen Oberschenkel. „Ich werde tun, was ich tun muss, um die Ranch zu retten. Sie war einmal alles, was ich hatte. Für viele der Jungs, die dort leben, ist sie das immer noch. Ich kann nicht mitansehen, wie sie verschwindet."

Damit drehte er sich um und ging über die Straße auf seinen Truck zu. Er musste nachdenken.

Sie hatte recht. Wenn es das alles von ihm forderte, könnte diese Entscheidung sein Leben für immer verändern.

Ihm war klar, dass es recht wahrscheinlich war, dass die Verpflichtung zu etwas so Großem, etwas, das seine ganze Aufmerksamkeit derart in Anspruch nehmen würde, seiner momentanen Situation als Single nicht unbedingt zuträglich wäre. Er würde womöglich niemals eine Frau finden, die gewillt war, ihn zu heiraten, wenn sie erst von seiner Verantwortung erfuhr.

Das Problem war nur, dass ihm das nichts ausmachte.

KAPITEL ZWEI

Am nächsten Morgen parkte Jesse seinen Truck vor dem großen, zweistöckigen Haus, in dem er aufgewachsen war. Dank der Spenden von Leuten wie Caroline und ihrer Familie und Männern wie ihm, die hier aufgewachsen waren, befand es sich in einem guten Zustand. Einmal im Jahr spendeten sie Geld an die Ranch, so hatten sie die Möglichkeit, einen Teil dessen zurückzugeben, was ihnen das Leben hier ermöglicht hatte. Aus diesem Grund war Geld nie ein Problem gewesen: die Leute glaubten an das, wofür die Ranch stand und unterstützten sie gern.

Er ging auf das Haus zu und nahm die vier Stufen der Treppe, die zur umlaufenden Veranda des weitläufigen Ranchhauses führte, mit zwei Schritten. Er klopfte an die Tür und wartete.

Er liebte dieses Haus und zählte alle, die hier lebten, zu seiner Familie und empfand einen starken Beschützerinstinkt ihnen gegenüber. Für seine leiblichen Eltern war er nicht gut genug gewesen – sie hatten ihn sich selbst überlassen, als er noch ein kleiner Junge gewesen war. Sie hatten ihn mutterseelenallein, hungrig und weinend an einer Bushaltestelle zurückgelassen. Er schloss die Augen und es gelang ihm, die Gedanken an seine Vergangenheit auszublenden. Er hielt sich nicht gern mit der Vergangenheit auf, das änderte ohnehin nichts. Hier auf der Ranch, umgeben von der liebevollen Fürsorge von Mike und Gladys, die ihn gerettet hatten, hatte er gelernt, dass er stattdessen mit den Entscheidungen, die er traf, Einfluss auf die Zukunft seines Lebens nehmen konnte. Für diese weisen Worte und ihre Liebe schuldete er ihnen alles. Und das schloss mit ein, die Ranch weiterzuführen, wenn es für die beiden an der Zeit war, kürzer zu treten.

Die Tür öffnete sich und Gladys, süß und klein wie eh und je, musterte ihn mit keckem Blick, ihre lockigen, grauen Haare umspielten ihren Kopf und sie bedachte ihn mit einem breiten Lächeln. Sie steckte stets voller Energie, doch in letzter Zeit war ihm aufgefallen, dass sie kraftloser war als früher und das nagte an ihm.

Ihr Lächeln war riesig. „Junge, Junge, was tust du? Ich habe dir doch gesagt, dass du einfach reinkommen sollst. Jetzt musste ich extra wegen dir aus der Küche zur Haustür kommen. Wenn du schon nicht ins Haus kommen willst, dann komm wenigstens zur Küche, wo du hingehörst. Du weißt schließlich, wo sich die Hintertür befindet."

Er lachte. „Das weiß ich. Ich hätte hintenrum fahren sollen. Ich weiß nicht, was ich mir dabei gedacht habe. Ich glaube, ich muss dir eine große Kelle besorgen oder etwas in der Art. Kannst du dich noch an den großen alten Löffel erinnern, mit dem du mir früher immer gedroht hast?"

Sie umarmte ihn und klopfte ihm auf den Rücken. „Selbst wenn ich den Löffel benutzt hätte, bei deinem dicken Fell hätte das auch nichts gebracht."

„Ja, da hast du wohl recht."

„Ha. Komm rein. Ich habe einen Kaffeekuchen gebacken, nur für dich, weil ich wusste, dass du kommst – habe nur nicht erwartet, dass du dann vor der Haustür stehst."

Er nahm seinen Hut ab und folgte ihr ins Haus, schritt über den Hartholzboden in die große Küche im hinteren Teil. Der verführerische Duft von Zimt und Vanille, Zutaten ihres Kaffeekuchens, lag in der Luft. Sein Magen knurrte. Er war froh, dass die Jungs in der Schule waren, ansonsten wäre kein Krümel für ihn übriggeblieben, was diesen Zeitpunkt perfekt machte für ein Frühstückstreffen. Und ihm die Gelegenheit bot, sich über ein großartiges Stück hausgemachten Kuchen herzumachen.

Gerade als sie die Küche betraten, kam Mike durch die Hintertür herein. Er hängte seinen Hut an das dafür vorgesehene Brett und Jesse hängte seinen neben Mikes. Einen Moment lang starrte er die beiden Hüte an und ein unscheinbares, nostalgisches Lächeln umspielte seine Lippen. Mike hatte ihm einen kleinen Cowboyhut geschenkt, als er auf die Ranch gekommen war. Er war winzig gewesen und dennoch zu groß für seinen Kopf. Irgendwann war er hinein- und später herausgewachsen. Heute trugen sie die gleiche Größe. Aber so wie er niemals völlig Mikes Stelle würde ausfüllen können, so würde ihm auch dessen Hut niemals zu einhundert Prozent passen. Mike McNealy war großer Mann.

Mike legte eine Hand auf seine Schulter und drückte sie. „Schön dich zu sehen, mein Sohn."

Selbst mit Ende Siebzig oder Anfang Achtzig – Jesse konnte sich nicht an Mikes genaues Alter erinnern – war Mike immer noch ein starker, gesunder Kerl mit einem großen Herzen. Er war ein guter Mann, der verlorene Jungs zu Männern heranzog.

„Hattest du gestern Abend Spaß beim Street Dance?" Er lächelte und ging zum Küchentisch.

Jesse folgte ihm. „Das macht immer viel Spaß. Tolles Publikum. Wo wart ihr? Da es um die Ranch ging, hätte ich erwartet, euch dort zu sehen."

Mikes Blick wanderte zu Gladys und dann wieder zurück. „Wir sind daheim geblieben. Du weißt schon, wir mussten die Jungs im Auge behalten. Aber wir schätzen sehr, was ein jeder für die Ranch getan hat. Ich habe noch nicht erfahren, wie viel zusammengekommen ist, aber wie du weißt, sind wir jedes Mal erstaunt und voller Demut in Anbetracht der Großzügigkeit aller. Ich habe gehört, dass du mehrere Tänze mit Caroline getanzt hast und dann früh gegangen bist."

Mike ansehend zog er die Brauen zusammen. „Und woher weißt du das?"

Der Buschfunk von Stonewall war nicht zu unterschätzen, aber er hatte so ein Gefühl, dass er wusste, wer sie in Kenntnis gesetzt hatte. Er richtete einen wissenden Blick auf Gladys.

Sie winkte ab. „Nun hör aber auf. Penny hat angerufen."

Mike grinste. „Du weißt doch, dass sie Gladys stets anruft und ihr alles berichtet, insbesondere, wenn es mit dir oder einem der anderen Jungen zu tun hat."

„Ja, das weiß ich. Ich dachte nur, ich frage besser mal nach und stelle sicher, dass es nicht schon wieder neue Klatsch- und Tratsch-Kanäle gibt, von denen ich noch nichts weiß."

Mike verdrehte die Augen. „Am besten, du fragst nicht weiter nach. Manchmal habe ich das Gefühl, hier in meiner Küche befindet sich die Schaltzentrale der örtlichen Gerüchteküche. Manchmal klingt Gladys ganz allein wie eine versammelte Hühnerschar, wenn sie telefoniert. Ich schwöre, manchmal denke ich, dass sie mehrere Telefone an jedem Ohr hat."

Jesse setzte sich an den Tresen, legte die Hände übereinander und spürte, wie heimisch er sich fühlte angesichts der Neckereien zwischen Gladys und Mike.

Gladys musterte ihn von der anderen Seite des Raumes, während sie Kaffee in Tassen goss. Sie erhob eines der noch leeren Gefäße. „Pass auf, was du sagst, Mike, oder du bekommst keinen Kaffee. Und Kaffeekuchen erst recht nicht. Den brauchst du ohnehin nicht."

Mike klopfte sich auf den flachen Bauch. „Ich würde es begrüßen, wenn er etwas wächst. In meinem Alter habe ich es verdient, einen Bauch zu haben. Aber wenn man so lange, wie ich das schon tue, mit einer Meute Jungs Schritt halten muss und eine Ranch leitet, dann bekommt der Bauch keine Gelegenheit zum Wachsen. Daran ändern auch deine großartigen Kochkünste nichts."

Das stimmte. Es ließ sich nur schwerlich ein gesünderer Mann in Mikes Alter finden. Das behielte Jesse besser im Hinterkopf, da er sich selbst ebenfalls darum bemühte, gesund zu bleiben.

Gladys stellte eine Kaffeetasse vor ihn auf den Tisch, dann eine vor Mike und küsste ihn auf die Schläfe. „Ich mag deinen flachen Bauch. Aber ich würde dich auch lieben, wenn es anders wäre."

„Du bist die Frau meines Herzens, Gladys McNealy."

„Richtige Antwort." Sie kicherte und blickte dann Jesse an. „Jesse James, du solltest einer guten Frau einen Ring an den Finger stecken und dasselbe haben wie Mike und ich... du weißt, dass du das willst."

„Gladys, fang nicht schon wieder damit an. Du weißt, dass ich nicht der Typ zum Heiraten bin."

Mike verzog das Gesicht. „Sag doch sowas nicht – du weißt genau, was du damit auslöst."

Sie neigte dazu, ihm gehörig die Leviten zu lesen, wenn er solche Dinge von sich gab. Sie wollte, dass ihre Jungen heirateten, und zwar schnell. Sie wollte Enkelkinder. Sie hatte keine eigenen Kinder, betrachtete aber jeden der Jungen, der auf der Ranch gelebt hatte, als ihr Kind und deren Kinder als ihre Enkelkinder und sie liebten das. Er wusste nur nicht so recht, ob er ihr auch Enkelkinder schenken würde. Er sah keine Möglichkeit, ihr diesen Wunsch zu erfüllen.

Sie stellte den Kuchen vor ihn hin und stemmte dann die Hände in die Hüften. „Caroline wird von Tag zu Tag schöner."

Er runzelte die Stirn. „Gladys, fang nicht mit Caroline an. Da ist nichts. Ich weiß, jeder denkt, da ist etwas zwischen uns, aber das ist es nicht. Wir würden einander die Augen auskratzen. Ihr alle denkt, dass zwischen uns die Funken fliegen, aber dem ist nicht so." Die Notlüge war ihm unangenehm, aber er wusste nicht, was er stattdessen hätte sagen sollen – wusste es nie.

Gladys setzte sich auf ihren Stuhl, nahm ein Messer zur Hand und schnitt den Kuchen. Sie legte drei Stücke auf Teller und reichte diese herum. Schließlich sprach sie erneut. „Du weißt, dass ich dich liebe, Jesse James. Du weißt, dass ich weiß, wenn du flunkerst. Ich werde es dir diesmal durchgehen lassen, weil ich weiß, dass das ein Krieg ist, den du gegen dich selbst führst. Ich bin mir nur nicht sicher, wie du das hinter dir lassen kannst."

Und da war es wieder: Gladys glaubte, dass er nicht die Wahrheit darüber sagte, was er für Caroline empfand und er würde niemals zugeben, dass sie recht hatte. „Wie lecker." Er stopfte sich ein Stück Kuchen in den Mund und sagte, wie lecker er sei, bevor er überhaupt einen Bissen zu sich genommen hatte, weil er wusste, dass er genau das sein würde.

Sie kicherte. „Irgendwann backe ich mal einen schrecklichen Kuchen, sodass du ihn wieder ausspuckst, weil er so grässlich schmeckt, aber vorher wirst du schon gesagt haben, dass er lecker ist, weil du das immer tust, bevor du dir den ersten Bissen in den Mund steckst."

Er grinste, während er kaute. „Das wäre lustig. Aber ich glaube nicht, dass du einen schlechten Kuchen backen könntest, selbst wenn du es versuchen würdest – das würdest du dir niemals erlauben."

Sie seufzte. „Da hast du wahrscheinlich recht."

Mike hatte seine Gabel noch nicht zur Hand genommen. Stattdessen griff er nun nach seiner Kaffeetasse. Sein Blick war ernst, als er Jesse beim Trinken über den Rand seiner Tasse hinweg ansah. Jesse beobachtete, wie er das Gefäß abstellte und wusste, dass er endlich hören würde, was seinem Mentor auf dem Herzen lag.

„Also gut, lasst uns offen reden", sagte Mike.

„Gern."

„So sehr uns das missfällt, müssen wir… ich meine, sind wir bereit, in Rente zu gehen."

Mit einem Mal sah Gladys unruhig aus und ihr Gesicht wurde blass.

Er legte seine Gabel nieder. „Das freut mich für euch. Ihr zwei habt es euch verdient. Und ich werde zur Stelle sein, um euren Platz einzunehmen, sobald ihr mir Bescheid gebt. Wir müssen uns nur noch um den Papierkram kümmern." Er war erleichtert, dass sie sich endlich zu diesem Schritt entschlossen hatten. Seit zwei Jahren war er auf der Stelle getreten und hatte darauf gewartet, dass sie sich entschieden. Er hatte befürchtet, etwas anderes sei nicht in Ordnung, daher bedeuteten ihre Worte Erleichterung. „Wann ist es soweit? Ich werde alles vorbereiten. Ich habe dieses Projekt immer geliebt. Seine Mission."

Mike verschränkte die Hände ineinander und

richtete ernsthafte graue Augen auf ihn. „Wir verstehen das und wissen es zu schätzen. Und wir möchten, dass du es fortführst, weil wir glauben, dass du der richtige Mann für diesen Job bist. *Und* die Jungs lieben dich. Sie respektieren dich und wir glauben, dass du der perfekte Kandidat bist, um das weiterzuführen, was wir hier geschaffen haben, dieses wundervolle und erstaunliche Projekt, unser Vermächtnis. Aber…" Er räusperte sich und Jesses Magen zog sich zusammen. „Es gibt da eine Bestimmung, die wir dir gegenüber nie erwähnt haben, da wir dachten, dass sie zu gegebener Zeit nicht mehr relevant wäre. Aber obwohl wir zwei Jahre darauf gewartet haben, hast du nicht…"

„Habe ich was nicht?"

„Geheiratet." Mike blickte ihn bedächtig an. „Um dieses Projekt fortzuführen, muss man verheiratet sein."

Gladys Haut hatte sich gerötet und sie starrte in ihren Kaffee.

Jesse wurde heiß, als Mikes Worte zu ihm durchdrangen. „Ich muss *verheiratet* sein? Warum habt ihr mir das nicht gesagt?" Beide starrten ihn entschuldigend an. „Wie ihr deutlich erkennen könnt, bin ich nicht verheiratet. Und was meint ihr damit – ihr habt gewartet?" Für gewöhnlich brachte ihn nichts so schnell aus der Ruhe, aber jetzt spürte er, wie sich sein Puls beschleunigte. Das hier war wichtig und doch hatten sie es in den letzten zwei Jahren, in denen sie wieder und wieder darüber gesprochen hatten, nicht für nötig gehalten, es ihm gegenüber zu erwähnen, nicht bis zur allerletzten Minute?

„Jesse." Gladys streckte ihre Hand aus, um seinen Arm zu tätscheln und den Kaffeekuchen noch ein wenig näher zu ihm zu schieben. „Wir dachten, dass du eine dieser jungen Damen besonders nett finden und dich niederlassen und heiraten würdest. Und dann würden wir eine Entscheidung treffen. Aber das hast du nicht." Sie seufzte. „Daher müssen wir dir nun folgendes sagen: Wenn du dieses Projekt übernehmen willst, der Mentor all dieser Jungen, die dich wirklich brauchen, werden möchtest... dann, Jesse James, musst du heiraten. Mehr ist dem nicht hinzuzufügen. Irgendwie muss es dir gelingen, in den nächsten zwei Monaten..."

„Wie meint ihr das – zwei Monate?" Er starrte von einem zum anderen. „Jetzt gibt es auch noch eine Frist für meine Heirat." Er kniff die Augen zusammen. Irgendetwas stimmte hier nicht. „Ist da noch etwas, von dem ich nichts weiß? Ich bin ernsthaft verwirrt. Raus mit der Sprache. Ich brauche klare Antworten. Was ist los?"

Mike legte die Hände übereinander. „Ich habe gesundheitliche Probleme. Der Arzt hat mir gesagt, dass ich langsamer treten muss. Mein Blutdruck ist seit einiger Zeit ungewöhnlich hoch und ich habe Herzrhythmusschwankungen,   die   überwacht werden."

„Wie ernst ist es?" Besorgnis durchfuhr ihn.

„Meine Pumpe bereitet mir nun doch Probleme, liegt in der Familie, ich dachte, ich würde verschont bleiben. Mein Vater ist daran gestorben, mein Onkel ist daran gestorben und nun hat es mich eingeholt. Um ehrlich zu sein, Gladys sorgt sich zu Tode. Das ist ein Teil der Erklärung, warum wir nicht länger auf dich warten können."

Die Sorge um seinen Pflegevater hatte Jesse gepackt. „Mike, du hättest es mir sagen sollen. Du weißt, ich bin für euch da und es tut mir leid – es tut mir leid, dass du es mir nicht gesagt hast und es tut mir leid, dass du das durchmachen musst. Ich habe nie einen gesünder aussehenden Mann deines Alters gesehen."

„Man sieht es nicht unbedingt von außen. Manchmal holen einen solche Familiendinge ein. Aber in diesem Fall handele ich vorausschauend. Wir ziehen uns zurück, so oder so. Ich hoffe nur, wir müssen nicht…"

„Stopp." Jesse starrte die beiden Menschen an, die er mehr als alles andere auf der Welt liebte. „Ihr müsst diese Möglichkeit nicht in Betracht ziehen. Ich werde mich informieren und sehen, was ich tun kann. Ich werde mich darum kümmern. Ihr könnt auf mich zählen." Dafür würde er sorgen.

* * *

Am Samstagmorgen starrte Caroline das Haus an, in

dem sie aufgewachsen war, nachdem ihre Eltern, zusammen mit ihrer Tante und ihrem Onkel auf dem Rückweg von einer Pferdeshow in Vegas bei einem Flugzeugabsturz ums Leben gekommen waren.

Sie klopfte mit ihrem roten Schuh auf den Steinweg und versuchte, ihr rasendes Herz unter Kontrolle zu bringen.

Ihr Großvater und ihre Großmutter hatten sie aufgenommen, sie mit all ihrem Kummer geliebt und ihnen einen sicheren Platz geboten. Sie schuldete ihm so viel. Und sie liebte ihn mehr als das Leben selbst. Doch das bedeutete nicht, dass er sie herumschubsen konnte.

Nein, das konnte er nicht und das wusste er auch.

Bei den beiden vorangegangenen Zusammenkünften ihrer Familie in den letzten Monaten hatte sie deutlich gemacht, dass sie – trotz der Ultimaten, die er ihren Brüdern Ash und Denton auferlegt hatte – nicht glücklich sein würde, wenn er versuchen würde, sie zu zwingen, jemanden zu heiraten, insbesondere wenn dieser Jemand Jesse James war. Den er erwähnt hatte. Sie und Jesse James passten nicht zusammen. Es mochten stets die Funken fliegen, wenn sie einander begegneten und da war diese Anziehungskraft, die sie nicht leugnen konnte, aber sie waren beide erwachsen und intelligent und hielten das für keine gute Idee. Sie waren eine explosive Mischung – und zwar nicht auf eine gute Art und Weise.

Nein, sie war sich sicher, dass Jesse James so schnell er konnte die Flucht ergreifen würde, wenn ihr Großvater versuchen sollte, ihn zu zwingen, sie zu heiraten. Und wie peinlich wäre das bitte? Kam gar nicht in Frage.

Sie holte tief Luft, sagte sich im Stillen, dass sie schon groß war und öffnete die Haustür, nicht die Seitentür, die sie normalerweise benutzte – und dann ging sie hinein, während sie sich auf eine Auseinandersetzung vorbereitete. Ihr Großvater war das Paradebeispiel eines willensstarken Kerls und es gewohnt, immer zu bekommen, was er wollte. Geschäftlich und privat. Ihm haftete der Ruf an, ein guter Mann zu sein, aber unerbittlich, wenn es um die Dinge ging, die ihm wichtig waren. Es war schwer, diesem Mann etwas abzuschlagen. Doch heute würde sie ihm die Stirn bieten.

Aus irgendeinem Grund waren Ash und Denton seinen Wünschen gefolgt und hatten ihm auf einem Silbertablett genau das präsentiert, was er hatte haben wollen. Und nun dachte ihr Großvater, dass er es mit ihr genauso leicht haben würde.

Falsch.

Die spitzen Absätze ihrer teuersten Schuhe erzeugten ein klickendes Geräusch auf dem Terrazzoboden, als sie durch den Flur auf die riesigen Eichentüren zuging, die zu Großvaters Büro führten. Sie war spät dran. Absichtlich. Sie wusste, dass sie ihren Großvater und ihre Brüder warten ließ. Was solls. Dem Gesichtsausdruck ihres Großvaters gestern Abend beim Tanz nach zu urteilen, würde es beim heutigen Treffen um sie gehen.

Sie riss die Tür auf und vier Paar Augen richteten sich auf sie.

Mit hoch erhobenem Kopf schüttelte sie ihre lange Mähne blonder Haare und warf ihrem Großvater einen Blick zu. „Wir können direkt zur Sache kommen, denn ich weiß, was kommt und werde dir unverzüglich meine Antwort mitteilen – Nein."

Trotz seines fortgeschrittenen Alters war Talbert McCoy immer noch ein gutaussehender Mann, besonders wenn er lächelte. Jetzt lächelte er. Er liebte Herausforderungen und sie hatte ihm soeben den Fehdehandschuh hingeworfen.

„Komm rein, Liebling. Nimm Platz. Ich habe einen für dich in der ersten Reihe freigehalten."

Sie beäugte ihre Brüder, die sie mit kaum verhohlener Heiterkeit beobachteten. Alle bis auf Beck, der ebenso wie sie nichts Lustiges an der Situation entdecken konnte. Er würde als Nächstes an der Reihe sein und wusste das.

Als sie sich nicht bewegte, fügte Talbert hinzu: „Du kannst dort so lange stehen bleiben, wie du möchtest, aber du kannst es dir genauso gut auch bequem machen."

Wenn sie stehenblieb, würde er denken, dass sie schwach sei, Angst davor hatte, sich zu setzen und sich darauf vorbereitete, auf der Stelle die Flucht zu ergreifen. Also ging sie mit steifer Haltung und durchgedrückten Schultern zu dem Stuhl, der neben Denton auf sie wartete, und setzte sich. Ihr Bruder, aufgehender Stern am Countrymusic-Himmel, lümmelte auf seinem Stuhl, er hatte ein Bein lässig über das andere gelegt, den Hut nach hinten geschoben und beobachtete sie. Sein übermütiges Grinsen war kaum zu übertreffen. Der gutaussehende Mistkerl hatte ungehörig viel Spaß an dem Schauspiel, das sich ihm bot. Er wusste genau, was sie durchmachte, genoss es aber nichtsdestotrotz, sie leiden zu sehen, weil er sich in Blaze verliebt hatte.

Sie warf ihm einen Blick zu, der keinen Zweifel daran ließ, was sie von ihm hielt – als Antwort zwinkerte er ihr zu. „Komm schon, Schwesterlein. *Liebe* ist eine wundersame Sache.“

„Nicht, wenn man gezwungen wird.“ Sie warf ihrem Großvater einen Blick zu. „Und ich werde Jesse James nicht heiraten.“

Auf der anderen Seite des Raumes lachte Ash leise in sich hinein und zog damit ihre Aufmerksamkeit auf sich. Mit funkelnden Augen sah er zu ihr herüber. Und warum auch nicht? Wie Denton war er glücklich verheiratet und erwartete sein erstes Kind.

„Denton hat recht. Ich verstehe, dass du Jesse James nicht heiraten willst, aber das ist eine Sache zwischen dir und Granddaddy. Aber um ehrlich zu sein, muss ich dir sagen, dass ich im Augenblick wahrscheinlich der glücklichste Mann der Welt bin und ein wenig habe ich das unserem Großvater dort drüben zu verdanken."

Denton setzte sich aufrechter hin. „Moment mal – ich bin der glücklichste Mann auf Erden."

Beide lachten.

„Hört auf. Ihr helft nicht im Mindesten", fauchte sie und warf Beck einen Blick zu, weil sie dachte, dass zumindest er ihr ein wenig helfen würde.

Er lehnte am Kaminsims, die definierten Arme vor der Brust verschränkt und beobachtete sie. Er schüttelte den Kopf, Frustration bestimmte seinen Gesichtsausdruck. Er sah aus, als würde er jeden Moment zur Tür hinausgehen und sich einer anderen Beschäftigung widmen. Offensichtlich war seine Geduld erschöpft.

Ihre auch. Sie sah ihren Großvater an. Der lächelte; er fand ihr Temperament seit jeher amüsant. Was einfach nur ärgerlich war.

Talbert lehnte sich in seinem Ledersessel zurück. „Meine vier liebsten Menschen auf der ganzen Welt. Ich freue mich, euch zu sehen. Ash und Denton – es freut mich, euch so glücklich zu sehen. Es stimmt mich froh, wenn ich daran denke, dass ich einen kleinen Anteil daran hatte. Ash, ich kann es kaum erwarten, mein nächstes Urenkelkind in den Armen zu halten, auch wenn ich die kleine Tess von ganzem Herzen liebe. Denton, ich freue mich schon darauf, wenn auch du und Blaze mir eines Tages ein Urenkelkind schenkt. Das wird ein großartiger Tag."

Seine Freude war unverkennbar und für einen Moment musste sie sich darum bemühen, sich nicht davon anstecken zu lassen. Wenn man ihn so reden hörte, konnte man vergessen, dass er sie gezwungen hatte zu heiraten und sie andernfalls ihr Erbe verloren hätten. Das war falsch.

Sein Blick landete auf ihr. „Und nun zu dir, süße Caroline. Letzte Nacht habe ich dich und Jesse James beobachtet. Ihr zwei tanzt seit Jahren umeinander herum, doch gestern Abend seid ihr euch recht nahegekommen. Ihr habt euch intensiv miteinander unterhalten und er hat dir ins Ohr geflüstert. Ich dachte, er würde dich direkt dort auf der Tanzfläche küssen. Mein Herz schlug vor Spannung und Freude für dich schneller, kleines Mädchen."

Sie versteifte sich. „Ich bin kein kleines Mädchen und ich bin auch nicht deine süße Caroline – jedenfalls im Moment nicht."

„Du wirst immer mein kleines Mädchen und meine süße Caroline sein. Ich habe dich gewarnt, was kommen würde. Weil du wusstest, was geschehen wird, habe ich beschlossen, dass deine Zeit zu laufen beginnt, wenn du durch diese Tür hinausgehst."

„Was?" Schockiert sah sie ihn an. Die anderen hatten zumindest eine kleine Warnung erhalten. „Ich habe dein Teil des Erbes bereits gesperrt. Ich weiß, dass dort draußen ein paar Dinge vor sich gehen und du dich gern in der Lage befändest, den Wohltätigkeitsorganisationen, die du liebst und die auch ich liebe, zu helfen. Es tut mir im Herzen weh, dies zu tun, aber ich sehe es als die einzige Möglichkeit, um dich zur Zusammenarbeit zu bewegen. Um wieder Zugriff auf dein Erbe und deine Konten zu erhalten und deine geliebten Wohltätigkeitsorganisationen unterstützen zu können, musst du Jesse James heiraten. Und zwar innerhalb der nächsten zwei Monate, dann musst du drei Monate verheiratet bleiben – oder du verlierst alles. Ich habe Kontakt zu ein paar Leuten aufgenommen, die ich kenne und ein paar Fäden gezogen und du wirst keine Möglichkeit bekommen, auf weiteren Kunstevents auszustellen, bis du ihn heiratest. Ich habe dieses Mal eine Menge an Vorkehrungen treffen müssen. Ich hatte gehofft, das nicht tun zu müssen, aber du bist eine eigensinnige Frau."

„Ich komme nach dir, glaube also nicht, dass ich das tun werde."

Er gluckste. „Ja, du kommst nach mir und doch, du wirst es tun. Ich habe die Hoffnung, dass dies womöglich genau das ist, was du und Jesse James braucht, weil ihr einfach nicht zu verstehen scheint, dass ihr füreinander geschaffen wurdet."

Sie ließ ihre Stirn gegen ihre Handfläche sinken. Er nahm ihr ihre Unterstützung der Wohltätigkeitsorganisationen.

Sie war in Reichtum hineingeboren worden und

hatte als Teenager entdeckt, was sie mit dem Geld und ihrer Philanthropie anfangen konnte. Alle zogen sie auf, weil sie gern shoppen ging und das tat sie wirklich häufig. Sie hatte eine Schwäche für schöne Schuhe und Spa-Tage. Sie war nicht perfekt und im Moment schenkten ihr die Designerschuhe ein wenig Trost. Sie stand aufrecht und stolz da, bemüht ihm nicht zu zeigen, wie sehr sie erschütterte, was er getan hatte. Sie starrte ihren Großvater an. Ihr Herz donnerte.

„Warum – was hast du davon, die Wohltätigkeitsorganisationen zu bestrafen? Und deine eigene Philanthropie? Das ist so falsch. Ich bin äußert enttäuscht von dir, Großvater. All die anderen Dinge, die du von mir verlangen oder mir aufzwingen könntest… aber unschuldige Menschen in Mitleidenschaft zu ziehen, die auf dieses Geld und die Wohltätigkeitsorganisationen angewiesen sind… ich bin sprachlos und in höchstem Maße erschüttert.“

Für einen Moment senkte sich Stille über den Raum und Talbert McCoy blickte beunruhigt drein. Das verriet ihr, wie schwer die ganze Sache auch für ihn war. Sehnte er sich so sehr nach Urenkeln, dass er das tat?

„Caroline, ich weiß, dass es schwer ist. Aber als ich dich und deine Brüder nach dem Tod eurer Eltern aufnahm, da habe ich mir und deiner Großmutter geschworen, dass ich dafür sorgen würde, dass ihr glücklich werdet. Ihr solltet glücklich werden, ein erfülltes Leben führen und aufblühen können. Ich habe gewartet und zugesehen, genau wie ich es bei deinen Brüdern getan habe. Aber du, mein süßes Mädchen, unterscheidest dich von ihnen. Du hast dich in die wohltätige Arbeit gestürzt und anderen geholfen. Du bist mal hier, mal da und gehst shoppen, freilich erhellst du den Tag eines jeden, dem du begegnest, da du ein so guter, liebevoller und schwungvoller Mensch bist. Aber das ist nicht das Leben, das ich dir zu verschaffen gelobt habe. Jedes Mal, wenn ich die Gräber deiner Eltern und deiner Großmutter besuche, werde ich daran erinnert, dass ich geschworen habe, dich zu einem glücklichen Menschen zu machen, der ein erfülltes Leben führt… und das tust du nicht. Ein Paar ausgefallener Schuhe mit hohen Absätzen ist nicht dasselbe wie ein Baby in den Armen zu halten und die Liebe eines guten Mannes zu genießen. Aus diesem Grund tue ich das alles.“

Sie forderte ihre Füße zum Gehen auf, aber sie war wie erstarrt, während sie den Blick ihres Großvaters erwiderte.

„Ich muss noch hinzufügen, dass sich die Leute auch um Jesse James sorgen. Wir alle haben euch beobachtet und es ist, als würde die Welt um euch herum zu existieren aufhören, wenn ihr in des Anderen Nähe seid. Ich habe noch nie eine derart verheißungsvolle Situation erlebt wie die zwischen euch beiden. Ich wünschte, du würdest mir vertrauen.

Aber auch wenn du es nicht tust, es ändert nichts. Wenn du durch diese Tür gehst, mein süßes Mädchen, ist alles fort. Du wirst nur noch eine Kreditkarte besitzen, die funktioniert – aber auch diese verfügt nur über einen geringen Kreditrahmen. Deine übrigen Bankkonten wurden eingefroren. Ich glaube, dass Jesse James die Antwort ist. Ich denke, dass er, wenn du ihm von dem Ultimatum erzählst, verrückt genug nach dir sein wird – ob du es nun glaubst oder nicht – dass er zustimmen wird, dir zu helfen. Alles, worum ich bitte, ist, dass ihr drei Monate verheiratet bleibt, um euch eine Vorahnung auf das mögliche Glück zu gönnen. Ich glaube mit ganzem Herzen und ganzer Seele, dass dies die aufregendste und lohnendste Vereinigung ist, die du dir nur vorstellen kannst. Gemeinsam könnt ihr das Leben vieler Menschen zum positiven verändern. Eins kann ich euch sagen, ich, der ich euch vier Kinder in diesem Haus aufnahm, nachdem wir eure Eltern verloren hatten, es stellt die größte Belohnung dar, die Gott uns auf Erden geben kann, wenn man die Lebenswege anderer positiv berühren kann."

Sein Blick bohrte sich in ihren und ein Schauer raste durch ihren Körper. Er hatte ihr den Wind aus den Segeln genommen. Caroline konnte sich nicht bewegen. Sie konnte kaum atmen. Ihre Brüder waren verstummt. Ihr Großvater hatte ihnen gerade sein Herz offenbart und sie liebte ihn von ganzem Herzen.

Doch das hier war immer noch falsch.

Doch er hatte die Wahrheit gesagt, eine Wahrheit, die ihr vor Jahren aufgegangen war, als sie begonnen hatte, Geld in die Jungsranch und andere Projekte, an die sie glaubte, zu stecken. Wenn er und ihre Großmutter nicht gewesen wären – oder ihr Onkel J.D. – wer hätte sie und ihre Brüder aufgenommen, als sie ihre Eltern bei dieser schrecklichen Tragödie verloren hatten? Sie hätten ganz allein dagestanden und wären auf Hilfe angewiesen gewesen… wie die Jungs auf der Ranch. Sie verbrachte ihr Leben damit, die Lebenswege anderer zu berühren, so wie ihr Großvater das getan hatte. Sie hatte es mit ihrer Philanthropie getan.

Und noch etwas wurde ihr jetzt klar. Er hatte von ihr gesprochen und Jesse und dem Heim der Jungen. Ihr Großvater wusste, dass die Ranch in irgendwelchen Schwierigkeiten steckte.

Ihre Beine waren wackelig, doch sie bemühte sich um einen festen Stand. Sie erblickte ihr Gesicht im Spiegel auf dem Kaminsims; sie warf einen Blick hinüber und sah Beck an, auch er mit teilnahmslosem Blick und der Tatsache gewahr, wie blass sie war. Ihre Brüder beobachteten sie schweigend. Sie überließen ihr die Führung in diesem Theater mit ihrem Großvater, da sie wussten, dass dies ihr Auftritt war. An ihr war es zu entscheiden, wie sie mit der Situation umgehen würde.

„Ich weiß nicht, was ich tun werde, außer durch diese Tür zu gehen, Großvater. Ich werde meine

Entscheidung später treffen. Aber ich weiß, dass ich nicht noch einmal durch diese Tür kommen werde, außer es geschieht etwas Gravierendes. Ich liebe dich, aber dieses Mal bist du zu weit gegangen. Ich hoffe, das ist es dir wert."

Mit diesen Worten drehte sie sich um und schritt entschlossenen Schrittes durch die Tür und ließ diese hinter sich ins Schloss gleiten.

KAPITEL DREI

Überrascht und verärgert dachte Beck über das nach, was gerade geschehen war. Er respektierte seine Schwester sehr und wusste, dass seine Entscheidung genauso ausfallen würde wie ihre. Er ordnete bereits seine Angelegenheiten, denn er wusste, dass er weggehen würde, wenn sein Großvater ihm den Fehdehandschuh hinwarf. Er liebte sein Charterfluggeschäft, aber ihm war klar, dass sein Großvater ihn in der Hand hatte, da er die Mehrheit an den Firmenanteilen hielt. Er wusste, was auf ihn zukam, es war ihm gerade noch einmal deutlich vor Augen geführt worden in der Art und Weise, wie rücksichtslos ihr Großvater mit Caroline umgegangen war – seiner einzigen Enkelin, der es immer gelungen war, ihn um den kleinen Finger zu wickeln.

Er studierte seinen Großvater und erkannte, dass diesen Carolines Abgang erschüttert hatte, auch wenn er felsenfest von seinem Plan überzeugt war. Rasch verbarg er diese Regung wieder.

Beck trat vor. „Hast du Jesse in deinem Plan berücksichtigt? Er ist keiner, der sich an der Nase herumführen lässt. Er wird Caroline nicht heiraten, nur weil du das willst. Ja, ich finde auch, dass zwischen den beiden die Funken fliegen, aber ich halte sie für eine recht explosive Mischung. Es ist gut möglich, dass sie sich gegenseitig umbringen, wenn man sie zwingt, drei Monate miteinander verheiratet zu sein. Ich befürchte, dass du meine Schwester und Jesse falsch eingeschätzt haben könntest."

Talbert warf ihm einen nachsichtigen Blick zu. „Beck, ich habe es dir schon einmal gesagt und werde das erneut tun – manchmal zeigt sich Liebe auf merkwürdige Art und Weise. Deine Schwester weiß nicht weiter. Vielleicht weiß sie es selbst nicht, aber ich sehe das und will nichts unversucht lassen. Außerdem bin ich ein wenig egoistisch, denn ich möchte gern sehen, dass ihr glücklich seid und mir Urenkel schenkt. Also nimm es, wie du willst, aber so ist es. Ich gehe davon aus, dass du dich auf das vorbereitest, was ich für dich auf Lager habe. Denke daran, ich liebe dich und alles wird gut."

Beinahe hätte Beck gelacht. Aber nur beinahe.

Stattdessen starrte er unter dem Rand seines Hutes hervor Ash und Denton an, die amüsiert ihrer Unterhaltung folgten. Er wusste, dass sie ihn wahrscheinlich aufziehen würden, wenn sie den Raum verließen, so wie es Brüder eben taten. Aber im Moment war er nicht in der Stimmung dafür. Er folgte Caroline durch die Tür. Er hatte schließlich ein Flugzeugcharterunternehmen zu führen. Er nahm an, dass ihm kaum mehr als drei Monate blieben, um sich einen Plan auszudenken, bevor er alles verlieren würde, wofür er gearbeitet hatte.

* * *

Caroline verspürte ein Bedürfnis nach Geschwindigkeit. Sie stapfte aus dem Haus und stieg in ihren BMW, legte den Rückwärtsgang ein und stob mit durchdrehenden Reifen aus der Ausfahrt. Sie wusste, dass es kindisch war, aber sie konnte leichter nachdenken, wenn sie mit Geschwindigkeit unterwegs war. Das alles war einfach zu verrückt.

Sie trat aufs Gas und fuhr die langgezogene Auffahrt der McCoy-Ranch entlang. Das Verdeck des Cabriolets hatte sie heruntergelassen und der Wind half ihr, die Hitze, die sich von Innen nach Außen ihren Weg bahnte und ihre Haut zum Glühen brachte, etwas zu lindern.

Als sie auf die Landstraße abbog, trat sie das Gaspedal durch, froh darüber, dass eine lange gerade Strecke vor ihr lag. Ihre Augen brannten… vom Wind. Ihr Herz schmerzte und ihr Magen brannte, während der Fahrtwind durch ihre Haare fuhr. Normalerweise beruhigte sie dies augenblicklich, doch heute nicht. Nichts konnte das… sie würde nicht weinen. Würde sie nicht.

Sie würde einen Aktionsplan ausarbeiten und dann die entsprechenden Maßnahmen ergreifen.

Denken fiel ihr immer am leichtesten, wenn sie das Verdeck ihres roten Wagens öffnete und sich den Wind ins Gesicht blasen ließ.

Jesse heiraten.

Es war lächerlich.

Und trotzdem war dies ein Wunsch, den sie tief in ihrem Herzen hegte und der doch niemals wahrwerden würde.

Es konnte einfach nicht funktionieren.

Gedanken des Bedauerns wirbelten durch ihren Kopf, während sie Kilometer um Kilometer in halsbrecherischem Tempo zurücklegte. Die Gerade endete in einer Kurve, die sie schneller nahm als sicher war und erst in diesem Augenblick fiel ihr auf, wo sie war. Hastig nahm sie den Fuß vom Gaspedal.

Zu spät, im Rückspiegel flackerte ein Licht und sie stöhnte. *Jesse.* Er hatte dort drüben direkt hinter dem Busch gesessen, wo er die Hälfte seiner Zeit damit zu verbringen schien, sie zu quälen, da dies der Weg war, den sie nehmen musste, wenn sie zur Ranch wollte. Da sie das wusste, beschleunigte sie meist an jener Stelle, nur um ihn zu ärgern. Doch heute hatte sie nicht daran gedacht, dass er dort sein würde und war trotzdem zu schnell gefahren.

Gefährlich schnell.

Er würde wütend sein. Sie bremste und verringerte die Geschwindigkeit, bevor sie an den

Straßenrand steuerte. Eigentlich war das doch gar nicht so schlecht, sie musste ihm ohnehin sagen, was los war. Immerhin war er ein Teil dieser Gleichung. Und er würde genauso verstimmt sein wie sie. Wenn ihr Großvater dachte, dass Jesse bereitwillig in seinen Plan einwilligen würde, wie ein Schaf auf dem Weg zum Schlachter, dann lag er falsch. Jesse wollte nicht heiraten. Und sie schon gar nicht.

Der Mann hatte eindeutig Bindungsängste und wenn es um sie ging, war da sogar noch mehr.

Früher hatte sie angenommen, dass er irgendwann eine seiner Freundinnen heiraten würde, doch dann war ihr aufgegangen, dass er Probleme mit Bindungen hatte. Gewaltige Bindungsängste. Und es hatte eine Zeit gegeben – bevor sie sich selbst klargemacht hatte, dass aus ihnen niemals ein Paar werden würde – in der sie gedacht hatte, sie könnte die Frau sein, wegen der er seine Meinung in Bezug auf Bindungen ändern würde. Doch sie hatte herausgefunden, dass dies niemals geschehen würde.

Ihr Geld störte ihn über alle Maßen. Als sie ihn im Rückspiegel langsam aus seinem Fahrzeug steigen sah, dämmerte ihr, dass sie mit einem Mal ohne Geld dastand.

Zum ersten Mal in ihrem Leben könnte er sie tatsächlich wollen.

Ha, nicht einmal das sorgte dafür, dass sie sich besser fühlte.

Als er neben ihrem Wagen stehenblieb, kramte

sie ihren Sarkasmus hervor und zog sich die Sonnenbrille von der Nase. „Hey, Jesse James. Wie geht's? Wie erfreulich, an diesem schönen sonnigen Tag hier auf dich zu treffen."

Er lächelte nicht. „Caroline, du bist mehr als dreißig Kilometer pro Stunde zu schnell gefahren. Du bist mit über einhundertzwanzig Kilometern pro Stunde durch eine Kurve gefahren. Was denkst du bloß? Ich bin drauf und dran, dich aus deinem Auto zu ziehen und dich ins Gefängnis zu bringen. Wie oft muss ich dir noch sagen, dass du langsamer fahren sollst? Ganz im Ernst...", er musterte sie. „Was ist los? Warum bist du so blass?"

„Warum bist du so nervig? Ich hatte einen Grund, so schnell zu fahren. Hatte eine Biene im Auto."

„Lass dir mal ´ne neue Ausrede einfallen – die ist schon alt."

„Mir sind Dinge im Kopf herumgegangen."

„Nun, wenn du es genau wissen willst, mir sind auch Dinge durch den Kopf gegangen. Trotzdem hatte ich nicht erwartet, dich so vorbeirasen zu sehen. Was ist los?"

Sie holte tief Luft. „Officer, kann ich aus dem Wagen steigen? Habe ich Ihre Erlaubnis?"

Er nahm seine Sonnenbrille ab, damit sie seinen unnachgiebigen Blick bemerkte, dann steckte er die Brille ein und trat einen Schritt zurück. „Ja, Ma'am.

Kommen Sie raus und gehen Sie dort rüber aufs Gras.“

Sie stieg langsam aus, ihre High Heels vertrugen sich nicht besonders gut mit dem Kies am Straßenrand. Als sie aufstand, zitterten ihre Knöchel und drei unsichere Schritte vom Auto entfernt stolperte sie.

Und natürlich fing Jesse sie auf.

Ihre Hand schlug gegen seine harte Brust, als sich seine Arme um ihre Taille legten und er sie an sich zog. Sie versuchte, ihr Gleichgewicht wieder zu erlangen und sich von ihm zurückzuziehen. Doch ihr Vorhaben war nicht von Erfolg gekrönt; ihre Beine schienen jegliche Stabilität eingebüßt zu haben, als sich ihre Blicke trafen und ineinander bohrten.

Jesse war ein rauer Mann und so ziemlich der schönste, den sie je zu Gesicht bekommen hatte. Ihr Puls raste, während seine dunklen Augen jeden Winkel ihrer Seele zu erkunden schienen. Ihr Herz seufzte vor Sehnsucht.

Sie bemühte sich darum, ihre fünf Sinne zusammen zu nehmen. „Ich schätze, du wirst mir helfen müssen, da diese Schuhe und der Kies einfach nicht füreinander gemacht sind.“

Sein Blick fiel auf ihre Lippen und ihr Puls schoss in ungeahnte Höhen.

„Ich verstehe nicht, warum du überhaupt solche Schuhe trägst“, sagte er mit so heiserer Stimme, dass sie eine Gänsehaut bekam. „Ich meine, es macht vielleicht Sinn, wenn du nach New York fährst oder so, aber hier kannst du dir mit diesen Dingern ernsthaft wehtun."

Trotzdem er dabei war, sie zu belehren, bewegte er sich nicht, seine Arme lagen stattdessen immer noch um ihren Körper. Sie spürte, dass auch sein Herz heftig schlug. „Jesse James, möchtest du fortfahren, mir wegen meiner Schuhe Vorhaltungen zu machen, oder hilfst du mir zur Heckklappe deines Polizeiwagens?"

„Ich gehe davon aus, dass du ein Problem hast, das du mit mir besprechen willst, wenn du möchtest, dass ich die Heckklappe öffne."

„Ja, Jesse." Sie seufzte. „Wir müssen reden."

Er blickte zum Himmel und für einen Moment dachte sie, sie hätte so etwas wie Traurigkeit in seinen Augen aufflackern sehen. Doch dann sah er sie erneut an und sah lediglich verstimmt aus. „Dann komm, komm mit mir." Er hielt sie mit einem Arm fest und drückte sie an seine Hüfte, während er sie praktisch trug und ihre Füße knapp über dem Kies baumelten. Das Ganze schien ihn nur noch mehr zu verstimmen. Als sie seinen Wagen erreichten, löste er mit einer Hand die Verriegelung und senkte die Heckklappe herab. Dann schlang er seine beiden großen, tüchtigen Hände um ihre Taille, hob sie hoch und setzte sie darauf ab.

Sie zupfte an ihrem Rock und bemühte sich

darum, dem Gefühl seiner Hände um ihre Taille nicht allzu sehr hinterher zu trauern.

Er trat einen Schritt zurück und stemmte die Hände in die Hüften. „Was ist los?"

Ihn würde der Schlag treffen, wenn er herausfand, dass ihr Großvater von ihm erwartete, sie zu heiraten, wenn sie ihr Erbe retten wollte – welches er wiederum für die Jungsranch brauchen würde, wenn diese in Schwierigkeiten steckte. Er brauchte ihr Geld.

Es stimmte, er brauchte sie. So sehr er ihr Geld hassen mochte, wenn es um die Jungsranch ging, liebte er es. Das war nichts Neues. Es lief stets darauf hinaus, dass ihr ihr Geld im Weg stand, wenn sie sich mit einem Mann verabredete. Es verhinderte stets, dass sie wie jeder andere Mensch agieren konnte. Aber sie würde nicht zulassen, dass diese rührselige Geschichte Macht über sie hatte. Wie sie stets betonte, war sie dankbar, das Geld zu besitzen und es nutzen zu können, um anderen zu helfen. Sie biss sich auf die Lippe und wusste, dass alles von ihm abhing.

Sein Hut beschattete seine Augen, als er sie anstarrte. Er gab einen wunderschönen Sheriff ab.

Reiß dich zusammen.

„Nun, willst du nichts sagen?"

„Dränge mich nicht. Es ist wichtig und es wird dir nicht gefallen. Mir hat es auch nicht gefallen, als ich davon erfahren habe. Erinnerst du dich, dass ich dich letzte Nacht gewarnt habe, dass uns mein Großvater beobachtet?“

„Und?“

„Heute hat er mir seine Überlegungen mitgeteilt. Ich bin dran.“

„Was meinst du?“

„Großvater versucht, mich zum Heiraten zu zwingen, genau wie er es mit Ash und Denton getan hat.“

„Es stimmt also? Sie mussten heiraten und hätten ansonsten ihr Erbe verloren?“

Sie nickte. „Traurig, aber wahr. Ich hatte einen guten Grund, so schnell zu fahren und etwas Dampf abzulassen. Ich denke, wenn ich dir alles erzählt habe, verspürst du vielleicht auch das Bedürfnis, in deinen Wagen zu steigen und Gas zu geben.“

Seine Brauen zogen sich zusammen. „Nach dem, was ich an diesem Morgen bereits erlebt habe, könnte das auch so der Fall sein.“

„Stimmt etwas nicht?“

„Ja, ich denke, ich muss mich auch auf diese Heckklappe setzen.“

Besorgt sah sie zu, wie er sich umdrehte und sich auf die Heckklappe sinken ließ. Seine Beine waren leicht gespreizt, sodass eines seiner Knie gegen ihres drückte.

„Wir haben ein Problem, dass tiefer geht als du weißt.“

„Was ist es?“

„Mike hat gesundheitliche Probleme. Sein Herz lässt ihn im Stich und sein Blutdruck ist hoch. Sie machen ein paar Tests. Er könnte einen Schlaganfall oder einen Herzinfarkt bekommen – er hat es mir vorhin erzählt und das hat mich völlig unvorbereitet getroffen. Ich habe hier gesessen und versucht herauszufinden, was ich tun kann. Ich glaube, ich habe alles für selbstverständlich gehalten – ich meine, er sieht so gesund aus, oder?"

Unfähig, etwas anderes zu tun, legte sie ihre Hand auf seinen Arm und versuchte, ihm Trost zu spenden. Sie wusste, wie sehr ihm Mike und Gladys am Herzen lagen. „Das tut mir leid. Und wie geht es Gladys?"

„Sie ist besorgt, versucht aber zu verbergen, wie sehr. Sie ist daran gewöhnt, ihre Sorgen zu verstecken. Wenn man so viele Jungen aufzieht, verbringt man viel Zeit auf den Knien und betet und versteckt seine Sorgen hinter verschlossenen Türen. Heute Morgen jedoch war sie damit nicht erfolgreich."

Jesses Mund bildete eine gerade, grimmige Linie und für eine Minute ließ er den Kopf hängen. Caroline rieb seinen Arm in dem Bemühen, ihm so etwas Trost spenden zu können. Ihr Herz ging über. Jesses Eltern hatten ihn an einer Bushaltestelle ausgesetzt. Der bloße Gedanke daran machte sie stets wütend. Für so etwas gab es keine Entschuldigung. Selbst wenn sie keinen anderen Ausweg gesehen hatten, so hätten sie ihn doch an einen sichereren Ort bringen können und ihn nicht in seinem Alter an einer öffentlichen Bushaltestelle aussetzen sollen, wo ihn jeder hätte mitnehmen können. Zum Glück hatte sich jemand seiner angenommen, als er allein, hungrig und verstört umhergewandert war. Der Gedanke an ihn in diesem Zustand zerriss ihr das Herz. Und jetzt seine Sorge mitanzusehen, war auch nicht gerade leicht, besonders, wenn man bedachte, dass er das Rückgrat der Stadt war.

Gefühle überfluteten sie und das, obwohl sie keine besonders emotionale Frau war. Nachdem ihre Eltern beerdigt worden waren, hatte sie Tränen aus ihrem Leben verbannt. Doch als sie nun Jesse ansah, der so voller Sorge war und wahrscheinlich auch, weil in ihr selbst ein solcher Aufruhr tobte, spürte sie, dass ihr Tränen zu kommen drohten.

Schlucks runter, Gänseblümchen.

Sie schniefte.

„Geht's dir gut?"

„Ich mache mir auch Sorgen um ihn. Warum soll ich nicht etwas schniefen."

„Ja. Ich weiß, nur normalerweise weinst du nicht."

„Ja, schau gut hin, denn wenn erst einmal fünf Minuten vergangen sind, wirst du das so schnell nicht noch einmal erleben. Aber ist es, ich meine, wird es ihm gut gehen? Bitte, sag mir alles."

„Der Arzt hat ihm gesagt, dass er langsamer

machen muss. Sich weniger Stress zumuten soll. Ich mache mir seinetwegen Sorgen."

Ihre eigenen Probleme verschwanden angesichts der Sorge um Mike. Ihre Hand lag auf Jesses Arm. Ihr Daumen strich sanft über seine Haut um ihn zu trösten. „Ich verstehe. Was werden sie tun?"

„Sie werden weggehen, wenn sich niemand findet, der sich um die Ranch und die Jungen kümmert."

Diese Aussage verriet ihr, wie ernst die Lage war. „Hattest du nicht vor, das zu tun?"

Auf einmal war da ein seltsamer Ausdruck auf seinem Gesicht. „Das hatte ich. Aber Caroline, es gibt ein Problem."

„Und das wäre?"

„Ich kann die Jungsranch nicht übernehmen."

Ihre Hand fiel in ihren Schoß. „Was meinst du damit, du kannst nicht? Du bist ein Mann des Gesetzes und der für diesen Job am besten geeignete Mann auf der ganzen Welt. Die Jungs lieben dich. Sie respektieren dich. Du bist genau das, was diese Jungs brauchen. Und du willst das tun. Ich bin verwirrt."

Ihre Blicke bohrten sich ineinander.

Argwohn durchfuhr sie. Irgendetwas stimmte hier nicht. Sie stöhnte. „Sag mir, was los ist."

„Mit einem Mal gibt es die Bedingung, dass ich verheiratet sein muss, um die Ranch zu übernehmen."

Sie schnappte nach Luft. Ihr gesamter Atem entströmte ihrem Körper und ihr wurde schwindelig, so als wäre sie ein Luftballon, aus dem alle Luft entweicht und der verrückt überall herumfliegt und gegen alles stößt, bis er irgendwann flach und luftleer auf den Boden fällt.

Sie versuchte zu schlucken, Luft zu holen, sich zu orientieren. „Wer ist für diese Bestimmung verantwortlich? Ist denn die ganze Welt verrückt geworden? Ich habe noch nie von Menschen gehört, die heiraten müssen, um Dinge zu retten und doch müssen plötzlich du *und* ich heiraten…“ Sie schloss die Augen, lehnte den Kopf zurück und ließ die Sonne ihr kaltes Gesicht erwärmen. „Großvater.“

„Warum sollte er das tun?“

Sie seufzte. „Um uns keine andere Wahl zu lassen. Um mein Erbe zu retten, muss ich dich heiraten. Diese plötzlich aufgetauchte Bedingung soll dafür sorgen, dass wir heiraten. Was Talbert McCoy will, bekommt Talbert McCoy auch. Offensichtlich ist er rücksichtsloser als ich es mir jemals vorgestellt habe.“

„Er versucht, dich zu zwingen mich zu heiraten?“ Jesse stand auf, riss sich seinen Hut vom Kopf und schlug ihn gegen seinen Oberschenkel. „Mike und Gladys würden mich nicht anlügen und ich glaube nicht, dass sie bei einer Verschwörung mitmachen würden, die mich derart in die Falle locken soll.“

Seine Worte trafen sie. „Okay, das war ein harter Schlag. Ich bedeute also eine Falle?“

„Du weißt, was ich meine. Es ist eine Falle für uns beide. Du willst mich nicht heiraten und ich will dich nicht heiraten. Und ich werde dich nicht heiraten, nur damit du es weißt. Wir würden uns gegenseitig verletzen. Du würdest mich in den Wahnsinn treiben. Ich könnte es eine Weile mit dir aufnehmen, aber du weißt, dass du widerspenstig und selbstsüchtig bist…"

„Ich bin nicht selbstsüchtig. Alles was du tun müsstest, wäre mich anzurufen und mich um etwas zu bitten und du weißt ganz genau, dass ich alles für dich tun würde, außer…"

„Und *das* will ich auch nicht, nur damit du es weißt."

„Ich möchte auch nicht, dass du mich küsst. Das war ohnehin deine Schuld."

„Es war ein riesiger Fehler und wir waren beide genauso sehr schuld daran, also fang jetzt nicht damit an, mir allein die Schuld geben zu wollen. Du warst genauso daran beteiligt wie ich." Er holte tief Luft und trat einen Schritt zurück.

Sie verschränkte die Arme. „Ich werde mich nicht auf dich stürzen, du musst also nicht noch weiter zurückweichen." Er hatte die Tür zur Vergangenheit geöffnet und ihre Gedanken kehrten zu dem Moment vor einem Jahr zurück, als sie beide den Verstand verloren hatten, ihre Scherze außer Kontrolle geraten waren und er sie geküsst hatte. Ausdauernd, leidenschaftlich und so unglaublich gut, dass sie den Gedanken daran seither verdrängt hatte, denn es schmerzte einfach zu sehr, sich so sehr nach etwas zu sehnen und gleichzeitig zu wissen, dass er sie nicht wollte.

Seitdem es passiert war, gingen sie einander noch mehr an die Gurgel als zuvor. Doch das lag daran, dass es ein erstaunlicher Kuss gewesen war und obwohl sie mehr wollte, konnte der dickköpfige Cowboy nicht mit ihrem Geld umgehen. Es tat immer noch weh. Es war nicht so, als könnte sie irgendetwas dagegen tun; sie war damit geboren worden. Es würde immer zwischen ihnen stehen.

Außer jetzt.

„Wenn du nicht heiraten willst, um die Ranch zu retten, was wirst du dann tun?"

„Ich werde die Wahrheit herausfinden. Und dann mache ich mir Gedanken, wie ich das Problem beheben und die Ranch übernehmen kann, ohne zur Ehe gezwungen zu werden."

„Mein Großvater glaubt, dass er dir und mir einen großen Gefallen tut. Und so fehlgeleitet das auch ist, das ist es, was ihn antreibt. Wenn Mike ihm von seiner gesundheitlichen Situation erzählt hat, dann kann ich mir vorstellen, dass mein Großvater sie davon überzeugt haben könnte, dass das auch für dich das Beste wäre. Du weißt, wie überzeugend er sein kann."

Er schüttelte den Kopf, drehte ihr den Rücken zu und ging am Straßenrand entlang.

Sie beobachtete ihn. Der Mann hatte eine Art zu laufen, die sie faszinierte und an die sie besser keinen Gedanken verschwendete. Er ging auf und ab, wenn er nachdachte, und nachdenken musste sie auch. Denn sie befanden sich in einer Situation, in der keiner von ihnen gewinnen konnte.

KAPITEL VIER

Jesse schritt die Landstraße entlang, während er in Gedanken noch einmal durchging, was Caroline gesagt hatte, doch etwas ergab keinen Sinn.

Er ging zurück zu seinem Wagen, auf dessen Heckklappe sie noch immer saß und ihn mit besorgtem Gesichtsausdruck beobachtete. Sie war so schön – und ihm doch stets ein Dorn im Auge, das war sie schon immer gewesen. Und nun war ihr Großvater ein Dorn in seinem anderen Auge. Schon der Gedanken daran, dass Talbert sie überhaupt zwang, jemanden zu heiraten, bestürzte ihn, aber das er verlangte, dass sie ihn im speziellen heiraten sollte, ging über seinen Verstand hinaus.

Jesse würde mit ihm ein ernsthaftes Wort reden müssen.

Trotzdem stimmte etwas nicht. Caroline hatte ihm nicht alles erzählt. Er erreichte sie und ihre großen Augen schienen sein Innerstes zum Schmelzen zu bringen und er wollte ihre Lippen küssen, als wären sie Erdbeermarmelade auf Toast. Ja, er war hungrig; er hatte nur ein paar Gabeln von Gladys' unglaublichem Kaffeekuchen gegessen, bevor er aus dem Ranchhaus gestürmt war.

„Okay, raus mit der Wahrheit. Was hast du mir vorenthalten? Dein Großvater muss noch mehr in der Hand haben, um dich zu zwingen, mich zu heiraten. Was ist es?"

Ihr Gesichtsausdruck veränderte sich abrupt. „Ja. Es ist die Jungsranch. All die Wohltätigkeitsorganisationen, die ich unterstütze, die Stiftungen, die mir wichtig sind. Er hat mein gesamtes Erbe an sich genommen – vor etwa einer Stunde hat er alles meinem Zugriff entzogen. Ich habe zwei Monate Zeit, um dich zu heiraten, oder es ist alles weg. Verstehst du, was das für mich bedeutet? Ich kann ohne meine schicken Schuhe und meine Ausflüge ins Spa und die Shopping-Trips überleben. Doch vor einer Stunde hat er auch meine gesamte Philanthropie auf Eis gelegt. Keine der Organisationen, die ich liebe und unterstütze, bekommt noch Geld von meinen gesperrten Konten. Und er hat ebenfalls aufgehört, sie zu unterstützen. Das ist es, was er gegen mich in der Hand hat. Seit einer Stunde habe ich niemandem mehr etwas zu bieten."

Das hatte er nicht erwartet. Er hatte nicht gedacht, dass Talbert den Wohltätigkeitsorganisationen, die von seiner

Unterstützung abhängig waren, die Mittel vorenthalten würde – und schon gar nicht der Jungsranch. Die Jungen lebten hier und die älteren von ihnen arbeiteten manchmal auf den umliegenden Ranches. Talbert kannte diese Jungen und hatte sie von Zeit zu Zeit angestellt, um ihnen die Arbeit mit den Rindern beizubringen. Und nun drehte er der Ranch den Hahn zu.

„Wow. Er hat den Verstand verloren."

Schmerzhaft verzog sie das Gesicht. „Ich weiß. Ich bin so frustriert. So traurig." Sie sprang von der Heckklappe und ging geradeaus – um auf und ab zu gehen, wie er es getan hatte, nahm er an. In dem Moment jedoch, in dem ihre spitzen Absätze auf Gestein trafen, wankte ihr Knöchel. „Oh", keuchte sie und begann zu fallen.

Er bewegte sich rasch und zog sie an seine Brust, bevor sie auf ihrem hübschen Hinterteil landen konnte. „Hab dich. Diese Schuhe werden dir noch den Tod bringen." Sie so an sich zu drücken, bedeutete ihm entschieden zu viel Vergnügen, wie er feststellte.

„Vielleicht hast du recht. Ich werde sie ausziehen." Mit einem Mal sah sie ihn aufgewühlt an. „Und ich komme schon klar, du musst dich also nicht mit dem Gedanken plagen, mich zu heiraten. Du kümmerst dich um dein Problem und ich mich um meins." Er bemerkte Trotz in ihren Augen und ihrer Stimme.

Sein Magen zog sich in Anbetracht der Kränkung zusammen, die er hinter dem Schmerz versteckt wahrnahm. Er mochte es nicht, wie sehr es ihm gefiel, sie in den Armen zu halten. Er gestattete sich nicht, diesen Gedanken weiter zu verfolgen, da zu viel zwischen ihnen stand – Geld, Unmengen an Geld. Sie mochte im Moment keinen Zugriff darauf haben, aber wenn er sie heiratete, würde es wieder zu ihrer Verfügung stehen.

„Lass mich los. Ich werde jetzt gehen und versuchen, herauszufinden, wie mein Leben zukünftig aussehen soll."

Schuldgefühle übermannten ihn. „In diesen Schuhen wirst du hinfallen."

Er legte einen Arm unter ihre Knie und hob sie hoch, dann trug er sie zu ihrem Auto. „Sag mir nicht, ich soll dich runterlassen. Das werde ich tun, sobald wir dein Auto erreicht haben."

Als er dort ankam, stellte er sie neben ihrer Autotür auf die Füße. Er musste seine gesamte Kraft aufwenden, um sie loszulassen. „Was tun wir jetzt?"

Sie schluckte. „Ich weiß noch nicht genau, was ich tun werde, aber du kannst beruhigt sein, ich werde dich nicht heiraten. Ich mag pleite sein, aber ich werde mich nicht zwingen lassen, dich zu heiraten. Ich werde einen Weg finden, um Geld aufzutreiben, um die Organisationen zu unterstützen, die mir wichtig sind. Das sollte dich zufriedenstellen." Sie öffnete die Tür ihres Wagens und nahm darin Platz. Ihr Rock rutschte etwas nach oben und enthüllte ein gutes Stück mehr ihrer langen Beine.

Ihm fiel keine Erwiderung ein und sein Magen fühlte sich an, als ob sich ein Knoten darin befände. „Vielleicht solltest du deinen Knöchel mit Eis kühlen, du hast ihn dir heute mehrmals verdreht."

Sie lächelte ihn angespannt an. „

Ja, das werde ich wahrscheinlich tun."

Er fühlte sich wie ein Trottel. „Wir werden sehen, was wir beide tun können, um einen Ausweg aus all dem zu finden."

„Ich bin mir recht sicher, dass Granddaddy nirgendwo ein Schlupfloch gelassen hat und es keinen Ausweg gibt. Außer den, dass ich einfach gehe. Und ich meine damit, fort von hier. Nach dem, was er getan hat, werde ich nicht hierbleiben."

Sie drückte den Startknopf und legte den Gang ein.

Panik traf ihn wie der Tritt eines Maultiers in den Bauch. Der Gedanke, dass sie Stonewall verlassen würde, machte ihm zu schaffen, während er zurücktrat. Er musste etwas sagen. Aber was? Er vernahm seinen Herzschlag in den Ohren. *Sag ihr, dass sie nicht gehen soll.*

„Viel Glück." Sie runzelte die Stirn, lenkte dann den Wagen auf die Straße und fuhr davon.

Er sah ihr nach, bis das Auto in der Ferne verschwand. Er musste sich etwas überlegen.

* * *

Den Rest des Wochenendes verbrachte Caroline damit, ihre verschiedenen Finanzberater an deren freien Tagen anzurufen nur um die Bestätigung zu erhalten, dass sie keinerlei Zugriff auf ihre Konten hatte. Es gab keine Schlupflöcher.

Am Donnerstagabend saß sie auf ihrer Couch und kaute auf ihrer Unterlippe herum. Sie war niedergeschlagen und schrecklich beschämt. Wie hatte sie das nur zulassen können?

Sie war von sich selbst enttäuscht.

Ihr Telefon klingelte und sie griff danach. Es war Ginny, die Frau ihres Cousins Todd. Mit ihr verstand sie sich gut; in vielerlei Hinsicht ähnelten sie einander. Sie nahm den Anruf entgegen; sofort erschien Ginnys Gesicht auf dem Bildschirm.

„Okay, liebe Freundin, ich bin aufgebracht. Ich habe gerade erfahren, was dein Großvater getan hat und ich muss sagen, verglichen mit all den anderen Dingen, ist das die Krönung. Todd war heute Morgen mit unserem Hund in der Klinik, wo Ash ihm die Neuigkeiten mitgeteilt hat. Er hat gesagt, dass du verärgert bist. Meinte, dass euer Großvater dich böse hereingelegt hätte und hat ihm die Einzelheiten erklärt. Ich kenne dich und weiß, dass du aufgebracht bist."

„Gelinde ausgedrückt. Ginny, im Moment bin ich ziemlich niedergeschlagen. Ich habe mich noch nie so schlecht gefühlt. Ich komme mir so dumm vor. Mir war nie klar, wie viel Kontrolle er über meine Konten hat. Ich habe immer geglaubt, dass ich eine unabhängige Frau bin. Was für ein Witz… wie ich festgestellt habe, bin ich das nicht im Mindesten. Tatsächlich bin ich ein Schmarotzer, der immer noch in seinem Poolhaus lebt. Im Grunde genommen habe ich ständig geschnorrt." Sie schloss die Augen als ihr die ganze unangenehme Wahrheit erneut bewusst wurde. „Ich meine, natürlich habe ich Geld verdient und nichts dabei gefunden, weil ich dachte, ich wäre unabhängig und dann finde ich heraus, dass alle meine Konten immer noch seinem Einfluss unterliegen. Ich denke, das bedeutet, dass ich unbewusst dachte, dass ich auf die Nase fallen würde, wenn ich mich von ihm abkoppeln würde." Sie spürte ein Schluchzen in sich aufsteigen und blinzelte heftig, um die Tränen und hoffentlich auch das Schluchzen in Schach zu halten. Sie durfte sich nicht derart von Selbstmitleid mitreißen lassen. Niemand sollte wissen, wie groß der Abscheu war, den sie im Moment für sich selbst empfand.

„Nein, das bedeutet es nicht. Du bist zu hart zu dir."

„Bin ich nicht. Das ist die Realität. Ich hatte Angst davor, allein zu sein. Ich fürchtete mich davor, auf eigenen Beinen zu stehen und mich von ihm abzukapseln. Mir hat zwar niemand gesagt, dass es besser wäre, das zu tun, aber ich bin ja nicht dumm.

Unbewusst habe ich also dieses ganze Chaos zu verantworten. Und das macht mich krank. Auf mich selbst bin ich genauso wütend wie auf meinen Großvater."

Ginny legte ihren Kopf schief, auf dem ein gelber Cowboyhut thronte, und blinzelte ihr über das Telefon zu. „Du weißt doch, dass du nach diesem Sheriff verrückt bist. Streite es nicht ab. Ich weiß es und alle anderen auch. Du bist seinetwegen ganz aus dem Häuschen. Warum gibst du euch beiden keine Chance?"

„Das ist nicht so einfach. Er hat ein Problem mit meinem Geld. Und ich glaube, da ist noch mehr. Er hat ganz eindeutig Bindungsängste. Er trifft sich ständig mit Frauen, aber nie wird etwas daraus. Er will sich nicht festlegen."

„Vielleicht war die richtige Frau noch nicht dabei. Oder ihm ist noch nicht aufgegangen, dass du aus mehr bestehst als aus deinem Geld."

Sie wurde depressiv, wenn sie darüber nachdachte. „Großvater hat sogar die Tatsache ausgenutzt, dass Gladys und Mike aufgrund gesundheitlicher Probleme in den Ruhestand gehen wollen, und sie in seinen Plan integriert. Sie haben Jesse gesagt, dass er die Ranch nur übernehmen kann, wenn er verheiratet ist. Aber er will mich nicht heiraten, und deshalb will ich ihn auch nicht heiraten. Ich werde nicht um irgendjemandes Liebe betteln." Hatte sie das gerade wirklich gesagt? „Ich meine,

Aufmerksamkeit. Aber es tut mir so weh zu wissen, dass die Ranch in Schwierigkeiten geraten könnte, wenn sie nicht länger das Geld erhält, das sie Monat um Monat am Laufen hält. Jesse hat das nicht erwähnt und weiß es vielleicht auch gar nicht, aber ich mache mir wirklich Sorgen um ihre Zukunft. Wenn die Jungsranch in Schwierigkeiten gerät, dann ist Großvater dafür verantwortlich. Er weiß ganz genau, wie abhängig dieses Projekt von unserer Unterstützung ist."

„Dann heirate doch Jesse. Übernimm die Kontrolle über die Situation. Du bist stark – du kannst das. Ihr müsst drei mickrige Monate verheiratet bleiben, und nachdem du dein Geld wieder hast, könnt ihr beide getrennter Wege gehen und tun, was immer ihr wollt. Dreh den Spieß um. Hör auf dich zu wehren, so wie er es von dir erwartet und gib alles. Und mach es gleich und starte mit den drei Monaten. Anschließend könnt ihr euch trennen, wenn ihr es denn beide überlebt. Dann hat er seine Ranch und du kannst dich von deinem Großvater abkapseln. Du hättest genau das bekommen, was du willst – einen Neuanfang – und er würde nur deinen Rücken sehen, wenn du die Tür hinter dir schließt. Das gefällt dir doch, oder?"

Es klang hart, aber ihr Großvater hatte sie zu solchen Taten getrieben. „Du hast recht. Es macht mich traurig, denn ich liebe meinen Großvater. Aber er ist zu weit gegangen."

„Ich war selbst in einer ganz ähnlichen Situation. Als meine Eltern beschlossen, mein kleines Weingut daheim in Tyler zu verkaufen, da verletzte mich das, aber ich tat, was notwendig war, um zu überleben, und heiratete Todd. Und das stellte sich als Segen heraus. Wie auch immer, übernimm die Regie, meine Liebe, und wenn du uns brauchst, dann komm her und wir berufen ein Mädelstreffen ein. Wir können uns morgen treffen, wenn du magst."

Caroline saß da und ließ Ginnys Worte auf sich wirken. Wenn es ihr nicht gut ging, gönnte sie sich für gewöhnlich einen Ausflug ins Spa oder einen Einkaufsbummel.

Ihr Magen schlug Purzelbäume. „Ginny, danke für deine Unterstützung. Du hast mir geholfen, mich aus meinem Selbstmitleid zu befreien. Ich glaube nicht einmal, dass es mir helfen würde, ins Spa oder einkaufen zu gehen, aber du hast recht, ich bin stark und werde die Kontrolle übernehmen. Vielen Dank. Dein Rat ist auf fruchtbaren Boden gefallen. Fühl dich umarmt. Und umarme auch meinen gutaussehenden Cousin an meiner Stelle. Ich muss los."

Mit einer entschiedenen Geste beendete sie das Gespräch. *Ginny hatte recht.* Sie musste Jesse überzeugen, sie zu heiraten, damit sie beide bekamen, was sie wollten, wenn die drei Monate vorüber waren. Bis hierher hatte sie sich selbst vorgemacht, stark und unabhängig zu sein, aber damit war jetzt Schluss. Sie würde die Situation in den Griff bekommen und ihr Geld und ihren Stolz verteidigen. Drei Monate waren keine allzu lange Zeit.

Sie musste lediglich Jesse davon überzeugen, mitzumachen.

KAPITEL FÜNF

Am Montagnachmittag fuhr Jesse zur Jungsranch. Er winkte Greg und Tony zu, zwei der Kinder, die schon zur High School gingen. Sie luden zu Quadern gepresste Heuballen von der Ladefläche eines Trucks und brachten sie in den Heuschober. Robbie, einer der Erstklässler, saß mit einem Notizbuch auf der Veranda. Er schob seine Brille, die auf seinem Nasenrücken nach unten gerutscht war, wieder nach oben und musterte Jesse durch dicke Linsen.

„Hallo Jesse. Ich mache Mathe. Was machst du?"

„Gut, dass du Mathe machst. Sind das deine Hausaufgaben?"

Er zuckte mit den Schultern. „Ich bin im Unterricht nicht fertiggeworden, deswegen meinte Mike, ich soll mich hier hinsetzen und ein bisschen daran arbeiten. Danach würde er die Aufgaben mit mir durchgehen."

„Klingt nach einem Plan. Kommst du klar? Brauchst du meine Hilfe?"

„Nein, ich habe es verstanden. Es ist einfach."

„Warum bist du dann im Unterricht nicht damit fertiggeworden?"

„Ich habe Missy Briggs angesehen."

„Und warum hast du die junge Dame angesehen?"

„Weil sie hübsch ist. Und sie hat mich immer wieder angelächelt."

Jesse unterdrückte ein Lächeln. „Ah, hat sie das? Vielleicht solltest du es dir besser bis zur Mittagspause aufheben, Missy anzustarren. Was meinst du?"

Der kleine Kerl seufzte und studierte eine Minute lang seinen Bleistift, bevor er wieder zu ihm aufblickte. „Ich kann es versuchen. Aber ihr Lächeln ist ziemlich überzeugend."

Sofort wanderten Jesses Gedanken zu Carolines frechem Lächeln. „Ich weiß, was du meinst. Dann versuch wenigstens so stark du kannst, deine Aufgaben in der Schule zu erledigen. Dann kannst du, wenn du zu Hause bist, rausgehen und Zeit mit den Jungs verbringen, anstatt hier zu sitzen und nachzuarbeiten."

„Ich werde es versuchen."

Er drückte die Schulter des Kindes und ging dann zur Tür. Gladys öffnete ihm, bevor er sie erreichte.

„Ich dachte, ich hätte deine Stimme gehört. Komm rein. Wir sind in Mikes Büro. Robbie, du bist fast fertig, oder? Mike wird alles durchsehen, nachdem wir mit Jesse gesprochen haben, okay, Liebling?"

Robbie strahlte sie an. „Bis dahin bin ich fertig. Ich verspreche es."

Der Junge hatte ein breites kleines Gesicht und große Augen, die durch die Brille noch größer wirkten. Wie er selbst war Robbie schon in jungen Jahren auf die Ranch gekommen, und würde, wenn kein Wunder geschah, hier seine Jugend verbringen. Er war immer kränklich gewesen und beinahe gestorben, bevor er zu Mike und Gladys gekommen war. Einige seiner Organe waren in Mitleidenschaft gezogen worden, gesundheitliche Probleme würden ihn ein Leben lang begleiten. Für ein Paar, das ein Kind adoptieren und für es sorgen wollte, war das eine ganze Menge. So ging es einigen Kindern, die auf die Ranch kamen.

Jesses Entschlossenheit verdrängte alles andere. Dieses Kind und die anderen Jungs verdienten das stabile, glückliche Leben, das ihnen die Ranch bot.

Mit Gladys betrat er das Haus und gemeinsam gingen sie in Mikes Büro. Mike stand am Fenster und beobachtete einige der Jungen dabei, wie sie im Hinterhof mit Shaggy, einem australischen Schäferhund, spielten. Er drehte sich um, als Jesse die Tür schloss.

Jesse blieb an der Tür stehen und musterte die beiden Menschen, die ihm die Welt bedeuteten, die alles für ihn getan hatten. „Ich bin gekommen, um euch zu bitten, von der Heiratsklausel Abstand zu nehmen. Es gibt keine gesetzlichen Bestimmungen, die mir verbieten, diese Ranch zu führen. Ich weiß, dass ihr wollt, dass ich heirate, aber ich habe nicht vor, das zu tun, bevor ich soweit bin. Talbert McCoy steckt hinter alldem, oder?"

Gladys sah zu ihrem Ehemann und Mike blickte ihn mit einem Mal mit diesem Ich-werde-dir jetzt-mal-einen-guten-Rat-geben-Blick an, den er nach all den Jahren nur zu gut kannte. Er war kein leicht zu erziehender Teenager gewesen. Es hatte Auseinandersetzungen gegeben und er und Mike waren viele Male aneinandergeraten. Doch er war dankbar für all die Gelegenheiten, bei denen Mike eingeschritten war. Er musste ihm jetzt vertrauen. Oder ihn zumindest reden lassen.

„Setz dich, Jesse. Und wir sagen dir, was wir denken. Wir machen uns Sorgen um dich."

Jesse setzte sich auf den alten Stuhl mit der harten Rückenlehne, der schon so lange in diesem Büro stand, wie er sich erinnern konnte.

„Ich weiß, du denkst, dass alles in Ordnung ist, aber du möchtest dieses Projekt weiterführen und wir wollen, dass du das tust. Doch wir haben uns schwer damit getan, dir die Wahrheit zu sagen. Wir glauben nicht, dass es gesund wäre, wenn du die gesamte

Verantwortung allein tragen würdest." Er hob eine Hand. „Ich weiß, dass du ein starker und entschiedener Mann bist, der über ein ausgezeichnetes Urteilsvermögen und Weisheit verfügt. Du liebst diese Gemeinde, das Land hier, die Ranch und die Jungen. Wir wissen das. Wenn es anders wäre, wärst du fortgegangen und hättest anderswo das gemacht, was du hättest tun wollen. Du bist hiergeblieben und den vielen Jungen, die nach dir hierhergekommen sind, ein großartiger Mentor gewesen.

Doch wir denken, dass du jemanden brauchst, der dir hilft, jemanden, der an deiner Seite arbeitet. Ohne meine Gladys hätte ich diesen Job nicht tun können. Und sie ihn nicht ohne mich. Wir sind ein Team. Und diese Jungs verdienen ein Team. Ich weiß nicht, ob es dir bewusst ist, aber all die Male, wenn du stur und wild warst, wären schwieriger gewesen, wenn Gladys nicht gewesen wäre. Wer weiß, wie du dich entwickelt hättest, wenn du nur von mir Ratschläge erhalten hättest. Ohne Gladys' Liebe und Unterstützung wäre womöglich alles gescheitert. Sie ist das Herz des ganzen Projekts. Sie schenkt den Jungen einen beruhigenden Ort zum Ankommen – auch den älteren – das weißt du selbst.

Deswegen haben wir diese Bedingung aufgestellt. Sie ist auch im Interesse unserer Jungs. Wir denken immer an sie."

„Wir hassen es, dir das anzutun." Gladys sah ihn

mit sanftem Gesichtsausdruck an. „Aber wir lieben dich so sehr, Jesse, und wir wollen das Beste für dich. Wenn du nur diese Probleme hinter dir lassen könntest, die dich davon abhalten, dich auf eine Frau einzulassen. Wir wissen nicht genau, was es ist, aber wir wissen, dass dich stets etwas davon abgehalten hat, dich einer Frau gegenüber zu verpflichten. Und du bist mit vielen ausgegangen. Die richtige Frau ist dort draußen. Wir glauben wirklich, dass sie sich direkt vor deiner Nase befindet."

Caroline, es war offensichtlich.

Jeder glaubte, dass sie die richtigen füreinander wären. Und er trug nicht gerade dazu bei, etwas dagegen zu tun, denn jedes Mal, wenn sie in der Nähe war, reizte er sie, da er einfach nicht anders konnte. Jeder in der Stadt hatte so seine Vorstellungen, doch niemand verstand, dass sein Verhalten mehr auf Frustration beruhte als auf etwas anderem. *Warum sollte ein Mann eine Frau heiraten wollen, die bereits alles hatte, was sie sich nur wünschen konnte?*

Er konnte keine Frau heiraten, der er nichts zu bieten hatte.

Wie eine kaputte Platte vernahm er diesen Satz wieder und wieder in seinen Gedanken.

Er konzentrierte sich. „Das musste ich wissen. Ist da noch etwas? Talbert?"

Sie blickten einander an. Gladys rieb die Hände

aneinander, ein klares Zeichen dafür, dass sie etwas beunruhigte.

„Wir… wir haben uns entschieden, die Dinge voranzutreiben und würden gern noch eher in den Ruhestand gehen, am liebsten noch vor Ablauf eines Monats. Wenn du bis dahin jemanden findest könntest – wir wissen, dass Talbert festgelegt hat, dass Caroline dich heiraten muss und wir dachten, dass du ihr vielleicht aushelfen würdest. Wir konnten uns nicht dazu durchringen, dir zu sagen, dass du Caroline heiraten musst, um die Ranch zu kaufen, aber nun ja, wir hofften, dass du allein zu diesem Entschluss kommen würdest. Es würde ihr und uns helfen. Und dir selbst.“

Mike nickte. „Es tut mir leid, mein Sohn, aber so haben wir uns entschieden.“

Jesse verschränkte die Arme und bedachte die beiden mit einem sarkastischen Blick. „Talbert hat euch wirklich von seinem Plan überzeugt. Ich habe bereits mit Caroline über das gesprochen, was ihr Großvater ihr angetan hat. Ist euch nicht klar, dass, selbst wenn ich sie davon überzeugen könnte, das gemeinsam durchzuziehen, es nicht von Dauer wäre? Das ist einfach nur falsch. Ihr wisst, dass ich alles tun werde, was nötig ist, damit diese Jungen weiterhin hier auf der Ranch leben können. Und Caroline wird tun, was sie tun muss, um die Ranch finanziell zu unterstützen.“

Zumindest besaßen sie den Anstand, beschämt dreinzuschauen.

Mike räusperte sich. „Wir wissen, dass ihr wahrscheinlich denkt, wir sind schreckliche Menschen. Aber wir tun das aus Liebe, genauso wie Talbert. Wir haben euch beiden all die Jahre dabei zugesehen, wie ihr umeinander herumgetanzt seid. Ihr seid verrückt nacheinander und das weißt du. Aber irgendetwas steht zwischen euch, das euch daran hindert, den nächsten Schritt zu gehen. Deswegen tun wir jetzt das, um euch eine Chance zu geben. Wir erlegen dir die gleiche Bedingung auf wie Talbert Caroline. Du musst drei Monate verheiratet bleiben, danach gehört die Ranch dir, aber ihr könnt getrennter Wege gehen. Wir möchten allerdings, dass ihr euch zivilisiert benehmt, wenn ihr mit den Jungs arbeitet. Sie können kein Drama gebrauchen, ihr müsst euch also in ihrer Gegenwart zusammenreißen. Ich vertraue darauf, dass ihr euch daran haltet.“

Jesses spürte, dass sein Temperament drauf und dran war, mit ihm durchzugehen und die in ihm emporsteigende Wut das Potential hatte, ihm seinen Stetson vom Kopf zu fegen. Hitze wie an einem texanischen Sommertag Mitte August durchfuhr ihn. Für den Moment verzichtete er auf eine Erwiderung und hielt stattdessen lediglich Mikes Blick. Niemals hätte er geglaubt, dass die beiden versuchen würden, ihn auf diese Art und Weise zu etwas zu zwingen. Er liebte die Ranch, die Jungen und er liebte sie. Und sie sorgten dafür, dass das alles in der Schwebe hing.

Er erhob sich. „Ich brauche frische Luft."

Mit diesen Worten drehte er sich abrupt um und ging zur Tür. Ohne einen Blick zurück zu werfen, öffnete er sie und ging über den Holzboden zur Haustür hinaus.

Robbie wollte gerade hereinkommen. Der kleine Kerl sah zu Jesse auf. Sein winziges Lächeln berührte Jesses Herz.

„Jesse, ich hab's geschafft und hoffe, dass ich übermorgen mit den anderen am Viehtrieb teilnehmen darf. Mike hat gesagt, dass ich nicht mitkommen dürfte, wenn ich die Aufgaben nicht lösen kann. Es wird mein erstes Mal sein."

Jesse kniete sich hin, damit er mit Robbie auf einer Höhe war. „Ich bin stolz auf dich und weiß, dass auch Mike stolz auf dich sein wird. Und weißt du, wenn er so etwas zu dir sagt, dann tut er es, weil er dich liebt und das Beste für dich will. Wir sehen uns beim Viehtrieb, denn ich komme auch mit."

Robbies Lächeln wurde größer und größer und reichte ihm von einem Ohr zum anderen. Seine Brille rutschte wieder auf seiner Nase nach unten. „Ich kann es kaum abwarten. Ich durfte noch nie mit. Sie haben mich nicht mitkommen lassen, bevor ich nicht in der ersten Klasse war, deswegen bin ich ganz aufgeregt. Und ich hatte solche Angst, dass ich es vermasselt habe. Ich werde mich nie wieder vom Lächeln eines

Mädchens von meinen Aufgaben abhalten lassen. Ich möchte an den Viehtrieben teilnehmen, deswegen werde ich aufpassen."

Jesse wuschelte ihm durch die Haare. „Du wirst noch mehr als genug Zeit haben, um darüber nachzudenken, wie hübsch das kleine Mädchen neben dir ist. Doch jetzt genieße es erstmal, hier draußen zu leben, zu reiten und an Viehtrieben teilzunehmen. So, jetzt geh rein und überbring Mike und Gladys die guten Neuigkeiten. Vielleicht gibt sie dir sogar einen Keks dafür."

Robbie überraschte ihn damit, dass er ihm seine Arme um den Hals schlang. „Ich liebe dich, Jesse. Vielen Dank für all die Ratschläge. Eines Tages möchte ich Sheriff werden, aber dazu muss ich noch ein ganzes Stück wachsen. Als ich den anderen Jungen davon erzählte, meinten sie, Stonewall bräuchte keinen Sheriff von meiner Größe."

„Mein Sohn, du hast mir den Tag gerettet. Eins kann ich dir sagen, deine Körpergröße hat nichts damit zu tun, Sheriff zu sein. Da geht es um dein Herz und die Fähigkeit, gute Entscheidungen zu treffen. Mike und Gladys – und hoffentlich auch ich – können dir dabei helfen. Ein gutes Herz hast du bereits. Das sehe ich. Solltest du immer noch klein sein, wenn du erwachsen bist, dann macht das nichts. Ich habe viele Freunde, die viel kleiner sind als ich, und die trotzdem ebenso gut oder sogar bessere Männer des Gesetzes sind als ich es bin."

Oder es gewesen war. Denn wie er wusste, würde er schon bald kein Gesetzeshüter mehr sein… er würde diesem Jungen und all den anderen, die auf diese Ranch kamen, eine Vaterfigur sein.

Es sei denn, Caroline konnte sich nicht dazu überwinden, ihm drei Monate zu schenken.

* * *

Am Dienstag war Caroline frustriert gewesen und hatte sich hin- und hergerissen gefühlt, am Freitagmorgen zog sie ihre Cowboystiefel an und ließ ihre Jeans halb darin stecken. Es war ihr egal; dies war ihr Ich-bin-ein-Mädel-vom-Land-und-es-ist-mir-egal-Outfit. Sie hatte ihr T-Shirt angezogen, auf dem stand: *Redest du mit mir?* Ja, sie war wütend. In den letzten Tagen war sie alles noch einmal durchgegangen, hatte Anrufe getätigt, ohne damit den geringsten Erfolg zu erzielen. Sie hatte gegen den überwältigenden Drang ankämpfen müssen, zum Haus ihres Großvaters zu stürmen und ihm gründlich die Meinung zu sagen. Das hätte ohnehin nichts gebracht, wie sie wusste, war er in Houston, um an einigen geschäftlichen Meetings teilzunehmen, sie hätte also lediglich ein leeres Haus anschreien können.

Stattdessen eilte sie aus dem Haus und zu ihrem Auto. Sie wusste genau, wohin sie wollte und trat das Gaspedal durch, nachdem sie ihren BMW auf die asphaltierte Straße gelenkt hatte. Als sie die Kurve beinahe erreicht hatte, befand sie sich weit über der erlaubten Geschwindigkeit, so käme sie niemals sicher durch die Kurve. Sie drosselte das Tempo und blieb nur knapp über dem Tempolimit, während sie den Wagen um die Kurve steuerte. Enttäuscht stellte sie fest, dass er nicht da war.

Entschlossen, ihn zu finden, fuhr sie weiter in die Stadt und entdeckte seinen Geländewagen, der vor Dixies Diner geparkt war. Stonewall war eine kleine, weitläufig angelegte Kleinstadt und Dixies Diner befand sich in einem von ähnlichen Bauwerken umgebenen älteren Gebäude in einer Seitenstraße. Trotz seines verblassten und in die Jahre gekommenen Anblicks erfreute sich das Lokal bei den Einheimischen größter Beliebtheit. Ihr Onkel J.D. hatte das Diner geliebt und darin seinen letzten Atemzug getan, während er gerade Dixies berühmte Pekannusstorte genossen hatte. Seit seiner Beerdigung war sie nicht mehr darin gewesen.

Caroline war angespannt und etwas ängstlich und drosselte gerade das Tempo ihres roten Sportwagens, als Jesse James auf den Bürgersteig trat. Ein Adrenalinstoß durchfuhr sie und sie lenkte ihr Auto schwungvoll in die Parklücke neben seinem SUV.

Von der Notwendigkeit, mit ihm zu sprechen, getrieben, war sie beinahe schon ausgestiegen, bevor sie noch den Schalthebel in die Parkposition gebracht hatte. Sie ließ die Tür offenstehen, zog ihr T-Shirt über den Hosenbund ihrer Jeans und rannte auf ihn zu. Sein düsterer Gesichtsausdruck verriet ihr, dass seine Stimmung ebenso schlecht war wie ihre.

Sie blieb am vorderen Ende der Motorhaube ihres Wagens stehen und breitete die Arme aus. „Ich bin so wütend, dass ich Nägel spucken könnte. Umso länger ich über die ganze Sache nachdenke, desto wütender werde ich. Das ist so falsch."

Seine Stirn runzelte sich attraktiv. „Beruhige dich, Caroline. Ich weiß genau, wie du dich fühlst." Er stemmte die Hände in die Hüften.

Sie bemühte sich darum, zu ignorieren, was für ein ansprechendes Bild er abgab, mit den breiten Schultern, den schlanken Hüften und der Uniform. Und dieses Gesicht... ihn lediglich anzusehen, beruhigte sie bereits ein bisschen, auch wenn sie das ihm gegenüber nie zugegeben hätte.

Stattdessen warf sie ihm einen spitzen Blick zu. „Sag mir nicht, dass ich mich beruhigen soll, Jesse James. Wir reden schließlich über mein Leben." Sie stampfte auf den Bürgersteig und stieß ihn gegen die Brust. „Und über deins. Macht dich das nicht wütend?"

„Doch." Er deutete mit dem Kopf in Richtung der Fenster, und sie sah, worauf er ihre Aufmerksamkeit lenken wollte. Ein paar einheimische Damen saßen hinter der Scheibe in einer Nische und hielten dort ihren wöchentlichen Kaffeeklatsch ab.

Die Schwingtür des Restaurants öffnete sich und Amos und Martha, die Besitzer des Flower Spot, einer Blumenfarm und Baumschule in der Nähe, traten auf den Bürgersteig.

Amos grinste breit. „Ihr zwei erinnert mich an mich selbst und meine Martha hier. Zwischen uns sind auch die Funken geflogen, als ich ihr den Hof gemacht habe." Er zwinkerte Caroline zu. „Martha hat auch immer versucht, besonders unnahbar zu erscheinen."

Martha lächelte schüchtern. „Er hat recht. Doch irgendwann habe ich das getan, was mein Herz mir gesagt hat. Und seit fünfundvierzig Jahren bereitet es mir nun schon Freude, mit diesem Mann zusammenzuleben. Du solltest einlenken, Caroline. Du weißt doch, dass du das willst."

„Jeder weiß das", verkündete Amos. „Ich habe unten im Futtermittelgeschäft zwanzig Dollar darauf gesetzt, wann die Hochzeit stattfinden wird. Meine Tipps sind recht bald, ihr solltet euch also besser beeilen, wenn ihr wisst, was ich meine."

Carolines Mund stand sperrangelweit offen. „Mr. Amos, Sie haben nicht wirklich Geld darauf gewettet, dass ich Jesse heirate. Sagen Sie mir, dass Sie mich nur aufziehen." Sie warf Jesse einen Blick zu, der jedoch stumm blieb. Er sah halb amüsiert, halb alarmiert aus. Sie sah ihn aufgebracht an und blickte dann wieder zurück zu Amos.

Er sah aus, als hätte sie gerade etwas Törichtes gesagt. „Natürlich habe ich das. Wir sind schon eine ganze Menge, die gewettet haben. Irgendjemand wird dreihundert Dollar gewinnen, wenn ihr zwei endlich den Bund fürs Leben schließt."

Martha legte ihre Hand auf den Arm ihres Mannes und lächelte Caroline an, als hätte sie Mitleid mit ihr. „Komm schon, Schatz, überlassen wir die beiden wieder ihrem… Gespräch."

„Das tun wir", erwiderte er grinsend. „Ihr zwei seht aus, als solltet ihr euch etwas küssen und euch versöhnen. So langsam auf die Hochzeit hinarbeiten, wenn ihr wisst, was ich meine." Er zwinkerte ihnen zu und ging dann mit seiner Frau weg.

„Nun, das war interessant", sagte Jesse schließlich, als das Paar über den Bürgersteig zu seinem Truck lief.

Caroline atmete tief ein, sehr tief, bevor sie etwas sagte. Sie hatte die Kontrolle zurückerlangt und war sich der vielen neugierigen Augenpaare bewusst, die sie immer noch von drinnen beobachteten. „Können wir unser Gespräch bitte seitlich des Gebäudes fortsetzen?", fragte sie und ging an ihm vorbei, bevor er antworten konnte.

„Ja, Ma'am, ich glaube, das wäre eine gute Idee, wenn wir ein privates Gespräch führen wollen."

Seine Antwort war nicht dazu angetan, sie zu

besänftigen. „Wenn du an der Stelle gewesen wärst, an der du für gewöhnlich deinen Morgenkaffee trinkst, dann würden wir dieses Gespräch an einer menschenleeren Landstraße führen. Was machst du überhaupt hier?"

„Ich habe hier angehalten, um mir mein übliches Frühstückssandwich zu besorgen. Es war ein langer Morgen und du bist viel früher unterwegs als sonst. Ich nehme an, dass du nicht viel geschlafen hast?"

Sie wirbelte herum, sobald sie seitlich des Gebäudes den Bürgersteig verlassen hatten und vor neugierigen Blicken sicher waren. „Du hast recht, ich habe nicht schlafen können, seit dieses ganze Schlamassel seinen Lauf genommen hat. Was hast du bezüglich deiner Situation herausfinden können? Ist es so, wie wir dachten? Stecken Mike und Gladys mit meinem Großvater unter einer Decke?"

„Unter einer Decke stecken trifft es ziemlich gut, sie machen gemeinsame Sache. Und ja, dein Großvater ist zu ihnen durchgedrungen. Aber wie er glauben auch sie, dass sie in meinem Interesse handeln, in meinem, deinem und dem der Jungs." Er hob die Hände, als sie zu protestieren begann. „Ich weiß, ich weiß – sie mischen sich alle viel zu sehr in unsere Angelegenheiten ein. Aber Caroline, bei dieser Sache geht es um mehr als nur um dich und mich. Es geht um die Jungsranch. Ja, wir werden beide auf die schlimmstmögliche Weise manipuliert und das gefällt uns kein bisschen. Sie können uns ausnutzen, weil sie wissen, dass wir uns um diese Jungen sorgen. Du und ich, wir können diese Sache unbeschadet überstehen. Aber diese Jungs – sie brauchen uns."

War es denkbar, dass er dasselbe dachte wie sie?

„Sie brauchen uns mehr als wir es nötig haben zu rebellieren."

Die Wut ließ für einen Moment nach. „Ja. Das tun sie. Und das macht mich noch wütender. Dass sie diese unschuldigen Jungen benutzen, um uns zu beeinflussen."

Er nahm seinen Hut ab und hielt ihren Blick fest. „Ich verstehe dich. Klar und deutlich, Erbin. Ich werde es jetzt aussprechen. Ich benötige deine Unterstützung. Heirate mich."

Ihr Mund wurde trocken und ihr Herz stolperte über seine Worte.

„Wenn du mir drei Monate deines Lebens schenkst, stellen wir sicher, dass es den Jungs an nichts fehlt, wir machen Mike und Gladys glücklich und deinen Großvater, und nach drei Monaten gehen wir getrennter Weg. Wir werden beide bekommen, was wir wollen. Für mich gelten die gleichen Regeln wie für dich. Nach Ablauf der Zeit kann ich die Ranch behalten und du erhältst dein Erbe und die Möglichkeit, auch weiterhin eine Wohltäterin der Ranch zu sein. Wenn du das möchtest. Das einzige, was sich ändern wird, ist unser Beziehungsstatus." Er atmete ein. „Das wär's. Damit es für die Einwohner dieser Stadt echter aussieht, könnten wir uns für ein paar Wochen verloben... ich könnte dein Verlobter sein."

Sie erholte sich von dem anfänglichen Schock, dass er sie gebeten hatte, ihn zu heiraten. Was war nur los mit ihr? „Mein vorgetäuschter Verlobter meinst du", fügte sie spitz hinzu, da sie aus irgendeinem Grund darauf hinweisen musste, dass dies nicht real wäre. Nichts wäre real bis auf ihre Unterschriften auf der Urkunde. Ebenso real wie die Unterschriften auf den Scheidungspapieren.

„Richtig, *vorgetäuscht*, aber für jeden außer uns echt, genauso wie der Papierkram."

Ihr Magen schlingerte. Oh, ihr war so übel. Sie hatte vorgehabt, ihm dasselbe vorzuschlagen, aber er war ihr zuvorgekommen. Das war in vielerlei Hinsicht schockierend.

Würden eine zweiwöchige Verlobungszeit und ein vorgetäuschter Verlobter irgendetwas ändern? Beides würde nur dazu beitragen, dass diese ganze Farce noch länger dauern würde und die Zeit verlängern, bis sie sich scheiden lassen konnten und voneinander und ihrem Großvater befreit sein würden.

Sie würde ihn heiraten und dann so tun müssen, als machte ihr das nicht aus.

Vorgeben müssen, sie könnte ohne ihn leben.

Oh, sie konnte ohne ihn leben, sie hatte sich an den Gedanken gewöhnt, dass er niemals ihr gehören würde. Aber erst gezwungen zu werden, ihn zu heiraten und mit ihm zu leben und das dann wieder aufzugeben… das war womöglich mehr, als sie würde verkraften können.

Es war gemein – gemein von ihrem Großvater, ihr das anzutun. Und falsch.

Aber sie war kein Drückeberger. Ebenso wenig konnte sie die Kinder, die sie brauchten, im Stich lassen. Sie nickte und stieß einen Atemzug aus. „Du sollst wissen, dass ich nach drei Monaten gehen werde und du dann wieder frei sein wirst, aber ich werde meine Verpflichtung den Jungs gegenüber beibehalten. Ich werde umziehen, wenn wir uns getrennt haben. Nach New York, glaube ich. Dort habe ich mit meiner Kunst bessere Möglichkeiten und bis dahin werde ich alle Verbindungen zu meinem Großvater gekappt haben. Ich kann die Ranch von überall aus unterstützen, sodass du dir deswegen keine Sorgen machen musst."

Sein Gesichtsausdruck verdüsterte sich und sein Blick grub sich in ihren. Sie bemühte sich darum, so ungerührt wie möglich zu wirken. Verschloss ihm ihr Herz.

„Ich glaube nicht, dass dein Großvater das wollte."

„Im Moment ist mir egal, was er will. Das alles ist seine Schuld."

„So sei es. Wann willst du es tun? Jeder in der Stadt wird denken, dass es echt ist, genau wie bei deinen Brüdern und Cousins. Es ist die perfekte Show. Die Verlobung wird…"

„Wird das Unvermeidliche nur hinauszögern." Sie fuhr sich mit der Hand durch die Haare, ihre Gedanken wirbelten umher wie ein Tornado. „Wir machen es so: Denton und Blaze sind durchgebrannt und haben es zu ihren eigenen Bedingungen getan. Ich kann dafür sorgen, dass Beck oder einer seiner Piloten innerhalb einer Stunde hier ist. Ich möchte diese Finte nicht noch ausdehnen oder mich mit dir sehen lassen, während alle aufgeregt sind. Ich kann das nicht. Und ich weigere mich, meinem Großvater diese Befriedigung zu gönnen. Sie werden alle so glücklich sein – du weißt, dass es so sein wird. Sie werden glauben, dass sie die ganze Zeit über recht hatten und wir so unglaublich *verliebt* waren." Sie sprach mit dem übertriebensten gedehnten Texas-Slang, zu dem sie fähig war und der vor Sarkasmus nur so triefte.

Er lächelte bedauernd und ihr Körper begann zu kribbeln. Sie hätte das Kribbeln am liebsten mit ihren Stiefeln zerstampft. Genauso gut könnte sie sich auch einfach daran gewöhnen, denn wenn sie Tag und Nacht in seiner Nähe verbringen musste, wäre sie ständig von Kribbeln erfüllt. Es war lächerlich.

„Ich verstehe, was du meinst. Ich denke zwar, wir sollten alle einbeziehen, aber ich überlasse dir die Entscheidung. Wir können nach Vegas fliegen oder einfach zum Standesamt gehen. Wie du willst.

Anschließend geben wir einen Empfang auf der Ranch. Die Jungs werden aufgeregt sein. Ich habe darüber nachgedacht – für sie wird es eine große Veränderung bedeuten, wenn Mike und Gladys ihnen erzählen, was geschieht. Sie respektieren mich, lieben mich sogar – zumindest die meisten – aber Mike und Gladys bedeuten ihnen alles und sie werden verletzt sein, wenn sie herausfinden, dass sie gehen. Wir müssen für sie da sein und ihnen ein Gefühl der Sicherheit vermitteln. Bist du dafür bereit?"

Bereit oder nicht. „Ich bin bereit."

„Wir müssen es gut machen. Für sie. Vor ihnen darf es zu keinem Drama kommen. Sie müssen sich sicher und geliebt fühlen. Wenn du sauer auf mich bist und mir den Kopf abreißen möchtest, dann gehen wir irgendwohin, auf eine Weide zum Beispiel, und du kannst tun, was du willst. Ich weiß, dass das Ganze für dich genauso belastend sein wird wie für mich oder sogar noch mehr."

Er war großartig. Sie fragte sich, ob er wusste, wie großartig er war.

„Ich habe verstanden. Und Jesse, ich mag nicht glücklich darüber sein, aber ich werde das schaffen. Auch wenn ich das Gefühl habe, dass wir viele Ausflüge auf diese Weide werden unternehmen müssen."

KAPITEL SECHS

Beck kam innerhalb der nächsten Stunde, genau wie Caroline gesagt hatte. Er wartete auf der Rückseite des McCoy Stonewall Weinguts auf sie. Jesse hatte im Büro angerufen und veranlasst, dass ihn in den nächsten zwei Tagen sein ranghöchster Deputy vertrat. Sie sahen, dass Todd und Ginny auf sie zugelaufen kamen. Beide blickten amüsiert drein.

Ginny eilte mit einem breiten Grinsen zu ihnen herüber. „Ich wusste, dass ihr zu dieser Entscheidung kommen würdet. Ich lebe noch nicht lange hier, weiß aber, dass euch beiden die Jungsranch am Herzen liegt. Und ich hege große Hoffnungen, dass zwischen euch Liebe erblüht. Hey, Wunder geschehen – Todd und ich sind das beste Beispiel dafür. Ihr habt den Stier bei den Hörnern gepackt und macht das alles jetzt auf eure eigene Art, auch wenn dieser besondere Fall nicht eintritt. Wir kümmern uns um eure Fahrzeuge und hüten euer Geheimnis, während ihr weg seid, nicht wahr, Todd?"

Todd grinste. „Ja, Ma'am, das tun wir." Er zwinkerte seiner Frau zu und die zwinkerte zurück.

„Ihr zwei habt entschieden zu viel Spaß auf unsere Kosten", bemängelte Caroline mit verschränkten Armen, während sie mit ihren Fingern auf ihrem Bizeps herumtrommelte. „Wir tun das unter Zwang. Ich möchte ihn nicht heiraten und mache es nur für die Jungsranch. Und ich bin der letzte Mensch, den er heiraten will." Trotzig starrte sie ihn an.

Das wollte er nicht abstreiten. Er konnte es nicht gebrauchen, dass irgendjemand dachte, er wolle sie wirklich heiraten. „Wir werden das schon durchstehen." Er blickte sie freimütig an.

„Du hast recht", räumte sie ein. „Es ist nicht nötig, dass ich dich zu Tode piesacke. Nach Ablauf der drei Monate wird sich alles wieder normalisieren."

Beck kam die Stufen des Learjets herunter und schob sich seinen Hut aus der Stirn. „Ihr zwei lenkt auch ein? Keiner von euch macht es mir leichter. Aber das kann ich euch nicht vorwerfen. Wohin wollt ihr?"

„Wir machen einen kurzen Ausflug nach Vegas. Du kannst auf uns warten. Wir werden nicht lange dortbleiben. Wir werden auch den Taxifahrer warten lassen."

„Wollt ihr nicht lieber einen Wagen über einen

Autoservice buchen? Ich kann unterwegs einen bestellen."

Die Bedeutung dieses Satzes traf Jesse mit voller Wucht. Ja, er war ein Taxi-Typ, während die McCoys eher Limousinen buchten. Bevor er etwas sagen konnte, sprach Caroline.

„Wir nehmen ein Taxi. Ich möchte nicht, dass irgendein Autoservice meinen Großvater darauf aufmerksam macht, dass wir in Vegas sind. Oder eine Boulevardzeitung. Ich hoffe, unter dem Radar fliegen zu können, aber das wird nur funktionieren, wenn du keine unnötigen Anrufe bei Limousinendiensten tätigst."

Beck verzog die Lippen. „Erwischt. Gute Idee."

„Soll Großvater es doch allein herausfinden."

„Danke, dass ihr uns deckt", sagte sie zu Ginny und Todd. „Wir schulden euch etwas."

Todd winkte ab. „Ihr schuldet uns nichts. Wir haben dasselbe durchgemacht und wer weiß, vielleicht gibt es ja auch für euch ein Happy End."

„Ha", fauchte Caroline und schritt dann auf das Flugzeug zu. „Kommt schon, Leute. Lasst uns keine Zeit verschwenden. Wir wollen das hinter uns bringen."

Jesse sah die drei anderen an. „Ich weiß nicht, ob es ihr gelingt, ihr Temperament all die Zeit über im Zaum zu halten."

Beck wandte den Blick von seiner Schwester ab, die die Stufen hinaufschritt und im Jet verschwand.

„Das schafft sie schon. Mit diesem Groll wird sich unser Großvater später auseinandersetzen müssen. Sie selbst kommt klar."

Jesse seufzte müde, denn er wusste, dass das der Wahrheit entsprach. Caroline verfügte über ein ausgezeichnetes Gedächtnis; das wusste er aus erster Hand. Sie ließ nicht zu, dass er vergaß, sie geküsst zu haben. Oder die Tatsache, dass er sie aufgrund ihres Geldes nicht ernsthaft heiraten würde.

* * *

Der Flug dauerte nicht lange. Sie schnappten sich ein Taxi und gingen in die erste Kapelle, die sie entdeckten. Er fühlte sich nicht ganz wohl dabei, dass das Ganze so unpersönlich war, aber etwas anderes kam für sie nicht infrage. Also war es am besten so.

Die Hochzeit war kurz und auf das Wesentliche beschränkt. Dann forderte ihn der Priester im Elvis-Look auf, seine Braut nun zu küssen. Er blickte sie an, sein Magen machte einen Satz und jedes Molekül in seinem Körper befand sich in Aufruhr. Carolines Augen weiteten sich und ihr Atem ging flach, als er sich vorbeugte und seine Lippen auf ihre drückte.

Die Welt um sie herum verschwamm, als ihre weichen Lippen auf seine trafen. Sie schnappte leicht nach Luft und sank dann gegen ihn, als seine Arme sich in einer besitzergreifenden Reaktion um sie schlossen, die ihn bis ins Mark erschütterte.

Sekunden verstrichen, von denen er wünschte, sie würde für immer andauern... denn für den Moment war alles perfekt, keine Schranken trennten sie voneinander. Da waren nur sie beide, die sich ineinander verloren, all die Frustration, die sonst beständig zwischen ihnen stand, war beiseitegeschoben und sie ließen der Leidenschaft freien Lauf, von der sie ebenso wie er wusste, dass sie immer mit im Spiel war, wenn es um sie beide ging. Er vertiefte den Kuss, wollte in diesem Moment so viel bekommen, wie er durfte. Weitere Sekunden verstrichen, während sie sich ganz dem Augenblick hingaben, bevor sie mit voller Wucht in die Wirklichkeit zurückkehrten.

Caroline zog sich abrupt zurück, mit benommenen Augen musterte sie ihn, ein Anblick, der sein Herz zum Schmelzen brachte. Dann verengten sie sich mit einem Mal, ihr Blick wurde kühl und die Hitze, die sie noch wenige Augenblicke zuvor miteinander verschmolzen hatte, wich einem kühlen Schwall Realität. Ihr Gesichtsausdruck verriet nichts mehr.

„Nun, ich denke, das wäre es", sagte sie nonchalant. „Jetzt bin ich Mrs. Jesse James. Ich komme mir vor wie ein Gesetzloser."

Sein Name. „Ja ich auch. Lass uns von hier verschwinden."

Sie nickte, dann verließen sie gemeinsam das

Gebäude. „Bist du hungrig?", fragte er, als sie auf den Bürgersteig traten.

Ihm fiel auf, dass sie es vermied, ihn anzusehen und er fragte sich, ob sie sich genauso aus dem Gleichgewicht gebracht vorkam wie er. Der Kuss war außer Kontrolle geraten. Er hätte derjenige sein sollen, der ihn beendete, aber er hatte sich nicht dazu durchringen können.

„Nein. Ich möchte zum Flugzeug zurück und nach Hause fliegen. Wir müssen ein paar Dinge besprechen und nach ihren Regeln spielen, aber nur für eine gewisse Zeit." Der Zorn, den er schon vor dem Kuss wahrgenommen hatte, war zurück.

Er warf einen Blick gen Himmel, der voller Casinos war und fragte sich, ob sie es wirklich schaffen würden. Er hasste es, sie so wütend zu sehen. Den ganzen Flug nach Vegas über hatte er darüber nachgegrübelt. Sie hatte das nicht verdient. Sie verdiente so viel mehr. Doch er konnte sich ihr im Moment nicht entspannt nähern, so sehr er sich danach auch sehnen mochte. Der Kuss hatte alles nur noch komplizierter gemacht, als es ohnehin schon war… er hatte den Einsatz erhöht und es umso wichtiger gemacht, auf Abstand zu bleiben.

Er sorgte dafür, dass seine Stimme ungerührt klang und deutete mit der Hand auf das wartende Taxi. „Dann steht dort dein Streitwagen."

Sie war Caroline McCoy, seine Frau.

Er musste nur dafür sorgen, dass sie nicht zu

seiner Braut wurde. Um das zu verhindern musste er alle seine Wünsche, Sehnsüchte, Bedürfnisse und Hoffnungen für sich behalten. Sie durfte nicht herausfinden, dass es ihm außerordentlich schwerfallen würde, seine Hände bei sich zu behalten.

* * *

Sie war verheiratet.

Sie war mit Jesse James verheiratet.

Immer noch erschüttert wegen dem, was sie getan hatte, stand Caroline vor den weit geöffneten Doppeltüren ihres Schranks in ihrem Schlafzimmer. Sie starrte die Kleidung darin an. Der Schrank war so voll, dass nicht die geringste Chance bestand, seinen kompletten Inhalt einzupacken und mit zu Jesse zu nehmen.

„Wie groß ist dein Schrank?", rief sie ihm zu. Jesse befand sich irgendwo im Wohnzimmer des Poolhauses.

„Nicht groß", rief er. „Sieht aus, als hättest du ein Problem, Erbin." Er war an die Tür ihres Zimmers gekommen und lehnte mit einer seiner breiten Schultern am Rahmen, während er ihr Zimmer mit beiläufigem Blick betrachtete. „Ich bin mit Poolhäusern nicht allzu vertraut, aber der Schrank, in dem du stehst, ist größer als mein Schlafzimmer. Ich wohne in einem alten Bauernhaus.

Früher hat man Zimmer nicht sehr groß gebaut, von den Schränken ganz zu schweigen. Sieht so aus, als hättest du ein Problem."

Sie verzog das Gesicht.

Er zog eine Braue nach oben. „Ich fühle mit dir. Aber ich bin zuversichtlich, dass du mit der Situation klarkommen wirst." Er lächelte zum ersten Mal an diesem Tag.

Ihr Herz machte einen Satz bei diesem Lächeln. „Du hast zwei Schlafzimmer, richtig?"

„Ich habe zwei Schlafzimmer und wenn das nicht so wäre, würde ich auf der Couch schlafen. Deswegen musst du dir keine Sorgen machen."

Er sprach, als wäre ihm das gleich, aber sie hatte an ihm genauso viele Emotionen wahrgenommen, wie an sich selbst, als sie sich vor Priester Elvis geküsst hatten.

Sie würden beide mit jeder Faser ihres Körpers gegen die Versuchung ankämpfen müssen.

Sie war Caroline James, seine Frau.

„Aber wenn wir in das Ranchhaus ziehen, teilen wir ein Zimmer. Daran führt kein Weg vorbei."

Sie schluckte. Ihr Magen fühlte sich an wie ein Loch ohne Boden angesichts des Dilemmas, dem sie sich gegenübersahen.

Dieser Tag hatte ernst und deprimierend begonnen und nun, wo die Sonne unterging, war er genauso deprimierend wie zuvor. Sie schob diesen

Gedanken beiseite, griff nach ihrem Koffer und rollte ihn aus dem begehbaren Kleiderschrank.

Er beobachtete sie so interessiert, dass sie gereizt reagierte.

Sie richtete sich auf und starrte ihn an. „Das ist nicht komisch. Aber wir werden eine Lösung finden. Du bleibst auf deiner Seite und ich bleibe auf meiner. Wir sind schließlich erwachsen." Sie wollte den großen Koffer auf ihr Bett heben, aber er durchquerte den Raum mit drei langen Schritten und streckte die Hand nach dem Griff aus. Seine Finger glitten um ihre und sorgten dafür, dass ein Kribbeln über ihren Arm zu ihrem Herzen raste.

„Lass mich dir helfen."

„Er wiegt nicht viel. Noch nicht." Sie blinzelte ihn an und sagte sich, sie solle den Griff loslassen und ihn ihm überlassen. Sie starrten einander an. Ihr Herz begann schneller zu schlagen, atemlos ließ sie schließlich den Griff los. „Übernimm dich nicht."

Sein schiefes Grinsen erzeugte ein Feuerwerk in ihrem Inneren und brachte ihren gesunden Menschenverstand zum Wanken.

„Ich kümmere mich darum." Er hob den übergroßen Koffer aufs Bett. „Und ich werde ihn nach draußen tragen, wenn du ihn gefüllt hast."

„Danke." Sie fuhr fort, Kleider von ihren Bügeln zu ziehen und aus ihrer Kommode zu nehmen. Sie entschied sich hauptsächlich für Freizeitkleidung und fügte nachträglich noch ein paar lässige Kleider und ein Paar glitzernder Sandalen sowie ein Paar Laufschuhe hinzu.

Sie betrat ihr Badezimmer, packte ihr Make-up und Shampoo in eine Tasche und trug diese zu ihrem Koffer. Sie seufzte und blickte Jesse an, der ruhig neben dem Bett stand und wartete. „Ich denke, das ist es. Wenn ich noch etwas brauchen sollte, dann hole ich es später. Lass uns jetzt den winzigen Schrank ansehen, den ich für kurze Zeit nutzen werde."

„Das machen wir. Wenn du mehr Platz benötigst, kannst du meinen Schrank mitbenutzen. Ich bin beeindruckt, für was du dich entschieden hast."

Sie klappte den Koffer zu und schloss den Reißverschluss. „Bitte schön. Da hast du ihn, Cowboy."

Er hob ihn vom Bett und trug ihn durch das Wohnzimmer zur Haustür. Sie beobachtete sein angeberisches Gehabe. Sie war wirklich drauf und dran, das durchzuziehen.

Ihr Instinkt riet ihr, die Tür hinter ihm zuzuschlagen und abzuschließen. Das Ganze war eine äußerst schlechte Idee.

Doch als er die Tür erreichte, drehte er sich um und sah sie an. „Kommst du, *Erbin*?"

Das war die Frage, jetzt gings ums Ganze. „Ich folge dir auf dem Fuß, *Cowboy*."

Er nickte und ging nach draußen.

Verzagtheit erfüllte sie. Sie war mitverantwortlich an dieser schlechten Situation. Sie stand im Begriff, einen Schritt zu tun, der den Kurs ihres weiteren Lebens bestimmen würde. Einen, der sie letztendlich von dem Zuhause fortführen würde, in dem sie bisher gelebt hatte, der Familie, die sie immer geliebt hatte und dem Mann, der ihr ein echter Dorn im Auge war, den sie aber niemals haben konnte.

Sie holte tief Luft, ging zur Tür und durch diese hindurch nach draußen und zog sie hinter sich zu. Sie konnte das tun.

Sie würde das tun.

KAPITEL SIEBEN

Da sie mit ihrem Auto zu seinem Haus gefahren war und es dort hatte stehenlassen, als sie nach Vegas geflogen waren, fuhren sie nun mit Jesses Wagen zu dessen Haus. Unterwegs redeten sie nicht viel, sodass er Besorgnis in sich aufsteigen fühlte. Bisher hatte sich Caroline tapfer gehalten, doch er wusste, dass ihr viel durch den Kopf ging. Sie bewegte ihr rechtes Bein unruhig auf und ab, so wie sie es immer tat, wenn sie angespannt war. Sie grübelte über die Situation nach und hatte klargestellt, dass sie es nicht abwarten konnte, endlich *nicht* mehr mit ihm verheiratet zu sein.

Ja, das hatte sie ein ums andere Mal betont.

Er sah sie an. „Die Jungs machen morgen einen Wanderritt, einen Viehtrieb, die Lehrer nehmen an einer Fortbildung teil oder so, deswegen haben die Schüler den Tag frei und ich habe zugesagt, mich um sie zu kümmern. Möchtest du mitkommen?" Er schaute zurück auf die Straße, bemerkte aber aus dem

Augenwinkel, wie sie ihren Kopf ruckartig in seine Richtung drehte.

„Ja. Das wäre großartig. Ich freue mich über alles, was mich auf andere Gedanken bringt. Und wir beide müssen uns an diese neue Normalität gewöhnen. Weißt du, wann wir die Ranch übernehmen?"

Er hielt den Blick auf die Straße gerichtet. „Ich weiß es nicht genau, habe aber so ein Gefühl, dass es jetzt, wo wir verheiratet sind, schnell gehen könnte."

„Also gut, dann machen wir es so. Ich begleite dich auf den Viehtrieb und wir werden sehen, wie sich alles entwickelt. Ein Wanderritt wird mich ablenken. Ich habe ewig keinen gemacht und es klingt nach einer Menge Spaß. Genau was ich brauche."

Er mochte ihre positive Art. So war Caroline, immer ermutigend und außerdem ein Mensch, der die Initiative übernahm. Er zweifelte nicht daran, dass sie eine Möglichkeit finden würde, mit all dem klarzukommen. „Ich denke, die Jungs werden es lieben, dich dabei zu haben. Sie sind verrückt nach dir."

„Und ich bin verrückt nach ihnen. Das ist der einzige Lichtblick in all dem. Wenigstens werde ich Zeit mit ihnen verbringen können."

Er war sich der Tatsache bewusst, dass sie nicht gesagt hatte, dass sie sich darüber freute, Zeit mit ihm zu verbringen. Er bog in seine Einfahrt ein und parkte den Truck. Ihm war klar, dass sein Haus ihrem Poolhaus nicht im Geringsten nahekam. Er zuckte die Achseln. Wenn man von der Tatsache absah, dass er ein Problem mit ihrem Geld hatte, dachte er nicht besonders viel über Geld nach. Es gab Menschen die Möglichkeit, das zu erwerben, was sie benötigten und die, die es in Hülle und Fülle besaßen, konnten es für Projekte verwenden, die ihnen am Herzen lagen, wie die Jungsranch. Er selbst kam mit wenig zurecht. Solange er etwas Natur um sich hatte, ging es ihm gut.

„Komm mit rein, ich werde dir zeigen, wo du schläfst. Anschließend kannst du tun, was du möchtest. Ich weiß, dass es nicht ideal ist, aber wir sorgen schon dafür, dass es funktioniert. Wir werden auf der Ranch leben, sobald sie uns in ihre Pläne eingeweiht haben. Ich weiß nicht, wie es dir geht, aber ich bin ziemlich geschafft."

„Ich auch. Wir bekommen das schon hin. Wir essen noch etwas und gehen dann schlafen."

Ihm wurde bewusst, dass er seit dem Snack im Flugzeug nicht mehr ans Essen gedacht hatte. „Ja, ich habe Sandwichfleisch und Brot da. Ich habe es diese Woche noch nicht in den Laden geschafft."

Sie blinzelte ihn an. Ein Lächeln zuckte um ihre Lippen. „Du setzt mir in meiner Hochzeitsnacht ein Sandwich vor? Naja, warum auch nicht." Sie ließ die Worte in der Luft stehen, glitt aus dem Truck und schloss die Tür auf ihrer Seite hinter sich.

Er blickte finster drein, während er ihr dabei zusah. Dann stieg auch er aus dem Truck und schloss seine Tür mit etwas mehr Kraft als nötig, bevor er nach ihrer großen Tasche griff. Sie hatte ihre Bemerkung scherzhaft gemeint, aber die Tatsache ins Licht gerückt, dass sie einen langen, anstrengenden Tag hinter sich hatten und alles, was er zu bieten hatte, ein lausiges Sandwich war. Was für ein Mann.

„Du hast dieses Ding wirklich vollgestopft. Fühlt sich an, als wäre eine Tonne Steine darin."

„Wenn du deine Besitztümer so schnell packen müsstest wie ich, würdest du wahrscheinlich nur zu einer Zahnbürste, einer sauberen Jeans und Unterwäsche greifen. Ich habe ein paar mehr Jeans eingepackt, also setz mir nicht zu hart zu."

Er lachte. „Das stimmt."

Sie blieb an der Tür stehen, während er sie weit aufschob.

„Nach dir."

Sie legte eine Hand auf ihre vorgeschobene Hüfte und sah mit verschmitztem Blick zu ihm auf. „Trägst du mich nicht über die Schwelle, *Liebling*?"

Erregung durchflutete ihn. Er kämpfte gegen den Drang an, sich nach vorn zu beugen und sie so zu küssen, dass ihr vor Überraschung die Luft wegblieb. „Oh, das würde ich tun, wenn du es wirklich willst."

Hitze brandete zwischen ihnen auf. Er hätte nicht wegsehen können, selbst wenn er gewollt hätte. So war es schon immer zwischen ihnen gewesen, ein ewiges Hin und Her. Beide spürten die Hitze, die Anziehungskraft und wussten doch, dass es keine Zukunft für sie gab. Sie konnten nichts dagegen tun. Doch jetzt war es gefährlich.

„Ist schon okay." Sie maß ihn mit ihrem Blick. „Berührungen sind nicht gestattet."

Mit diesen Worten ging sie an ihm vorbei durchs Wohnzimmer und blieb am Esstisch stehen. Er folgte ihr hinein und war sich nur zu bewusst, wie klein und dürftig dekoriert sein Haus war. Sie sah sich um. Der Raum war klein, aber sauber. Es mochte ein gewisser Mangel an Dekoration bestehen, aber zumindest war das Haus in der Vergangenheit umgebaut worden, sodass die Küche über recht neue Geräte verfügte und sich im Badezimmer – dem einzigen Badezimmer – eine neue Dusche befand. Das war gut. Das weniger Gute war, dass man nur ins Badezimmer kam, wenn man durch sein Schlafzimmer ging. Das Haus besaß zwei Schlafzimmer, die beide vom Wohnzimmer abgingen, aber die Badsituation mochte ein Problem darstellen.

„Du kannst mein Zimmer haben, da sich dort das Badezimmer befindet, oder du schläfst im Gästezimmer und benutzt das Badezimmer, wann immer du willst. Dafür befindet sich der Wäscheraum näher am Gästezimmer. Wie du willst."

Sie zog beide Möglichkeiten in Erwägung und

schaute von einer Tür zur anderen. Er sah, wie sich ihre Kehle bewegte, dann schluckte sie.

„Ich nehme das Gästezimmer."

„Okay."

Sie ging zu seiner Tür und betrachtete die zerwühlten Laken. Er machte immer sein Bett, doch heute Morgen war er abgelenkt gewesen und hatte nur daran gedacht, sie abzupassen, um ihr von der Ranch zu berichten. Er zuckte zusammen, als sie die Unordnung in Augenschein nahm.

„Ich mache mein Bett. Nur damit du es weißt."

„Ich urteile nicht. Aber ich werde wirklich das Gästezimmer nehmen."

„Wie du möchtest. Du kannst ins Badezimmer, wann immer du willst."

„Gut. Dann lass uns jetzt die Sandwiches zubereiten, anschließend dusche ich und gehe zu Bett. Morgen früh steht schließlich ein Viehtrieb an."

„Ja, du hast recht. Bis fünf Uhr morgens ist es nicht mehr lange." Er ging zur Anrichte, griff nach dem Brot und legte es auf die Theke. Er war sich bewusst, dass sie ihn beobachtete, als er zum Kühlschrank ging und die Tür öffnete. Drinnen herrschte ein trauriger Anblick. Es befanden sich nur ein beinahe leeres Glas Mayonnaise – die echte, nicht dieses gesüßte Zeug, eine fast aufgebrauchte Packung Schinken und eine Flasche Schokomilch darin. Wie jämmerlich.

„Das ist ganz schön jämmerlich." Über seine Schulter schauend bestätigte sie seinen Gedanken.

Er sah sie über seine Schulter hinweg an. Ihre Gesichter waren einander ganz nahe. Sie hätte ihren Kopf an seine Schulter lehnen können. „Sollen wir essen gehen?" Es gelang ihm, normal zu klingen, trotz der gegenseitigen Nähe und ihrer Hand auf seinem Oberarm.

„Ach nein. Das ist schon in Ordnung. Reich mir die Sachen und ich bereite sie zu."

Er griff nach der Mayonnaise und gab sie ihr. Ihre Finger berührten sich und Hitze erfüllte ihn erneut. Als er ihr den Schinken reichte, achtete er darauf, dass sich ihre Hände nicht noch einmal berührten. Sie ging zur Theke zurück und er lief ans andere Ende des Zimmers auf die Garderobe zu. Er nahm seinen Hut ab und hängte ihn an einen Haken. Dann ging er zum Waschbecken und krempelte seine Hemdsärmel hoch, während sie sich die Hände wusch. Nachdem sie beiseitegetreten war, griff er nach der Seife und säuberte ebenfalls seine Hände. Er trocknete sie ab und beobachtete sie, als es ihn wie ein Schlag traf. *Caroline McCoy war wirklich in seiner Küche. Streich das.* Er verbesserte sich in Gedanken. *Caroline* James *war in seiner Küche.*

Das Schlimme daran war, dass er, von ihrem Geld einmal abgesehen, wirklich mochte, wie sich das anhörte.

* * *

Mike hatte angerufen und Jesse mitgeteilt, dass sie ein paar Sachen mitbringen sollten, wenn sie für den Ausritt auf die Ranch kamen, da er und Gladys planten noch am selben Tag nach Montana zu fahren. Sie waren überrascht gewesen, die Verantwortung für die Jungen nun so rasch übergeholfen zu bekommen, doch dann packten sie ein paar Sachen zusammen und fuhren hinüber. Aufgeregt nahmen die Jungs ihr Kommen zur Kenntnis. Ihre Gesichter strahlten vor Freude, als sie realisierten, dass Caroline ebenfalls an dem Ritt teilnehmen würde. Dafür war sie äußerst dankbar. Sie waren am Abend zuvor schlafen gegangen, nachdem sie die Sandwiches verspeist hatten. Im Bett zu liegen und zu wissen, dass Jesse sich im selben Haus befand wie sie, hatte sie beinahe in den Wahnsinn getrieben. Sie beide waren schon ein seltsames Gespann.

An diesem Morgen war sie durch ein Geräusch in der Küche aus dem Schlaf gerissen worden. Sie war aufgestanden und in die Küche gegangen, wo sie ihn dabei angetroffen hatte, wie er gerade Kaffee kochte. Sie hatte Yogahosen und ein viel zu weites T-Shirt getragen und sich nicht um ihre zerzausten Haare geschert. Sie hatte nur daran gedacht, dass sie unfassbar fertig war und unbedingt eine Tasse Kaffee brauchte. Als sie ihn barfuß in der Küche hatte stehen sehen, mit tief auf den Hüften sitzenden Jeans und einem weißen T-Shirt bekleidet, das sich über seinen Oberkörper spannte und Haaren, die noch nass vom Duschen waren, da war ihr ihr Herz quasi aus der Brust gehüpft und zu Boden gefallen. Sie war ganz außer Atem gewesen.

Sie musste einen jämmerlichen Anblick geboten haben, wie sie so dastand und ihn mit offenem Mund anstarrte.

„Kaffee." Er hatte ihr eine Tasse gereicht.

„Danke", hatte sie gemurmelt, als sich ihre Finger berührten und dann war sie in die Dusche geflüchtet.

Auf dem Weg zur Ranch hatten sie nur wenige Worte miteinander gewechselt, aber sie hatte mehrmals gespürt, dass er sie angesehen hatte. Als sie nun den kleinen Robbie auf sich zu rennen sah und die anderen Jungs von Ohr zu Ohr grinsten, da schwoll ihr Herz an und sie war froh, hier zu sein. Ihr Anblick half ihr dabei, sich auf das zu konzentrieren, was ihre eigentliche Mission war. Diese hatte nichts mit Jesse zu tun; sondern drehte sich darum, ihr Erbe zu retten, damit sie diesen Jungen helfen konnte, wann immer und wie sie wollte.

Robbie schlang seine Arme um sie. „Miss Caroline! Miss Caroline, du bist hier! Dies ist mein erster Viehtrieb. Kommst du auch mit?" Er sah sie mit großen Augen an, seine kleine Brille saß quer auf seinem Gesicht, so stürmisch hatte er sie umarmt.

Sie griff nach unten und richtete seine Brille,

dann strich sie ihm über den Kopf. „Ja, ich komme mit. Ich bin auch aufgeregt. Es ist schon eine Ewigkeit her, das ich auf einem Viehtrieb war, wir sollten uns also gegenseitig helfen. Wie klingt das?"

Seine kleinen Augen strahlten. „Das klingt nach der besten Überraschung aller Zeiten." Er sah Jesse an, der gerade um den Truck herumgelaufen kam. „Jesse, du hast mir gar nicht erzählt, dass Miss Caroline auch kommt. Das wird ein Spaß."

Jesse zwinkerte dem Jungen zu. „Ich musste doch ein paar Überraschungen für mich behalten. Heute ist ein besonderer Tag. So, dann lasst uns mal hochgehen und uns um die Pferde kümmern. Hast du dir schon eins ausgesucht?"

„Oh ja, ich reite auf Doodle."

„Doodle?" Caroline kicherte. „Wer hat ihm denn diesen Namen gegeben?"

„Ich weiß nicht. Jemand hat ihn uns Kindern gespendet. Deswegen wurde er heute mir zuge… zugegeben. Sagt man das so?"

Sie begegnete Jesses lachenden Augen und blickte zurück zu Robbie. „Ich denke, du meinst, dass er dir zugewiesen wurde, zum Reiten."

„Ja, das meinte ich. Mike hat gesagt, Doodle sei das beste Pferd für mich, bis ich meine Fähigkeiten ausgebaut habe. Ich hatte nämlich einen Unfall und bin vom Pferd gefallen. Mike hat gesagt, ich hätte Glück gehabt, dass ich mir nicht den Hals gebrochen habe. Ich möchte mir nicht den Hals brechen. Und ich reite gern auf Doodle. Trotzdem wünschte ich, er hätte einen besseren Namen."

„Ich finde den Namen niedlich. Außerdem können wir nicht alle so großartige Namen haben wie Jesse James. Du weißt, was ich meine, oder?"

„Ja, Jesse hat einen berühmten Namen, nicht wahr? Er ist gefährlich."

Jesse blickte sie an. „Ich bin nicht gefährlich. Ich weiß auch nicht, was sich meine Eltern dabei gedacht haben, als sie mir diesen Namen gaben. Ich wurde oft wegen meines Namens aufgezogen, als ich noch jünger war."

„Aber dann bist du ein Mann des Gesetzes geworden und kein Bandit. Das ist doch gut, oder?"

Jesse warf dem kleinen Jungen einen strengen Blick zu. „Ja, Robbie, das ist gut. So, lass uns jetzt damit aufhören, über Banditen und all das zu sprechen. Lasst uns die Pferde holen. Ich kann es kaum erwarten, dass es endlich losgeht. Wisst ihr, wo Mike und Gladys sind?"

Tony, einer der älteren Jungen, zeigte aufs Haus. „Sie sind drinnen. Ich glaube nicht, dass sie mitkommen. Sie haben gesagt, wir sollen auf euch warten."

„Kümmert euch schon mal um die Pferde. Wir sehen kurz nach Mike und Gladys."

Die Jungs gingen in Richtung Stall.

Jesse sah Caroline an. „Komm, wir reden mit den beiden. Ich habe ihnen am Telefon bereits gesagt, dass wir geheiratet haben. Ich dachte, ich könnte genauso gut damit herausrücken, bevor wir hierherkommen."

Sie gingen zum Haus und er klopfte an die Hintertür.

Gladys öffnete das Fliegengitter. Sie lächelte breit. „Kommt rein, kommt rein." Sobald sie eingetreten waren, umarmte sie Caroline. „Wir freuen uns sehr, dass ihr zwei geheiratet habt. Wir haben nicht so bald damit gerechnet, aber wir haben Pläne gemacht." Sie trat einen Schritt zurück, die Aufregung stand ihr deutlich ins Gesicht geschrieben.

Caroline hatte die alte Frau noch nie so aufgeregt gesehen. Sie war sich nicht sicher, wie sie am besten darauf reagieren sollte. „Danke, dass ihr uns zum Heiraten gezwungen habt", kam ihr nicht angebracht vor. Sie entschied sich, direkt zu sein, aber nicht gemein, das würde niemandem etwas bringen. „Danke, Gladys. Aber wie du weißt, haben wir das nicht aus freien Stücken getan. Ich freue mich trotzdem darüber, dass es dir und Mike hilft. Ihr habt es verdient, in den Ruhestand zu gehen."

Gladys besaß den Anstand, ein wenig beschämt auszusehen. „Ja, nun gut, du hast recht. Ich bete darum, dass sich alles findet."

Mike kam ins Zimmer. Er trug das übliche Paar Jeans und ein Hemd mit Knöpfen. Er lächelte sie an. „Herzlichen Glückwunsch, ihr beiden. Wie ich am Telefon bereits sagte, da ihr ja nun schon verheiratet seid, haben wir beschlossen, mit dem Plan fortzufahren und das Haus zu räumen. Wir gehen gleich raus und sagen den Jungen, dass wir eine Zeitlang Urlaub machen. Wir müssen ihnen noch nicht gleich sagen, dass wir nicht zurückkommen werden. So ist es für sie leichter. Ihr könnt einziehen, wenn ihr vom Viehtrieb zurück seid und wir ziehen jetzt gleich aus. Wie klingt das?"

Jesse trat neben sie. „Ruht ihr euch erstmal aus. Wir kümmern uns um sie. Macht euch keine Sorgen. Wenn ihr soweit seid, sagen wir den Jungs alles."

Mike legte einen Arm um Gladys' Schultern. „Ich danke euch. Es ist eine große Erleichterung, zu wissen, dass die Jungs in guten Händen sind."

Gladys lächelte erneut. „Ich denke, das klingt wunderbar. So erhalten Mike und ich die Gelegenheit, uns daran zu gewöhnen, nicht mehr ständig hier in ihrer Nähe zu sein."

Caroline vermisste eine Erwähnung, dass auch sie und Jesse Zeit bräuchten, um sich mit der Situation zu arrangieren. Niemand schien in dieser Hinsicht Zweifel zu hegen. Aber das war schon in Ordnung; umso eher sie das Ganze zum Laufen brachten, desto eher würde es auch vorüber sein.

„Das klingt nach dem perfekten Plan für uns alle." Sie war recht stolz darauf, dass es ihr gelang, das zu sagen, ohne sich ihre Verärgerung allzu deutlich anmerken zu lassen. Sie begegnete Jesses

Blick, der ihr kaum merklich zunickte. Sie wusste, dass ihm klar war, wie schwer es ihr gefallen war, den Mund zu halten.

„Okay, dann machen wir es so." Er öffnete die Tür und nacheinander gingen sie auf die Veranda hinaus.

Die Jungen kamen mit den Pferden aus dem Stall. Im Moment lebten nur fünf auf der Ranch. Sie bot Platz für zehn, aber Jesse war dankbar, dass es nur fünf waren.

Mike rief sie heran und nachdem sich alle versammelt hatten, erzählte er ihnen die Neuigkeiten. „Jungs, wir haben bis heute gewartet, um euch mitzuteilen, dass ich und Miss Gladys einige Zeit Urlaub machen werden. Wir werden meine Schwester für ein paar Wochen in Montana besuchen. Jesse und Caroline werden hierbleiben und sich um euch kümmern… den Rest werden sie euch erklären. Wir wollten nur, dass ihr wisst, dass wir euch lieben und an euch denken werden, wenn wir unterwegs sind. Alles okay?"

„Ja, Sir", sagte Tony und die anderen Jungen taten es ihm gleich. Er war siebzehn und die anderen schauten meist zu ihm auf. Er blickte von einem zum anderen und nickte dann. „Das ist in Ordnung für uns. Stimmts, Jungs? Ihr braucht auch mal eine Auszeit. Meine Güte, uns ist auch klar, dass es nicht einfach ist, uns Jungs im Auge zu behalten."

„Ihr habt es euch verdient", fügte der sechzehnjährige Greg hinzu.

„Jetzt haben wir auch noch ein paar Neuigkeiten. Caroline und ich haben gestern geheiratet. Wir wollten euch das mitteilen, bevor wir es irgendwem anders sagen."

Unter den Jungen brach Aufregung aus. Alle traten grinsend nach vorn. Tony streckte Jesse seine Hand hin und gratulierte ihm wie ein erwachsener Mann.

Caroline fand das unheimlich süß und erinnerte sich dann selbst daran, dass sie die größeren Jungs besser nicht als süß bezeichnete – das gefiel ihnen möglicherweise nicht. Aber nachdem sie Umarmungen und Glückwünsche erhalten hatten und der kleine Robbie sie fast zu Tode gedrückt hatte, da regte sich ihr Herz auf bisher ungekannte Art und Weise. Sie erkannte, dass es sehr schwer werden könnte, hier draußen mit den Jungs zu leben und sie dann wieder zu verlassen. Schwerer, als sie angenommen hatte. Sie war nie ganz und gar für sie verantwortlich gewesen; stets war sie war nur eine Person gewesen, die Geld zur Verfügung stellte, wenn es benötigt wurde und hier und da aushalf. All die Umarmungen, wirklich hier zu leben und ihnen Tag für Tag zu helfen…. Es könnte schwieriger werden, als sie sich das jemals hätte vorstellen können.

* * *

Nachdem sie alles, was sie benötigten, verstaut hatten und losritten, spürte Jesse, wie seine Anspannung langsam abebbte. Auf dieser Ranch zu reiten war für ihn immer ein Segen gewesen. Er musterte den Horizont, wohl wissend, dass sie noch einige Weiden überqueren mussten, bevor sie das Vieh erreichten. Sie würden die Tiere nach Hause treiben, wo die zum Verkauf stehenden Kälber auf Trucks geladen werden würden. Es war kein riesiger Viehtrieb, hauptsächlich dazu gedacht, dass die Jungen an einem teilnehmen und Spaß haben konnten. Er erinnerte sich an das erste Mal, als er an einem Viehtrieb hatte teilnehmen dürfen; er war sicher genauso aufgeregt gewesen wie Robbie oder sogar noch aufgeregter.

Damals war Mike wahrscheinlich so alt gewesen, wie er jetzt und er war großartig gewesen. Als er jetzt die Grüppchen überblickte, die sich nebeneinander reitend verteilt hatten, da lächelte er bei dem Gedanken, dass er dies nun öfter tun würde.

Es fühlte sich richtig an. Er sah zu Caroline hinüber und fragte sich, wie es ihr gehen mochte. Sie saß aufrecht im Sattel und sah dennoch entspannt aus. Sie hatte ihr lockiges Haar zu einem Pferdeschwanz zusammengebunden, sodass ihr Nacken zu sehen war. Sie trug ein rotes Trägershirt, auf ihrer goldenen Haut lag ein leichter Schweißschimmer. In der typisch texanischen Hitze dauerte es nie lange, bis man zu schwitzen begann. Doch selbst Schweiß sah an Caroline attraktiv aus; er ließ ihre Haut glitzern und wirkte wie Tau im Sonnenschein. Er zwang sich, den Blick abzuwenden, bevor sie zu ihm sah, er wollte nicht, dass sie ihn beim Starren erwischte. Sein Magen rumpelte, als er gegen die Gedanken der letzten Nacht ankämpfte. Sie hatten sich zeitig getrennt, sie war in ihr Zimmer gegangen und hatte die Tür nachdrücklich hinter sich geschlossen. Er hatte noch ein paar Minuten in der Küche gesessen, seinen Eistee ausgetrunken und auf die Tür gestarrt. Er konnte immer noch nicht glauben, dass sie verheiratet waren. Schließlich war er aufgestanden und ins Bett gegangen, nur um im Dunkeln an die Decke zu starren. Vieles war ihm durch den Kopf gegangen und es hatte lange gedauert, bis er hatte abschalten und einschlafen können.

Er war früh aufgestanden und hatte gerade Frühstück gemacht, als sie aus dem Schlafzimmer gestolpert war, verschlafen und wunderschön. Es hatte seine gesamte Kraft erfordert, sie nicht in seine Arme zu ziehen… was eine äußerst schlechte Idee gewesen wäre. Er war dankbar gewesen, als sie zur Dusche gegangen war und die Tür hinter sich geschlossen hatte. Natürlich hatte er dann an sie beim Duschen denken müssen. Es machte keinen Unterschied, dass sie verheiratet waren. Es bedeutete nichts. Hände weg war ihre Regel.

Immerhin hatten sie die vergangene Nacht in getrennten Schlafzimmern verbracht. Heute Abend würden sie in das Ranchhaus ziehen. Denn wenn sie zum Ranchhaus zurückkehrten, würden Mike und Gladys verschwunden sein. Sie hatten ihnen mitgeteilt, dass sie ihre Dinge aus dem großen Schlafzimmer räumen und in einem der jetzt leeren Räume unterstellen würden, sodass das große Schlafzimmer zu ihrer Verfügung stand. Also würde er sich in der kommenden Nacht mit der Frage beschäftigen müssen, wie es ihm gelingen sollte, mit ihr im selben Raum zu schlafen ohne verrückt zu werden.

Diese Gedanken beiseitedrängend deutete er auf den Horizont, wo mehrere Hirsche über die Weiden rannten. „Wir bekommen gleich Gesellschaft."

Archie, zehn Jahre alt und rothaarig, grinste ihn an. „Ich mag es, ihnen beim Laufen zuzusehen. Neulich habe ich auch ein Wildschwein gesehen. Mike hat mir gezeigt, was sie mit dem Boden machen und das ist nicht schön, deswegen mag ich Wildschweine nicht. Meinst du, wir könnten eines Tages auf Schweinejagd gehen?"

Als er hier aufgewachsen war, hatten sie oft Jagd auf Wildschweine gemacht. In Texas konnten einem Schweine das Land zerfetzen. Sie legten eine unglaubliche Zerstörungskraft an den Tag und vermehrten sich auf eine Art und Weise, die einem unwirklich vorkommen konnte. Die Schweinejagd war beinahe eine Notwendigkeit.

„Vielleicht tun wir das. Ich muss euch noch ein paar Lektionen darüber beibringen, wie man eine Waffe hält und sie mit Respekt behandelt, aber ja, das machen wir, Archie. Denkst du, du kommst damit klar?"

„Ja, Sir, komme ich."

„Was ist mit dir, Kyle?", fragte er Kyle, einen elfjährigen Jungen, der neben Archie ritt.

„Ja, Sir, ich kann das auch. Mike sagt, ich bin wirklich gut im Umgang mit der Kaliber 22. Neulich musste ich ein Stinktier erschießen, das sich seltsam verhielt. Wir hatten Angst, dass es Tollwut oder ähnliches haben könnte – du weißt, wie sie sich dann verhalten. Es torkelte und verlor Haare. Es sah scheußlich aus."

„Nun, das ist gut. So halten wir Land und Tiere gesund. Du hast das gut gemacht – das Kranke ausgeschaltet. Du hast recht – wenn sie Haare verlieren und herumtorkeln, ist das kein gutes Zeichen. Hat er es zum Tierarzt gebracht?"

Nun sprach auch Greg. „Ja, Sir, das hat er getan. Hat er dir das nicht gesagt? Und ja, Sir, es hatte Tollwut. Deshalb passen wir gut auf und wenn wir ein Stinktier sehen, nehmen wir uns in Acht und halten uns von ihm fern. Aber natürlich würden wir ohnehin nicht versuchen, mit einem Stinktier zu spielen."

Jesse lachte, aber er nahm sich vor, Mike anzurufen und ihn deswegen zu fragen, und den Tierarzt auch. „Ja, ich denke auch, dass ihr schlau genug seid, um nicht mit einem Stinktier spielen zu wollen… aber man weiß nie."

Tony rief zu ihnen hinüber: „Nur den kleinen Robbie müssen wir von ihnen fernhalten. Er findet sie knuddelig."

„Finde ich nicht! So dumm bin ich nicht", fauchte Robbie.

Tony grinste. „Ich zieh dich doch nur auf, Kleiner. Ich weiß, dass du schlau bist. Aber wie du weißt, hatten wir hier schon den einen oder anderen Stadtjungen, wir müssen sicherstellen, dass auch die nicht mit ihnen spielen."

Er wusste, dass sie über Alex sprachen. Alex hatte nicht mit Stinktieren gespielt, aber es hatte ihm hier einfach nicht gefallen, als er im letzten Jahr auf die Ranch gekommen war. Nichts an der Ranch hatte sein Interesse geweckt. Er hatte es ihnen allen zu verstehen gegeben – er liebte die Stadt. Leider war er in eine Menge Schwierigkeiten geraten. Sie hatten nichts tun können, um zu ihm vorzudringen. Er hatte nicht auf dem Land sein wollen; er wollte in der Stadt sein. Er hatte an einem Ort sein wollen, wo es Dinge gab, die ihm vertraut waren – laute Musik und Videospiele. Das waren keine Sachen, die die Jungs hier auf der Ranch mochten. Sie verbrachten ihre Zeit am liebsten draußen und er war dankbar dafür;

trotzdem war er bedrückt gewesen, als Alex gegangen war. Er hatte Kontakt gehalten, und obwohl es der Junge nicht leicht hatte, schien es ihm jetzt besser zu gehen.

Jesse wusste, dass sie nicht für jedes Kind den richtigen Platz boten, aber ihm war klar, dass er die Herausforderung begrüßte, all denen zu helfen, die den Weg zu ihnen fanden. Die aktuelle Gruppe war gut; sie war gut an das Leben hier angepasst und alle waren gerne hier, aber das würde nicht immer so sein. Er fragte sich, ob Caroline das bedacht hatte – es würde nicht immer einfach sein.

Sie erreichten das Tor. Tony ritt voraus und öffnete es für sie. Er grinste, als sie ihn passierten. „Nur noch ein Tor, Jungs, und dann sind wir da. Mike hat mich gestern damit beauftragt, hinzureiten und mir alles anzusehen. Es ist eine ansehnliche Herde.“

Auf dem Rückweg zu den Pferchen würden sie langsamer vorankommen und am Fluss entlangreiten. Dort konnte es beschwerlich werden.

KAPITEL ACHT

Trotz der merkwürdigen Situation begann Caroline die Sache Spaß zu machen. Bis sie das Vieh erreichten, hatte sie sich entspannt. Ihr Kopf war klar und zum ersten Mal während des ganzen Unterfangens genoss sie den Augenblick. Sie hatte darauf geachtet, dass Jesse es nicht bemerkte und ihn von Zeit zu Zeit aus den Augenwinkeln beobachtet. Der Mann war in seinem Element. Oh, er war ein großartiger Gesetzeshüter – das war er immer gewesen – aber er strahlte stets eine gewisse Rastlosigkeit aus. Das war ihr schon oft aufgefallen, aber hier auf dem Land, auf dem Rücken seines Pferdes und in Begleitung der Jungen konnte sie sehen, dass es das war, wozu er bestimmt war.

Tief in ihrem Herzen freute sie sich für ihn. Sie war stolz darauf, etwas tun zu können, um ihm seinen Herzenswunsch zu erfüllen. Sie schob diesen Impuls beiseite, da sie wusste, dass ihr nicht dasselbe passieren würde. Trotzdem war es natürlich eine großartige Sache, ihm dabei helfen zu können, glücklich zu sein. Sie betrachtete die Rinder, die sie grasend umstanden und spürte, wie sie in Anbetracht der Herausforderung ein Hauch Aufregung überkam. Es war lange her, seit sie auf einem Pferd gesessen und versucht hatte, Vieh in Bewegung zu halten. Jeder Cowboy würde sagen, dass das keine große Sache war, aber für jemanden wie sie, der eine Weile nicht geritten war, stellte es eine Herausforderung dar. Sie würde sehen müssen, ob es ihr gelänge, im Sattel zu bleiben, wenn eines der Tiere ausbrach und sie ihm nachreiten musste. Oder wenn ihr in dieser Tätigkeit erprobtes Pferd plötzlich die Hufe in den Boden grub, um den Fluchtweg eines Ausreißers zu blockieren.

Hoffentlich waren die größeren Jungen Jesse eine Hilfe und es gelänge ihnen, die Herde unter Kontrolle halten. Robbie sah nicht so aus, als fühlte er sich sehr sicher im Sattel. Zum Glück schien Doodle ein gutes, ruhiges Pferd zu sein.

„Jesse, wo soll ich hin? Wirst du hinten reiten? Und was ist mit Robbie?"

„Ich werde ihn bei mir behalten, wir werden die Nachhut bilden. Reite du auf der rechten Seite. Wenn wir den Fluss erreichen, halte dich von ihm fern. Wenn sich ein Kalb davonmacht – oder auch eines von den ausgewachsenen Tieren – dann kümmern wir uns darum. Tony weiß, wie es geht. Greg auch. Und Archie und Kyle können ganz ordentlich reiten, nach dem zu urteilen, was Mike mir erzählt hat. Nichtdestotrotz habe ich allen gesagt, dass sie auf der flussabgewandten Seite reiten sollen, wenn wir ihn erreichen. Wenn die Kühe etwas trinken wollen, können sie das tun. Wir können es nicht gebrauchen, dass irgendjemand sich dem Fluss nähert, insbesondere dort, wo es ziemlich heftig zugeht, im Mündungsgebiet. Heute sollte besser keiner unserer Reiter einen Abstecher in den Pedernales machen."

„Dagegen habe ich nichts einzuwenden. Auch wenn ich schon mehrmals auf dem Pedernales unterwegs war."

„In einem Reifen. Die haben wir heute nicht dabei. Außerdem führt der Fluss Hochwasser, wir geraten also besser nicht hinein."

Sie blickten einander an. Beide wussten, dass sie vor Jahren ein, zweimal zusammen hier gewesen waren, damals waren sie noch jung gewesen und hatten noch nicht realisiert, dass mit dem Erwachsenwerden die Probleme zwischen ihnen zunehmen würden. Früher hatten sie ein entspanntes Verhältnis gehabt – bevor ihnen die Hormone in die Quere gekommen waren und alles durcheinandergebracht hatten.

Sie zog eine Augenbraue hoch. „Man weiß nie… vielleicht habe ich ja einen Reifen in meiner Satteltasche."

„Nun, dann schlage ich vor, du behältst ihn dort drin. Vielleicht gelingt es dir, ihn zu nutzen, wenn du versehentlich ins Wasser fällst, dann muss ich dir nicht hinterherspringen."

„Ah, das klingt vielversprechend. Ich könnte es als lohnend betrachten, dich ins Wasser zu lotsen und zuzusehen, wie du darin herumschwimmst."

„Du musst es mir nicht extra schwer machen. Wenn ich ins Wasser muss, heißt das, dass ich nicht hier bei den Kindern sein kann."

„Wie du gesagt hast, sie kommen gut zurecht. Ich halte sie für ziemlich tüchtig."

Er schüttelte den Kopf. „Ich weiß, dass du Witze machst. Zumindest hoffe ich, dass du das tust."

„Ich mache nur Spaß. Ich trage meine neuen Stiefel – mit denen möchte ich nicht ins Wasser."

Er sah auf ihre alten, abgenutzten Stiefel hinunter. „Die sind nicht neu. Wie lange hast du die eigentlich schon?"

„Sie sind vielleicht nicht neu, aber ich würde mich um nichts in der Welt von ihnen trennen. Es ist das bequemste Paar Schuhe, das ich besitze, und ich habe sie seit der High School, seit meine Füße zu wachsen aufhörten. Ich wüsste nicht, warum ich sie loswerden sollte. Es sind meine kecken Stiefel."

„Das sind deine Bullenstampfstiefel. Deine Ich-lasse-mir-von-keinem-was-sagen-Stiefel."

Beinahe hätte sie lauthals gelacht, ihr Herz zog sich zusammen. Er kannte sie gut. „Ja, das sind sie. In ihnen fühle ich mich unbesiegbar."

Er lächelte. Er streckte eine Hand aus und strich

ihr zu ihrer Überraschung sanft eine Locke hinters Ohr, was ihr einen Schauer über den Rücken jagte. „Du bist unbesiegbar, egal was passiert, Caroline." Und dann ritt er, den Jungen Anweisungen zurufend, los.

Sie holte tief Luft und erinnerte sich daran, dass sie unbesiegbar war. Im Moment fühlte sie sich nicht sonderlich unbesiegbar. Als sie ihm dabei zusah, wie er sich entfernte, sorgte der Gedanke daran, dass sie an diesem Abend im selben Raum schlafen würden, dafür, dass sie sich noch etwas weniger unbesiegbar fühlte. Ihr Leben versprach, interessant zu werden.

* * *

Sie genoss den Ritt und beobachtete die Jungen dabei, wie sie neben dem Vieh her ritten und es in Bewegung hielten.

Sie hatte ihr ganzes bisheriges Leben auf einer Ranch verbracht und spürte eine tiefe Dankbarkeit ihrem Großvater gegenüber, der sie trotz all des Geldes, das er und ihr Vater verdient hatten, so aufgezogen hatte. Ihr Onkel J. D. hatte dasselbe getan – sie alle hatten auf der Ranch mitgearbeitet, als sie aufgewachsen waren. Natürlich hatte sie das nicht immer geschätzt und als sie älter wurde, begeisterte sie sich mehr fürs Shoppen und Besuche in Spas als für die schweißtreibende Arbeit mit einer Herde Rinder. Diese Jungen zu beobachten brachte alte

Erinnerungen zurück an die Oberfläche. Gute Erinnerungen. Jesse hatte mit ihnen auf der McCoy-Ranch mit dem Vieh gearbeitet. Er war mit ihren Brüdern und Cousins befreundet gewesen, manchmal kam er, um ihnen zu helfen und sie halfen aus, wenn die Jungsranch Unterstützung brauchte. Die Jungsranch unterhielt nicht genug Rinder, um damit Geld zu verdienen, aber genau wie ihr Großvater glaubte Mike daran, dass die Arbeit mit den Rindern einem Jungen eine sinnvolle Aufgabe gab und einen guten Mann aus ihm formte.

Und er bekam so eine Aufgabe unter freiem Himmel. Sie fand, dass schon etwas an der Sache dran sein musste, denn Jesse hatte eine rebellische Phase durchlaufen, war aber schnell zu einem großartigen Kerl geworden. Sie riss ihren Blick von ihm los, als ein Kalb aus der Herde ausbrach und auf sie zu gerannt kam. „Yeah!" Sie winkte mit einem Arm. „Hah", schrie sie nachdrücklicher.

Das Kalb drehte auf der Stelle um und schloss sich wieder der Herde an.

Sie lächelte und ein wenig von ihrem Selbstvertrauen kehrte zurück. Noch am Tag zuvor hatte sie ihre teuren High Heels getragen, doch diese hatte sie nun gegen ihre bequemen Stiefel eingetauscht. Sie beschloss, dass sie sie für die kommenden drei Monate, in denen sie mit Jesse verheiratet war, einfach anbehalten konnte.

Es dauerte nicht lange, bis sie den Fluss

erreichten. Sie hatten auf dem Weg zu den Rindern einen anderen Weg genommen als jetzt auf dem Rückweg. Der Weg, den sie zu den Pferchen auf der Rückseite der Ranch nehmen würden, war länger, umging aber eine Schlucht, die in einem bestimmten Abschnitt der Ranch lag und die sie vermeiden wollten. Dort dauerte es zuweilen ewig, bis man Ausreißer wieder eingefangen hatte. Manchmal brauchten sie mehrere Tage, um verstreute Tiere wieder zu finden und dann verpassten sie den Verkauf. Der Fluss brachte eigene Besonderheiten mit sich, aber nur an einem kleinen Abschnitt war das Ufer steil, was zur Herausforderung werden konnte. Jeder der Jungen, der auf der Ranch gelebt hatte, liebte diesen Ritt und noch nie hatte es Probleme gegeben. Wenn sie diesen einen Punkt passiert hatten, ohne das einer ins Wasser gefallen war, dann war das großartig. Alle Jungen konnten schwimmen – sie auch – aber hin und wieder geschahen auch Missgeschicke.

Als sie sich diesem Stück Land näherten, spürte sie, wie angespannt sie war. Sie ermahnte sich selbst, dass sie zu viel darüber nachgedacht hatte und einfach überreagierte, auch weil es das erste Mal war, dass sie für die Jungen verantwortlich war. Das Kalb, das sie mehrmals während des Ritts auf die Probe gestellt hatte, tat dies erneut, als sie die schmale Stelle erreichten, was ihrer Nervosität nicht zuträglich war. Ihr Pferd reagierte schnell und hatte den ganzen Morgen über nicht zugelassen, dass es an ihm vorbeikam. Doch als es nun nach links ausscherte, um dem Kalb den Weg abzuschneiden, kam ein Kaninchen aus einem Busch hervorgehuscht und lief direkt in die Herde hinein. Das Kalb, das vorher in ihre Richtung gelaufen war, drehte durch, ein paar weitere Rinder, die dem Kalb folgten, taten das gleiche. Die ganze Herde reagierte. Mit einem Mal rannten die Rinder in alle Richtungen.

Und Carolines Pferd überraschte sie. Es bäumte sich auf und ließ sich dann abrupt wieder fallen, dann schüttelte es sich, drehte sich im Kreis und bockte.

Sie bemühte sich darum, auf dem Pferd zu bleiben, während das Vieh in alle Richtungen davonstürmte. Die Jungen schrien und sie konnte Tony Anweisungen rufen hören. Sie vernahm Jesses Stimme, der Robbie sagte, er solle sich festhalten und wusste, dass Robbie ein Problem hatte. Sie hielt sich am Sattelhorn fest, während das Pferd unter ihr durchdrehte. Sie hatte noch nie auf einem durchgehenden Pferd gesessen. Sie hörte Tony schreien und sah ihn auf sich zureiten, gerade als ihr Pferd bockend dem Hang, der zum Fluss hin abfiel, immer näherkam. Sie wusste, dass sie hineinfallen würden; sie betete nur noch darum, dass das Pferd nicht auf sie fallen würde. Tonys verängstigtes Gesicht war das Letzte, was sie sah, als sich das Pferd rückwärts aufrichtete und sie beide über die Kante stürzten.

* * *

Als das Chaos ausbrach, hatte sich Jesses Pferd umgedreht und war in die entgegengesetzte Richtung gelaufen. Jesse lenkte sein Pferd nun in die andere Richtung und verfolgte sie, so schnell er konnte. Er erreichte Robbie und holte ihn – zum Glück – sicher von seinem Pferd. Tonys Rufe sorgten dafür, dass er sein Pferd gerade noch rechtzeitig herumbrachte, um mitanzusehen, wie Carolines Pferd sich aufbäumte und dann rückwärts in den abschüssigen Fluss fiel.

Er hielt Robbie fest und trieb sein Pferd im Galopp zu den anderen, um ihnen zu helfen. Sein Herz donnerte und sein Magen schlug die wildesten Kapriolen. Er schrie Tony zu, er möge bleiben, wo er war. Der Junge war abgestiegen und ihm war klar, dass er ihr nachspringen würde. Jesse erteilte ihm Anweisungen, am Ufer zu bleiben. Wenn Caroline hineingefallen und das Pferd auf ihr gelandet war, wenn sich ihr Fuß in einem Steigbügel verheddert hätte oder ihre Gürtelschnalle am Sattelhorn – dann wäre das gar nicht gut. Wenn es ihr andererseits gelänge, sich von dem Pferd zu lösen und wegzuschwimmen, dann hätte sie eine gute Chance und es brauchte nicht zwei Leute im Wasser, die versuchten, sie zu retten.

„Ich sehe sie nicht!", rief Tony unglücklich, während er flussabwärts starrte, als er ihn erreichte.

„Ich sehe sie nicht! Ich sehe sie nicht!", rief er immer wieder.

Jesses Herz schlug heftig gegen seine Rippen, er suchte das Wasser ab. Er sah den Kopf des Pferdes, aber sie sah er nicht. Er setzte Robbie ab. Der Junge zitterte, so bekümmert war er. „Tony, kümmere dich um Robbie. Du hast die Verantwortung. Halte die Jungs davon ab, ins Wasser zu springen – sammle sie um dich. Es ist mir egal, wo das Vieh hinläuft. Kümmere dich nur darum, dass ihr Jungs zusammenbleibt. Ich treffe euch stromabwärts. Keiner von euch geht aus irgendeinem Grund ins Wasser. Egal was als nächstes geschieht, du passt auf die Jungen auf. Hast du mich verstanden?"

Tony riss sich zusammen. „Ja. Reite los. Ich habe alles im Griff."

Nachdem er diese Versicherung erhalten hatte, schlug Jesse seinem Pferd leicht gegen den Rumpf und es fiel in Galopp. Er ritt so schnell ihn sein Pferd am Ufer entlang trug, suchte das Wasser ab und betete, dass sie irgendwo am Flussufer auftauchen würde. Als er ihren Kopf entdeckte, der nicht weit entfernt von ihrem verängstigten Pferd, das sich ebenfalls gegen die Strömung ankämpfend darum bemühte, den Kopf über Wasser zu halten, das Wasser durchbrach, trieb er sein Pferd zu noch größerer Eile an. Ihr Kopf ging wieder unter und sein Bauchgefühl sagte ihm, dass etwas nicht stimmte.

Er ritt unermüdlich, passierte das Pferd im

Wasser und lenkte sein Pferd zum Ufer und ins flache Wasser. Er konnte das andere Pferd sehen und sah Caroline erneut neben ihm. *Sie lebte noch.* Seine Augen auf sie gerichtet, watete er in das Wasser, das ihm bis zu den Oberschenkeln reichte. Dann warf er sich ins Wasser und kämpfte mit aller Kraft gegen die Strömung an, um zu ihr zu gelangen.

„Mein Fuß", keuchte sie.

Er packte sie am Arm und machte einen Satz auf das Pferd zu. Er griff nach dessen Sattelhorn und zog sie darauf zu. Dann füllte er seine Lungen mit Sauerstoff, tauchte unter und kämpfte darum, ihr den Stiefel vom Fuß zu ziehen. Er war durch den Steigbügel gerutscht und sie hätte es niemals geschafft, sich selbstständig zu befreien. Er wusste, dass er ihr wehtun würde, riss aber trotzdem kraftvoll an ihrem Stiefel und im nächsten Moment war sie frei. Er tauchte gerade wieder auf, als sie sich nicht länger an ihrem Pferd festhalten konnte. Er packte sie, drehte sie auf den Rücken und schwamm mit ihr auf das Ufer zu. Der Fluss wurde an dieser Stelle breiter und die Strömung war nicht mehr ganz so stark. Das Pferd stakste weiter vorn in seichteres Gewässer und er selbst bemerkte dankbar, dass seine Füße Boden berührten. Stolpernd trug er sie aus dem Wasser heraus und ließ sich dann mit ihr ans schlammige Ufer fallen.

„Caroline." Er sagte ihren Namen und blickte in ihr blasses Gesicht. Als sie ihre Augen öffnete, zog er sie an sich. „Gott sei Dank." *Beinahe hätte er sie verloren.*

Er holte tief Luft und sie atmete schwer an seiner Brust. „Schmerzt noch irgendeine Stelle außer dem Knöchel? Hat dich das Pferd verletzt, als es auf dich fiel?"

„Es geht mir gut. Mein Knöchel pocht, aber…" Sie musste eine Atempause einlegen. „Das Wasser war dort zum Glück recht tief, deswegen hat mich das Pferd nicht erwischt. Danke."

Er blickte auf sie hinab. Wasser tropfte aus ihren Wimpern; ihre Haare klebten ihr im Gesicht. Mit einer Hand strich er sanft die Haare aus ihrem Gesicht, während er sie mit der anderen noch immer hielt. Er nutzte diesen Moment, um sie ganz fest an sich zu ziehen. „Ich hatte in meinem ganzen Leben noch nie solche Angst. Es tut mir leid. Caroline, es tut mir so leid. Ich habe nicht vorausgesehen, dass dort etwas so Schlimmes passieren könnte."

„Es ist nicht deine Schuld. Manchmal passieren solche Dinge eben."

„Ja, aber heute ist der erste Tag mit dir und den Kindern und ich habe zugelassen, dass so etwas passiert. Ich hätte dich verlieren können. Wir hätten dich verlieren können." Schnell revidierte er seine erste Aussage.

Sie ließ ihren Blick schweifen. Sah die Jungen näherkommen. Das tat er auch.

„Mir geht es gut, Jesse. Erschrick die Jungs

nicht. Bring mich zurück zum Haus, setz mich auf ein Pferd – es geht mir gut. Wir kümmern uns um meinen Knöchel, wenn wir dort angekommen sind. Erschrick sie aber bitte nicht."

„Das werde ich nicht. Wir kümmern uns darum, dass du nach Hause kommst und dann versorgen wir deinen Knöchel. Bist du dir sicher, dass es dir innerlich gut geht? Du hast nicht zu viel Wasser geschluckt?"

„Ich habe genug wieder ausgespuckt, um mich besser zu fühlen. Jetzt los."

Sein Blick schweifte umher. Dann nickte er, holte tief Luft und befahl seinen Knien, ihn zu tragen, bevor er sich schließlich aufrichtete. Er blieb wartend stehen, bis die Jungen sie erreichten. Allen stand die Sorge deutlich ins Gesicht geschrieben.

„Wie geht es ihr?" Ihre Fragen schollen durcheinander.

„Sie ist aufgewühlt und das bin ich auch. Ihr habt das toll gemacht. Lasst uns Caroline zurück zum Haus bringen. Ich muss mir ihren Knöchel ansehen. Um die Rinder können wir uns später kümmern."

Tony blickte in die Richtung, in der das Vieh in der Ferne stand, wieder ruhig und zufrieden. „Wir können sie holen. Ich und Greg – wir schaffen das."

Er blickte Tony prüfend an. Sein Bauchgefühl wies ihn an, Nein zu sagen, aber ihm war klar, dass das immer noch die Angst um Caroline war. Seine erste große Entscheidung nach seiner ersten großen

Beinahe-Katastrophe. Mit einem feierlichen Nicken gab er Tony das Okay. „Macht das. Aber wenn sie euch auch nur den geringsten Ärger machen, dann lasst sie laufen und es langsam angehen."

Caroline tätschelte seine Brust, eine wie er annahm zustimmende Geste bezüglich seiner Entscheidung.

„Ja, Sir."

„Ja, Sir." Greg schloss sich Tonys Erwiderung an.

Robbie sah ganz erschüttert aus und ließ sich von seinem Platz hinter Tony aus dem Sattel rutschen.

„Ich reite mit Archie."

„Gute Idee. Ihr drei kommt mit mir." Mit Ausnahme von Robbie protestierten sie.

„Ich kann es nicht gebrauchen, dass ihr jetzt diskutiert. Manchmal muss man Anweisungen hinnehmen ohne zu widersprechen. Ich möchte mir im Moment nicht auch noch Sorgen um euer Wohlergehen hier draußen machen, während ich mich um Caroline kümmere. Also Männer, aufsteigen und dann geht's los."

Als ob sie eingesehen hätten, dass er gerade eine Menge zu verdauen hatte, stimmten sie zu.

Tony reichte ihm die Zügel seines Pferdes, das geduldig gewartet hatte. Er hob Caroline in den Sattel.

„Ich kann reiten", protestierte sie.

Er stellte seinen Fuß in den Steigbügel, setzte sich hinter sie und zog sie an sich. „Auch von dir kann ich gerade keine Widerworte gebrauchen, Caroline. Du wirst mit mir reiten." Zu seiner Überraschung lehnte sie sich an ihn und sagte nichts mehr.

KAPITEL NEUN

Sie hasste es, wenn sie sich hilflos fühlte. Durchnässt saß Caroline auf dem Pferd, wieder einmal in Jesses Arme gekuschelt. Sogar das Universum hatte sich gegen sie verschworen.

Seine Arme umschlossen sie sicher während des gesamten Rückwegs zur Ranch. Ihr Knöchel pochte, doch das nahm sie kaum wahr. Was sie stattdessen überdeutlich wahrnahm, war Jesses harte Brust an ihrem Rücken.

„Geht's dir gut?", fragte er sie.

„Mir geht es gut, ich mache mir nur Sorgen um meinen Knöchel und darum, wie ich meinen Teil der Arbeit auf der Ranch erledigen soll."

„Mach dir deswegen keine Sorgen. Das kriegen wir schon hin. Jetzt bringen wir dich erstmal nach Hause und legen Eis auf deinen Knöchel. Deine Mithilfe auf der Ranch könnte mich im Moment kaum weniger interessieren. Das ist nichts im Vergleich zu dem, was gerade passiert ist und wie nahe wir daran waren, dich zu verlieren."

Seine Besorgnis war rührend. Sie kämpfte darum, nicht zu viel in seine Äußerung hineinzuinterpretieren. Er würde um jeden so besorgt sein. „Es war beängstigend, aber zum Glück bist du rechtzeitig gekommen."

Seine Arme legten sich noch fester um sie, sie schloss die Augen und nahm sich vor, sich für die Dauer des Heimwegs an ihn zu lehnen und den Moment zu genießen. Dankbar zu sein, dass sie noch am Leben war und es genießen konnte.

Als das Haus endlich in Sicht kam, hatte sie ihre fünf Sinne wieder beisammen und zu ihrem alten Sarkasmus zurückgefunden.

„Gott sei Dank", murmelte sie. „Der Weg hierher kam mir endlos vor."

Er gluckste. „So dringend willst du meiner Umarmung entfliehen?"

„Nun, um die Wahrheit zu sagen, dieses Sattelhorn bringt mich um."

„Das ist also deine Geschichte."

„Das ist meine Geschichte und dabei bleibe ich. Aber wirklich, ich freue mich, deinen Armen zu entkommen, Sheriff."

„Okay, verstanden."

Den Rest des Weges legten sie schweigend zurück. Sie fragte sich, warum sie mit der Frotzelei begonnen hatte. Reine Selbsterhaltung, nahm sie an.

Als sie das Haus erreichten, stieg er ab und griff nach ihr.

„Ich kann allein absteigen."

Er sah verärgert aus. Dann blickte er zu den Jungen hinüber, die vorausgeritten waren und auf sie warteten. „Kümmert euch um die Pferde, bürstet sie ab und lasst sie abkühlen. Ihr habt das heute gut gemacht. Was passiert ist, war nicht eure Schuld. Manchmal geschehen verrückte Unfälle, die den Plan über den Haufen werfen. Ihr habt euch gut gehalten."

Dann drehte er sich wieder zu ihr, legte seine Hände um ihre Taille, ignorierte ihren Protest und zog sie in seine Arme. „Keine Widerworte. Ich trage dich hinein."

Sie seufzte. Die Jungen beobachteten sie und alles, was sie tun konnte, war lächeln und dem Plan zu folgen.

* * *

Jesse ließ Caroline auf einen Stuhl sinken, bettete ihren Knöchel auf einen anderen Stuhl und zog diesen in eine Entfernung, die es ihr ermöglichte, ihr Knie zu beugen, wenn sie wollte. Ihr Knöchel befand sich in einem schrecklichen Zustand, er war geschwollen und lädiert. *Er* selbst befand sich ebenfalls in einem schrecklichen Zustand, nachdem er sie auf dem Ritt nach Hause über eine Stunde lang hatte festhalten müssen.

Er ging zum Gefrierschrank hinüber und holte zwei Beutel mit gefrorenen Erbsen daraus hervor.

Dann nahm er ein Handtuch aus der Schublade und kehrte zu ihr zurück, um ihren Knöchel in das Handtuch zu wickeln. Anschließend legte er einen der Beutel unter ihren Knöchel und einen darauf.

„Sie passen sich deinem Knöchel besser an als Eis. Soll ich dir etwas bringen? Würdest du lieber ins Schlafzimmer gehen, auf dem Bett liegen?"

„Nein, so geht's mir gut."

Unsicher verlagerte er sein Gewicht von einem Fuß auf den anderen. Er befand sich auf unbekanntem Territorium. Er war es zwar gewohnt, sich um Menschen zu kümmern, nicht aber um Caroline. Er wollte noch mehr tun, nickte dann aber nur.

„Möchtest du wirklich kein Wasser, einen Kaffee oder Tee? Gladys hat eigentlich immer Tee im Kühlschrank."

Sie musterte ihn und lächelte dann. „Ich nehme ein Glas Wasser und eine Tasse Kaffee."

Endlich etwas zu tun. „Klingt gut." Erneut entstand eine gewisse Spannung zwischen ihnen, so wie auf dem Ritt zur Ranch. Sie in seinen Armen zu halten war eine Herausforderung gewesen. Es hatte sich viel zu angenehm angefühlt.

Es hatte ihn dazu gebracht, mehr zu wollen.

Er ging zum Kühlschrank und öffnete die Tür. Ein Krug mit eisgekühltem Wasser und ein Krug Tee standen darin. Er griff nach dem Wasser und goss es in zwei Gläser. Dann stellte er eines von ihnen vor ihr auf den Tisch.

„Danke." Sie trank einen Schluck. „Das habe ich mehr gebraucht, als ich dachte."

Er musterte sie. Dachte daran, wie es wäre, sie in seinen Armen zu halten. Er verspürte eine Sehnsucht in seinem Herzen, wusste, dass dies ein angenehmer Zeitvertreib wäre, wenn er es nur zuließe, aber es würde nicht funktionieren und daher war es hart, daran auch nur zu denken, wie eine Folter, die ihn quälte. Er würde niemals gut genug für sie sein. Daher schob er all die kurzweiligen Gedanken an ihren weichen Körper neben seinem und ihre großen Augen, die ihn anblickten, als wäre er alles, was sie sich jemals wünschen könnte oder hätte haben wollen, beiseite. Nein, so war es nicht und das rief er sich besser immer wieder ins Gedächtnis.

All die Gründe, warum er nicht gut genug für sie war, gingen ihm durch den Kopf, Geldmangel war einer davon. Das Hindernis, dass er nicht in der Lage wäre, so für sie zu sorgen, wie sie es gewohnt war.

Das hinderte ihn jedoch nicht daran, sich um sie zu sorgen. Die Angst um sie bahnte sich erneut einen Weg in seine Gedanken. Wie verstört er gewesen war, als er sie nicht im Wasser hatte entdecken können. Sein Herz begann bei dieser Erinnerung erneut zu rasen.

Er wirbelte herum und ging zur Kaffeemaschine.

Er griff nach einem Filter, dann dem Kaffee, schließlich füllte er den entsprechenden Behälter mit Wasser und setzte die Maschine in Gang.

„Ich hole dir ein Handtuch. Wo war ich mit meinen Gedanken? Dann bekommst du eine Tasse mit heißem Kaffee, ich bringe die Koffer herein und ziehe mich um. Dann kannst du dich umziehen, wenn das Eis noch ein paar Minuten auf deinem Knöchel gelegen hat."

„Klingt gut." Sie lächelte ihn an. „Schau nicht so düster drein, Jesse. Die kommenden drei Monate werden sicherlich weniger aufregend als dieser erste Tag."

„Das hoffe ich." Er erhob eine Hand und sie schlug in ein High Five ein. Sie starrten einander an und die Verbundenheit, die früher zwischen ihnen gewesen war, kehrte für einen Moment zurück. Die Freundschaft, die sie lange vor dem Einsetzen der Hormone verbunden hatte, war unkompliziert gewesen. Es hatte Zeiten gegeben, in denen sie gemeinsam hinter Kälbern her über die Weiden gerannt oder an eben jenem Fluss angeln gewesen waren.

„Wir schaffen das schon."

Sie nickte. „Ja, das tun wir. Jetzt das Handtuch."

Er lachte. „Kommt sofort." Er drehte sich um und ging in die Waschküche. Seine Stimmung wurde besser. Sie würden das durchstehen.

* * *

Bis zum Abend war Caroline wieder trocken und saß auf der Couch im Wohnzimmer. Sie befand sich an einem Ende der Couch, ihr Knöchel wurde von einem Kissen gestützt. Sechs männliche Krankenschwestern lasen ihr jeden Wunsch von den Augen ab. Das hätte sie nicht erwartet, aber sie waren alle bezaubernd, einschließlich ihres Anführers. Jesse war stets in ihrer Nähe geblieben bis sie ihn darum bat, ihre Sachen aus seinem Haus zu holen. Er hatte den Jungs die Verantwortung übertragen und dann getan, was sie verlangte, während sie unablässig mit Kaffee, Tee, Wasser, Keksen und Hilfsangeboten versorgt wurde, die ihr angeboten wurde, ohne dass sie danach hätte fragen müssen. Gerührt dachte sie, dass die kommenden drei Monate sicher interessant werden würden.

Schließlich blickte sie Tony an. Dieser blätterte gerade in einem Wildlife-Magazin. „Tony, wann geht ihr normalerweise ins Bett?"

Sofort hatte sie die Aufmerksamkeit aller Jungen.

„Muss ich dir das sagen?"

Sie lachte. „Ja. Ich denke, es wäre eine gute Idee, wenn wir die gleiche Routine beibehalten würden, während Mike und Gladys unterwegs sind."

Die Jungen sahen Tony an, der ihre Blicke entschuldigend erwiderte und dann laut seufzte. „Sie gehen um neun ins Bett. Aber wir müssen dann noch nicht schlafen. Wir sollen nur in unsere Zimmer gehen. Um diese Zeit sind Mike und Gladys für gewöhnlich schon recht erschöpft. Besonders in letzter Zeit. Ich habe mir gedacht, da du und Jesse jünger seid wärt ihr bis neun vielleicht nicht so völlig ausgepowert. Vielleicht könnten wir eine weitere Stunde hier unten bleiben, bevor wir in unsere Zimmer gehen. Wir sind alle schon ziemlich groß – alt, meine ich – bis auf unseren Robbie dort drüben. Er ist jung und klein." Er grinste, offensichtlich konnte er nicht widerstehen, den kleinen Jungen zu ärgern.

Robbie runzelte die Stirn. „Wenn ihr alle bis zehn Uhr aufbleiben könnt, dann kann ich das auch. So klein bin ich nun auch nicht mehr."

Caroline verstand, dass sie gern länger aufbleiben wollten. Besonders Greg und Tony. Neun Uhr war früh. „Ich sag euch was. Ich bin erschöpft nach dem heutigen aufregenden Tag und der Tortur mit meinem Knöchel. Also lasst uns heute die Regeln von Mike und Gladys befolgen und morgen nach dem Aufwachen schauen, wie es allen geht. Dann werden Jesse und ich gemeinsam eine Entscheidung treffen. Wir werden sehen, was er dazu sagt."

Zu ihrer Erleichterung nickten alle zustimmend. *Wie hatte sie ein solches Glück haben können, sich um diese liebenswürdigen Jungen kümmern zu dürfen?* Sie erinnerte sich an den Zeitpunkt, als Jesse auf die Ranch gekommen war. Sie war noch klein gewesen und damals hatten sie noch keine Zeit miteinander verbracht. Aber sie erinnerte sich daran gehört zu haben, dass er ziemlich bald damit begonnen hatte, sich Mike gegenüber zu behaupten. Das war nur natürlich, nichts Besorgniserregendes. Er hatte das nicht getan, weil er ein Pflegekind war. Er hatte es getan, weil er von seinen Eltern im Stich gelassen worden war. Ihre Brüder hatten das durchgemacht und auch sie hatte eine rebellische Phase durchlebt, nachdem ihre Eltern gestorben waren. An ihre tragische Vergangenheit zu denken, vermittelte ihr einen Einblick in das, was die Kinder, die hierher auf die Ranch kamen, durchmachen mussten. Es war ernüchternd zu wissen, dass sie dieses verstörende Ereignis – diesen schrecklichen Teil ihrer Vergangenheit – nehmen und ihn vielleicht dafür würde nutzen können, um besser zu verstehen, was die Jungs durchlebt hatten, wenn sie auf die Ranch kamen. Ein äußerst sonderbares Gefühl.

Aber da sie etwas derart Schreckliches durchgemacht und daraus gelernt hatte, würde sie es als Ehrung ihrer eigenen Eltern betrachten, wenn sie die Geschehnisse um deren Tod nützen könnte, anderen in ihrem Kummer zu helfen, wodurch auch immer dieser entstanden sein mochte. Ihr Herz schwoll bei dieser Idee an.

Etwas derartiges hatte sie nicht erwartet. Ihre

Kehle wurde eng, als sie die Jungen ansah. „Ihr seid großartig. Habe ich euch das heute schon gesagt?"

Sie alle sahen verlegen aus. Unsicher.

„Du bist auch großartig", sagte Archie. „Ich muss sagen, ich habe noch nie jemanden so in den Fluss fallen sehen und hatte riesige Angst. Deshalb war ich überglücklich, als wir dem Verlauf des Flusses folgten und sahen, dass Jesse dich bei sich hatte."

„Ich auch", sagte Kyle.

Tony und Greg sagten dasselbe.

Robbie kam zu ihr und legte seinen Kopf auf ihre Schulter. „Ich auch." Sie spürte, dass er eine Umarmung brauchte und zog ihn an sich, während sie über seinen Kopf hinweg Tonys und Gregs Blicke erwiderte.

„Ich war so stolz auf euch alle. Greg und Tony, ihr habt euch dort draußen wie Männer verhalten und ich weiß, dass Jesse euch dasselbe sagen wird, wenn er mit euch darüber spricht. Ihr jüngeren Jungs seid auch großartig gewesen. Bis ich alles durcheinandergebracht habe, habt ihr einen tollen Job gemacht. Und ich bin so stolz auf euch, dass ihr getan habt, worum er euch gebeten hat. Denn seht mal, er war für unser aller Sicherheit verantwortlich und sein Gehirn hat beständig darüber nachgedacht, wie er sich am besten um uns alle kümmern kann. Und manchmal erfordert es eine Situation, die wirklich schlimm enden könnte, euch zu bitten, seinen

Anweisungen zu folgen, ohne Fragen zu stellen. Das habt ihr getan. Damit habt ihr ihm sehr geholfen."

Robbie hob den Kopf. „Wir sind nicht immer so."

„Das stimmt, kein Witz", sagte Tony. „Du hast sie an einem guten Tag erwischt."

Alle lachten.

„Nun, zumindest seid ihr ehrlich."

Tony blickte sie skeptisch an. „Kleines Geständnis – es ist nicht immer so. Auf gehts Jungs. Wenn Jesse zurückkommt, müssen die beiden sich noch einrichten. Da müssen wir ihnen nicht auch noch zwischen den Füßen herumspringen."

Sie sah zu, wie Tony mit gutem Beispiel voranging und die Treppe hinaufstieg. Einer nach dem anderen wünschten sie ihr eine gute Nacht und folgten ihm die Treppe hinauf, jeder lächelte sie an.

Was für ein Tag. Sie waren gerade alle über die Treppe verschwunden, als sie draußen Jesses Truck hörte. Sie war versucht, ihn an der Tür zu begrüßen, aber er hatte ihr die strikte Anweisung gegeben, sich nicht von der Stelle zu rühren. Sie entschied, dass auch sie sich vorerst seinen Anweisungen beugen konnte. Immerhin hatte er sie gerettet und sie schuldete es ihm.

Er kam durch die Küchentür und sie winkte ihm durch den Raum hinweg zu. Sein Blick grub sich in ihren und Schmetterlinge begannen in ihrem Bauch zu fliegen.

„Bist du ganz alleine hier unten?"

„Bin ich. Ich habe sie gerade alle nach oben geschickt. Du kannst trotzdem noch mit ihnen reden – sie gehen noch nicht ins Bett. Heute Abend halten wir uns erstmal an den Zeitplan von Mike und Gladys. Ich dachte, wir könnten gemeinsam darüber nachdenken, wie wir es zukünftig handhaben wollen. Es sind so nette Jungen."

Er lächelte. „Das klingt gut. Brauchst du irgendetwas?"

„Nein. Ich habe mehr Kaffee, Wasser und Tee getrunken… und Kekse gegessen, als ein Mensch in einer Stunde gebrauchen kann. Um ehrlich zu sein, ich muss bestimmt bald auf die Toilette."

Er grinste, als er um den Tisch herumkam. „Ich kann dir dorthin helfen. Und ich bin froh, dass die Jungs sich benommen haben. Sie waren großartig. Ich werde mit ihnen reden, nachdem ich mich um dich gekümmert habe."

„Gut. Und sieh mal, mein Knöchel sieht schon besser aus."

Er setzte sich auf die Kante des Couchtisches und legte sich ihren Fuß sanft auf die Knie. Leicht berührten seine Finger ihre Haut, als er sie untersuchte. Sie war sich des erwartungsvollen Gefühls, dass sie unter seiner Berührung verspürte, nur allzu bewusst.

Er begegnete ihrem Blick. „Tut das weh? Du bist zusammengezuckt."

„N-nein. Es ist schon besser."

Er ließ seine Hand auf ihrem Knöchel ruhen, berührte sie nur leicht. Seine Hand erwärmte ihre Haut.

„Ich würde gern versuchen, darauf zu stehen."

„Bist du sicher?"

„Ja." Sie wollte nicht, dass er sie weiterhin überall hintrug.

„Okay." Er stellte ihren Fuß sanft auf den Boden und erhob sich dann. „Du solltest zunächst deinen gesunden Knöchel belasten." Er streckte ihr die Hände entgegen.

Sie nickte und legte ihre Hände in seine.

Er lächelte. „Leg deine Hände auf meine Unterarme, ich werde meine Hände unter deine Ellbogen schieben und dir dabei helfen, das Gleichgewicht zu wahren und deinen Knöchel nicht zu belasten, während du aufstehst. Dann werden wir sehen, ob dich der verletzte Knöchel trägt."

„Das ist eine gute Idee." Sie tat, was er vorgeschlagen hatte und einen Moment später stand sie. Sie behielt ihre Hände an seinen Armen, um das Gleichgewicht zu halten. Er hatte den Kopf gesenkt und beobachtete sie. Ihre Köpfe waren nah beieinander, als sie ihn ansah.

Ihr Mund wurde trocken, woran lag es nur, dass sie einander zurzeit ständig in den Armen hielten oder einander nahe waren?

Sie wandte den Blick ab und sah zu ihrem

Knöchel hinunter. „Ich denke, ich könnte vielleicht allein darauf stehen." Doch als sie das Bein mit ihrem gesamten Gewicht belastete, schnappte sie nach Luft, als ihr der Schmerz durchs Bein nach oben schoss.

„Hm, vielleicht brauche ich deinen Arm."

„Ich helfe dir gern. Ich habe mir schon gedacht, dass du vielleicht zu optimistisch bist. Aber verlier nicht den Glauben. Vielleicht kannst du ihn morgen vollständig belasten."

„Vielleicht." Sie hoffte es.

Er legte seinem Arm um ihre Taille, sie stützte sich auf ihn und so schafften sie es ins große Schlafzimmer.

„Ich bin dankbar, dass sich das Schlafzimmer im Erdgeschoss befindet."

„Soweit ich weiß haben Mike und Gladys damals, als sie beschlossen, in diesem Haus Pflegekinder aufzunehmen, diesen Raum und ein zusätzliches Bad hinter der Küche angebaut. Mike wollte, dass Gladys etwas Privatsphäre und einen Rückzugsort von den Jungs hat."

„Auch nach all den Jahren klingt das immer noch unheimlich nett."

„Es freut mich, dass du das so siehst. Ich weiß, es ist nicht so, wie du es gewohnt bist."

Sie sah ihn an. „Es ist genau richtig." Das Schlafzimmer war groß und verfügte sogar über eine Couch. Auch das Bad war von guter Größe.

Ein Umstand, für den sie dankbar war, als Jesse ihr nun ins Badezimmer half.

„Alles in Ordnung?", fragte er und blieb am Waschbecken stehen.

Sie hielt immer noch seinen Arm umschlossen, obwohl sie ihre Hände auf die Badezimmertheke hätte legen können. „Ja. Danke. Ab jetzt komme ich allein klar. Alles ist nah genug. Ich glaube, ich komme klar, wenn ich mich hier und da abstütze."

„Bist du sicher?"

Sie nickte und trotzdem sie es mochte, wie sich seine Berührung anfühlte, löste sie ihre Finger von seinem Arm und legte eine Hand auf die Theke und die andere auf ihre Hüfte. „Mir geht's gut."

„Ich warte in der Küche. Falls du ein Bad nehmen willst, gehe ich hoch und sage den Jungs gute Nacht."

„Das werde ich tun, also geh rauf und verbringe etwas Zeit mit ihnen. Ich werde es dich wissen lassen, wenn ich Hilfe vom Badezimmer zum Bett brauche."

Sein Blick huschte über ihr Gesicht und dann zur Badewanne hinüber. „Lass dir Zeit. Soll ich schon mal das Wasser für dich anstellen?"

„*Nein*", erwiderte sie hastig und ein wenig überrascht. „Ich meine, das kann ich selbst tun. Danke, ich komme klar."

Er zögerte und die Luft um sie herum schien elektrisch aufgeladen zu sein. „In Ordnung. Ich bin bald wieder unten, du musst also nur meinen Namen rufen und ich…“ Er trat einen Schritt zurück. „Ruf einfach und ich komme und helfe dir. Versuch nicht, allein von hier ins Bett zu gelangen. Es ist zu weit, um es alleine zu schaffen.“

Er stieß gegen den Türrahmen, als er sich weiter zurückzog und sie lachte. Es sah beinahe so aus, als würde Jesse James die Flucht ergreifen.

„Ich werde dich rufen.“

„Okay. Zumindest werden wir die Nacht nicht in einen winzigen Raum zusammengepfercht verbringen.“

Sie presste ihre Lippen zusammen und schluckte herunter, was ihr auf der Zunge lag. Sie hatte schon sagen wollen, dass sie nichts dagegen einzuwenden hätte, die Nacht mit ihm in einem winzigen Raum zu verbringen. Doch das wäre weder die richtige noch eine hilfreiche Antwort gewesen. „Ja, dafür sollten wir dankbar sein.“

„Ich werde die Couch nehmen, nur damit du es weißt.“

Ihr Magen machte einen Satz. „Das klingt gut. Auch wenn ich es hasse, das ganze Bett mit Beschlag zu belegen.“

„Wir können es uns jederzeit teilen.“ Er zwinkerte ihr zu. „Aber ist schon okay, so ist es einfacher.“ Und dann zog er die Tür hinter sich zu.

Sie stand nur da. Er irrte sich. Nichts würde dafür sorgen, dass dies einfacher wurde.

KAPITEL ZEHN

Er konnte nicht schlafen.

Jesse lag auf der zu kurzen Couch, die Hände über der Brust verschränkt, die Füße hingen über das Ende der Armlehne. Die Decke, die auf ihm liegen sollte, war erneut zu Boden gerutscht. Er starrte an die Zimmerdecke, an der sich eine Reflexion des Mondlichts, das durch die Fenster hereinfiel, abzeichnete. Einen Meter entfernt lag Caroline mit dem Rücken zu ihm in dem großen Bett. Er nahm an, dass sie schlief.

Es war schön, dass dies wenigstens einem von ihnen gelang.

Er hatte gewusst, dass es schwierig sein würde. Sie hatte ihn gebeten, ihr ihre Jogginghose, ein T-Shirt und eine Unterhose aus ihrem Koffer zu holen, nachdem er ihr geholfen hatte, sich humpelnd zu bewegen und verhindert hatte, dass sie ihren Knöchel belastete. Er hatte an der Tür gewartet und ihr dann geholfen, zum Bett zu gelangen. Sie hatte nach süß duftender Seife oder Lotion gerochen und er hätte mit dem Kopf gegen die Wand schlagen müssen, um die Gedanken an sie, die darin herumgeisterten, wieder loszuwerden. Traurigerweise war er immer noch so voller Gedanken, denen er besser nicht nachhing.

Morgen würde er ihr dringend ein paar Krücken besorgen müssen. Er musste etwas Abstand zwischen sie bringen und das war sein voller Ernst.

Sie hatte recht gehabt, als sie gesagt hatte, dass sicher nicht mehr passieren würde als am ersten Tag ihres Zusammenlebens. *Folter*. Das war schlicht und ergreifend Folter.

Er zwang sich, nicht an sie zu denken, wie sie in das große Bett gekuschelt tief und fest schlief. Die Tatsache, dass sie so ungestört schlafen konnte – und er nicht – irritierte ihn. Andererseits, was erwartete er?

Sie hatten eine seltsame Beziehung, wie ihm wieder einmal klarwurde.

Er drehte sich so, dass er auf der Seite lag und ihr seinen Rücken zukehrte und starrte die geblümte Lehne der Couch an. Eines der steifen Sofakissen stach ihm unbequem in die Seite. Er gab auf und drehte sich zurück auf den Rücken. Auch diese Position war nicht bequem und er drehte sich auf die andere Seite, um wieder auf Carolines Rücken zu starren. Doch zu seiner Überraschung sah er kurz das Weiß ihrer Augen, bevor sie diese schloss und ihr Gesicht wieder mit den Schatten verschmolz.

Sie tat nur so, als würde sie schlafen.

„Schläfst du nicht?" Er beobachtete sie und wartete darauf, dass sie ihre Augen erneut öffnete.

„Das würde ich, wenn ich nicht andauernd jemandes Seufzen und Stöhnen… sicher ein Zeichen der Verärgerung, hören würde. Und dann das ewige Hin- und Hergedrehe – wie ein Fisch auf dem Pier, außerhalb des Wassers."

Oh ja, er war definitiv ein Fisch auf dem Trockenen, der sich in einem Kampf um Leben und Tod von rechts nach links warf. „Diese Couch ist nicht gerade die bequemste auf der ganzen Welt."

Sie setzte sich auf. Ihr Haar fiel ihr über die Schultern, ihre Brüste zeichneten sich unter dem Shirt gegen die Schatten ab. „Das tut mir leid. Ich habe dir gesagt, ich könnte die Couch nehmen. Ich bin kleiner als du. Ich würde besser auf diese Couch passen. Wirklich."

Er setzte sich ebenfalls auf und stützte die Ellbogen auf die Knie. Er hatte ein Paar Baumwollpyjamahosen aus Mikes Kommode hervorkramen müssen. Zum Glück hatte dieser nicht alles mitgenommen. Es schien fast, als hätte er gewusst, dass Jesse Pyjamahosen brauchen würde.

„Ich nehme nicht das Bett. Ich werde mich daran gewöhnen. Es geht auch nicht wirklich um die Couch. Es geht um uns. Ich denke die ganze Zeit an uns." *Was tat er da bloß?*

Sie legte ihren Kopf schief. „Das tue ich auch.

Auch wenn es keinen Grund dafür gibt. Du weißt, warum. Vor zwei Tagen war ich mittellos. So wie du es immer gewollt hast. Und selbst in diesem Moment war es eine unsinnige Situation für mich, denn sobald du mich geheiratet hättest, wäre ich plötzlich nicht mehr mittellos. Auch wenn das natürlich davon abhängt, ob diese Ehe die drei Monate übersteht. Technisch gesehen bin ich immer noch genauso mittellos, wie du es gerne hättest."

Ihre Worte trafen ihn, aber er hatte sie wahrscheinlich verdient. „Ich möchte nicht, dass du mittellos bist. Aber ich weiß, dass ich niemals…" *Was stand er da gerade im Begriff zu sagen?* Er hatte ihr gegenüber nie offen über seine Gefühle für sie gesprochen und jetzt war nicht der richtige Zeitpunkt dafür. „Wenn ich wirklich heirate… falls ich heirate… möchte ich meiner Frau Dinge bieten können. Ich weiß, das klingt albern, aber ein Mann möchte für seine Frau sorgen können. Aber das ist nicht einmal das größte Problem. Ich bin noch nicht bereit zu heiraten – nachdem wir uns getrennt haben. Ich weiß nicht, ob ich das jemals tun werde."

„Das verstehe ich nicht. Warum denkst du das?"

„Ich habe nach meinen Eltern gesucht."

„Was?", fragte sie sanft. „Du hast sie gefunden?"

„Ja. Du weißt schon, als Mann des Gesetzes hat man Zugang zu den Aufzeichnungen. Das ist einer der Gründe, warum ich diesen Beruf gewählt habe. Ich habe herausgefunden, dass mein Vater meine

Mutter geschlagen hat. Es gibt endlose Berichte über Krankenhausaufenthalte wegen gebrochener Knochen und Prellungen, ich habe auch Aufzeichnungen über mich selbst gefunden. Ich kann mich nur schlecht an das erinnern, was ich dort erlebt habe. Ich erinnere mich, geweint zu haben, aber an sonst nicht viel aus diesem Kapitel meines Lebens. Ich fand die Spur meiner Mutter, die zu dieser Bushaltestelle führte. Ich weiß nicht, was danach mit ihr geschehen ist, aber ich wurde gefunden und dem System übergeben. Ich weiß nicht, ob meine Mutter in irgendeinen Bus gestiegen ist. Oder ob sie zu meinem Dad zurückgekehrt ist. Ich weiß nicht, was mit ihr passiert ist. Mein Vater musste ins Gefängnis, weil er einen Mann getötet hat. Dort hat er es nicht lange gemacht." *Warum erzählte er ihr das? Darüber hatte er noch nie mit jemandem gesprochen.*

Caroline fuhr sich mit der Hand durch die Haare und warf einen Blick an die Decke. „Das tut mir so leid. Und Jesse, ich weiß, was du denkst. Du bist nicht wie dein Vater. Wenn du das denkst, dann hör auf damit."

„Das tue ich nicht. Ich kenne mich selbst und auch wenn ich denke, dass vielleicht für einen Moment die Gefahr bestand – in meiner Jugend, als ich so rebellisch war – dass ich so werde, so ist es doch nicht so gekommen. Ich bin wie Mike. Gott sei Dank. Schlussendlich hat meine Mutter getan, was sie tun konnte. Und ich möchte damit nicht sagen, dass es unter welchen Umständen auch immer richtig ist, ein Kind an einer Bushaltestelle auszusetzen. Das Beste wäre gewesen, sie wäre mit mir in ein sicheres Haus gegangen, aber vielleicht hat sie getan, was sie zu diesem Zeitpunkt tun konnte. Sie hätte Hilfe für sich und mich in Anspruch nehmen sollen. In jeder Stadt gibt es Orte, an denen man Hilfe bekommen kann. Ich habe es mir zur Aufgabe gemacht, dafür zu sorgen, dass in jedem Ort in meinem County Informationen aushängen. Für jemanden, der Hilfe braucht, gibt es Hotlines und Sozialämter. Ich denke, was ich sagen will, ist, dass es überall in dieser Stadt und im County Hotlines gibt, die helfen können. Ich habe verdammt sichergestellt, dass eine Frau, die hier Hilfe braucht, diese auch bekommen kann."

„Und das hast du großartig gemacht. Aber Jesse, das verrät mir immer noch nicht, warum du Angst davor hast, zu heiraten."

„Vielleicht kann ich nur…" *Einfach nicht die heiraten, die ich möchte.* „Nur nicht das Bedürfnis spüren, mich zu einer Ehe zu verpflichten. Stattdessen verpflichte ich mich in Bezug auf diese Ranch. Den Jungs gegenüber. Ich möchte hundertprozentig für sie da sein. Ich möchte, dass sie an erster Stelle kommen. In meinem Leben ist also wirklich kein Platz für eine Frau."

Da, er hatte es gesagt. Und die Worte fraßen ihm ein Loch in den Magen.

„Ich verstehe. Nun, zumindest kenne ich nun die

Wahrheit. Es ist raus. Ich habe schon gedacht, dass dies das Problem sein könnte."

Er lehnte sich auf der Couch zurück. Dann richtete er sich wieder auf, schlug ein paar Mal auf das Kissen ein und lehnte sich dann wieder zurück. Es war klumpig und unbequem und alles fühlte sich falsch an. „Nun, vielleicht kann ich ja jetzt schlafen, wo wir über alles gesprochen haben. Brauchst du irgendetwas?"

„Nein, Jesse, mir geht's gut. Schlaf gut."

Er vernahm, wie sie sich hinlegte. Hörte das Rascheln der Bettwäsche. Nach einer Minute blickte er hinüber und sah, dass sie ihm erneut den Rücken zugekehrt hatte.

Es war am besten so. Er schloss die Augen und bemühte sich darum, ihr Gesicht aus seinen Gedanken zu verbannen.

Eine Schlacht, die von vornherein verloren war.

* * *

Am Morgen nach dem Zwischenfall pochte ihr Knöchel immer noch, doch alles in allem fühlte er sich etwas besser an. Beim Wachwerden stellte sie fest, dass Jesse nicht mehr auf der Couch lag und es keinerlei Anzeichen dafür gab, dass er je auf dieser Couch gelegen hatte. Seine Decke war verschwunden und niemand, der ins Zimmer kam, hätte ahnen können, dass er dort geschlafen hatte – beziehungsweise versucht hatte, zu schlafen.

Sie dachte an ihr Gespräch in der Nacht und spürte die gleiche Erschütterung wie zum Zeitpunkt ihrer Unterhaltung. Das zu hören war schmerzhaft gewesen, aber was hatte sie erwartet? Nachdem sie sich wieder hingelegt hatten, hatte sie noch lange wach gelegen und darüber nachgedacht, wie er sich gefühlt haben musste, als er das über seine Mutter erfahren hatte. Es musste ihn schrecklich verletzt haben. Ihr war klar, dass er noch mit niemandem darüber gesprochen hatte. Das täte Jesse nicht. Er war ein äußerst reservierter Mann. Doch ihr hatte er es gesagt.

In einem winzigen Teil ihres Herzens freute sie der Gedanke, dass er es mit ihr geteilt hatte. Doch darüber dachte sie besser nicht weiter nach. Er wollte nicht Teil ihres Lebens sein.

Sie setzte sich im Bett auf und zuckte zusammen, als ihr Knöchel rebellierte. Aufzustehen und sich anzuziehen würde schwierig werden, das waren leider keine guten Neuigkeiten. Sie dachte über ihren nächsten Schritt nach, als sich die Tür öffnete und Jesse seinen Kopf hereinsteckte. Sie würde sich nie daran gewöhnen, ihn morgens gleich nach dem Aufwachen in ihrem Schlafzimmer zu sehen.

„Du bist wach." Er betrat den Raum mit einem Tablett. „Ich dachte, du würdest heute vielleicht gern im Bett frühstücken."

Nichts hätte sie mehr überraschen können... es sei denn, er würde ihren Sehnsüchten entsprechend den Raum durchqueren, sich über sie beugen und sie küssen.

Aber nein, er hatte ihr Frühstück gemacht, was ebenfalls eine schöne Überraschung war. Sein Haar war noch feucht vom Duschen, sein T-Shirt spannte über der breiten Brust und seine dunklen Augen sahen sie warm und voller Sorge an. Alles an diesem Moment sorgte dafür, dass ihr Herz in ihrer Brust Walzer tanzte.

Er beugte sich vor und stellte das Tablett über ihren Schoß. Seine Nähe und der subtile Duft nach Seife und würzigem Aftershave sorgten beinahe dafür, dass sie zerschmolz. Er verharrte in dieser Position, das Tablett noch immer festhaltend und ihr in die Augen sehend und hatte keine Ahnung von dem Aufruhr, der in ihrem Inneren tobte. Die Nähe dieses Mannes führte sie viel zu sehr in Versuchung. Sie musste lediglich ihre Finger in seine Haare schieben und seinen Kopf umfassen und ihn zu sich ziehen, um ihn zu küssen – *okay, reiß dich am Riemen, Frau!*

Er runzelte die Stirn. „Ist alles in Ordnung?"

„Mit mir? Klar, warum sollte es anders sein?"

Seine Augen verengten sich. „Weil du mich gerade irgendwie verrückt angesehen hast. Hast du Schmerzen?"

„Verrückt? Nein", entgegnete sie unsicher

lachend. „Mein Knöchel tut ein bisschen weh. Es hat ihm nicht gefallen, dass ich mich aufgesetzt habe. Du hättest das nicht tun müssen. Ich wollte gerade aufstehen.“

„Du stehst nicht auf. Du hast ganz schön was durchgemacht und ich werde mir deinen Knöchel ansehen und dich dann zu Doc Jeffers bringen, sobald die Jungs im Bus sitzen.“

„Nein wirklich, es geht mir gut.“

Er richtete sich auf. „Ich werde diesbezüglich nicht mit dir streiten, Caroline. Iss jetzt dein Frühstück und ich setze die Jungs in den Bus und komme dann zurück, um nach dir zu schauen. Und wenn ich feststelle, dass du dieses Bett verlassen hast, werde ich nicht glücklich sein. Musst du auf die Toilette? Wenn ja, dann trage ich dich hin und anschließend wieder zurück.“

Sie gab sich damit zufrieden, weil sie einsah, dass er wahrscheinlich recht hatte und es ihr guttun würde, den Knöchel vorerst nicht zu belasten. Sie schüttelte den Kopf. „Für den Moment ist es okay. Du kannst mir helfen, wenn du zurückkommst.“

„Es wird nicht lange dauern.“

Dann war er weg. Und sie blieb zurück und grämte sich, weil sie verletzt war und nicht helfen konnte und, was noch schlimmer war, war ihre nervenaufreibende Reaktion auf diesen Mann gewesen. Sie musste ihre Hormone in den Griff bekommen. Dies war eine ernste Angelegenheit.

Drei Monate. Sie musste drei Monate durchhalten. Noch nicht einmal eine Woche war vergangen und sie verlor bereits den Verstand.

Wenig später kehrte er kopfschüttelnd zurück. „Wow, ich habe mich noch nie während des Frühstücks um einen Haufen Jungen gekümmert und ihnen dabei geholfen, sich fertig zu machen. Ich verspüre eine ganz neue Bewunderung für das, was Mike und Gladys all die Jahre über getan haben."

Sie hatte die Eier und den Speck auf ihrem Teller gegessen und soeben ihren Kaffee ausgetrunken. Sie lächelte und war sich ziemlich sicher, dass er es gut gemacht hatte. Jesse war sehr kompetent in dem, was er tat. Das hatte er gestern erneut bewiesen, als er sie gerettet hatte. „Ich bin mir sicher, dass du großartig warst. Es tut mir leid, dass ich dir nicht helfen konnte."

Er griff nach dem Tablett. „Du wirst mir noch früh genug helfen können. Sie haben alle nach dir gefragt. Ich habe ihnen gesagt, dass es dir gut geht, aber dass ich dich vorsorglich zum Arzt bringen werde, damit dein Knöchel untersucht wird."

„Ich muss nicht zum Arzt. Mein Knöchel ist nicht gebrochen, er schmerzt nur etwas."

Er stellte das Tablett auf der Kommode ab, kehrte dann zurück und kniete sich neben das Bett.

„Was machst du?"

„Ihn mir ansehen. Streck das Bein aus."

„Das werde ich nicht. Es ist alles in Ordnung."

Sie wollte nicht, dass seine Hände ihren Knöchel berührten. Schon der Gedanke daran, wie seine Hände sanft ihren Knöchel abtasteten, fühlte sich zu intim an.

Es ist dein Knöchel.

Vielleicht war es albern, aber so fühlte sie sich nun einmal. Sie konnte es gar nicht gebrauchen – „Was tust du?"

Er hatte die Decke beiseitegezogen und ihren Knöchel und das Bein freigelegt. Sie positionierte ihre Hände auf der Decke und sorgte dafür, dass sie ab dem Oberschenkel an Ort und Stelle blieb. Natürlich trug sie Shorts, aber das hieß nicht, dass sie sich nicht unwohl fühlte.

„Du kannst dir deine Empörung schenken, Erbin. Ich schau mir nur deinen Knöchel an." Zärtlich tastete er die Haut um den Knochen herum ab. Sie zuckte erneut zusammen und versuchte, es zu verbergen, aber er hatte genau in diesem Moment aufgesehen. „Ja, genau wie ich dachte. Wir werden zum Arzt fahren."

„Nein."

Er stand auf und noch bevor sie wusste, wie ihr geschah, hatte er einen Arm unter ihre Beine und den anderen hinter ihren Rücken geschoben und sie sanft in seine Arme genommen und war mit ihr auf dem Weg zum Badezimmer. „Ich werde dich ins Bad bringen und dir ein paar Klamotten holen. Sag mir, welche du haben möchtest."

Erneut befand sie sich in seinen Armen. So langsam gewöhnte sie sich daran. „Jesse…-“, begann sie zu protestieren, aber er setzte sie bereits auf den Rand der Badewanne.

„Kommst du klar?“

„Tue ich. Bring mir jetzt einfach meinen Koffer und ich kümmere mich selbst um meine Kleidung.“

„Es macht mir nichts aus, sie dir zu holen.“

„Bring mir meinen Koffer“, sagte sie und warf ihm einen warnenden Blick zu.

Er lächelte sie an und sah dabei viel zu ansprechend aus. „Das werde ich.“

Sie wartete, während er losging um ihren Koffer zu holen und ihn dann ins Badezimmer trug. Er legte ihn vor ihr auf den Boden und öffnete den Reißverschluss.

„Okay, bitte schön. Ich werde dich zum Truck tragen, wenn du soweit bist.“

Der Mann hörte ihr einfach nicht zu. „Jesse, ich muss nicht zum Arzt. Du kannst mir helfen, in die Küche zu gelangen, wenn ich dich rufe, aber weiter werde ich nicht gehen.“

Er stemmte die Hände in die Hüften. „Du bist eine starrköpfige Frau.“

„Offensichtlich bleibt mir ja auch gar nichts anderes übrig in Anbetracht all der Männer, die zurzeit versuchen, über mein Leben zu bestimmen.“ Das war die Wahrheit, erkannte sie. „Ich habe ein eigenes Gehirn und einen freien Willen.“

Er seufzte und ließ für einen Moment den Kopf hängen, bevor er seinen Blick auf sie richtete. „Okay, ich entschuldige mich. Du hast recht. Ich war nur besorgt. Ich habe nicht versucht, über dein Leben zu bestimmen. Ich war nur besorgt."

„Und dafür danke ich dir. Aber ich habe ein Gehirn und werde es dir mitteilen, wenn ich zum Arzt muss."

Er tippte sich an den Hut. „Sehr wohl. Ruf einfach, wenn du mich brauchst." Er zog die Brauen hoch und zwinkerte ihr zu, während er aus der Tür trat und sie hinter sich schloss. „Ich bin ganz in der Nähe."

Sie lachte. „Auf Wiedersehen."

„Das habe ich gehört", rief er.

Sie schüttelte den Kopf, blickte ihr Spiegelbild an und runzelte die Stirn. „Lass dich nicht kleinkriegen, Mädchen. Du darfst in seiner Gegenwart nicht schwach werden oder du handelst dir noch mehr Probleme ein, als du ohnehin schon hast."

Das stimmte und sie wusste es.

KAPITEL ELF

Jesse ging in der Küche auf und ab und wartete darauf, dass Caroline ihn aus dem Badezimmer rief. Sie trieb ihn in den Wahnsinn. Er nahm sein Telefon zur Hand und dachte darüber nach, Doc Jeffers anzurufen. Aber sie hatte recht, sie war selbst in der Lage, zu bestimmen wo es langging, wenn es um ihren eigenen Körper ging. Er legte das Telefon wieder weg und ging zurück ins Schlafzimmer. Sie war schon lange dort drin. Er begann sich Sorgen zu machen, dass sie herumhumpelnd auf ihren verletzten Knöchel gefallen sein und sich den Kopf oder etwas anderes angeschlagen haben könnte. Aber er hatte weder einen Schrei noch einen dumpfen Aufprall gehört, also zwang er sich zu warten. Eine Sekunde später knarzte die Tür und sie stand vor ihm, sich am Türknauf festhaltend.

„Okay, ich bin bereit.“

„Zum Arzt zu gehen?“

„Netter Versuch. Nein, bereit mich auf die

Veranda zu setzen und das Bein auf einen Stuhl zu legen. Es tut jetzt mehr weh, seit ich mich bewegt und mich angezogen habe."

„Vielleicht–"

„Kein Wort, Jesse James."

Er holte verärgert Luft und nahm jedes Fitzelchen Willenskraft zusammen, um nicht zu sagen, dass sie zum Arzt gehen sollte. Stattdessen trat er an ihre Seite. „Gut, lehn dich an mich", sagte er, legte einen Arm um ihre Taille und zog sie an seine linke Seite. Augenblicklich war er sich ihres Körpers an seinem nur zu bewusst.

„Danke." Sie schlang einen Arm um seine Schulter, stützte sich auf ihn und hüpfte auf ihrem gesunden Fuß.

„Das wird ewig dauern, wenn du ihn nicht belasten kannst." Er wartete ihre Antwort nicht ab und nahm sie erneut in die Arme.

„Jesse, lass mich runter."

Er fing an, das alles mehr und mehr zu mögen. Er schüttelte den Kopf und sagte: „Das werde ich tun – sobald ich den Stuhl auf der Veranda erreicht habe, zu dem du wolltest. Dann hole ich dir, was immer dein Herz begehrt und gebe dir Zeit zum Entspannen, während ich mit den Pferden arbeite."

„Ich bin zu schwer, als das du mich die ganze Zeit tragen…"

„Willst du damit sagen, dass ich ein Schwächling bin? Ich glaube, jetzt bin ich beleidigt."

Sie lachte. „Nein, das wollte ich damit nicht sagen, aber…"

„Kein Aber. Ich bin mehr als in der Lage, dich hin und her zu tragen."

„Okay. Alles klar. Fährst du heute nicht ins Büro?"

Es war ihr unangenehm, dass er sie trug und er wusste auch, warum. Die ständige Nähe begann ihnen beiden an die Substanz zu gehen. Früher hatten sie miteinander flirten können, scherzen, streiten, um die Frustration loszuwerden, die sie beide spürten, weil sie sich zueinander hingezogen fühlten, doch sie hatten stets wieder gehen können und die Realität aus der Entfernung akzeptieren können. Das war nicht ideal, aber es hatte bis jetzt funktioniert. Doch nun saßen sie gemeinsam in diesem Haus fest, in einer Ehe mit Ablaufdatum und das machte ihnen beiden zu schaffen. Und es war noch nicht einmal eine Woche vergangen.

„Und, fährst du?", fragte sie noch einmal.

Er hatte nicht vorgehabt, nicht zu antworten. „Heute nicht. Ich werde anrufen und ihnen sagen, dass sie mich hier erreichen können, wenn sie mich brauchen. Aber Clay und Jarred kommen schon klar. Clay wird ohnehin Sheriff werden, wenn ich zurücktrete, also kann er sich genauso gut schon mal daran gewöhnen. Er wird den Rest meiner Amtszeit übernehmen und dann mit Leichtigkeit die Wahl gewinnen. Er ist ein guter Mann."

„Stimmt, das ist er. Ich werde ein wenig Hilfe brauchen, um mich hin und her zu bewegen. Vielleicht kannst du mir eine Krücke besorgen. Oder einen Stock, den ich benutzen kann."

Er stieß die Fliegengittertür mit dem Stiefel auf und trat auf die Veranda hinaus. Dort befand sich ein Sitzbereich aus Korbmöbeln, die dort schon standen, solange er zurückdenken konnte. Die Farbe hatte sich im Laufe der Jahre verändert, aber er war sich ziemlich sicher, dass es immer noch die gleichen Möbel waren, als er sie in einen gepolsterten Sessel setzte.

Er bemerkte, dass er es hasste, sie loszulassen. Sie roch nach einem süßen blumigen Duft und er mochte das Gefühl ihres Körpers an seinem viel zu sehr. Er legte seine Hände auf die Armlehnen des Stuhls und beugte sich herab, bis er sich mit ihr auf Augenhöhe befand. Ihre hübschen grünen Augen hatten einen unguten Einfluss auf sein inneres Gleichgewicht und verführten ihn dazu, sich nach vorn zu lehnen, wo er sich doch zurückziehen sollte. „Ich werde etwas finden, was du nutzen kannst. Bis dahin ruf einfach und ich werde unverzüglich kommen. Was brauchst du jetzt?"

Ihre Lippen öffneten sich leicht. Er könnte sich so leicht noch etwas weiter nach vorn beugen und sie küssen… er richtete sich auf. Trat zurück und nahm sich zusammen.

„Ich brauche mein Handy, es liegt auf dem

Nachttisch neben dem Bett. Und kannst du mir meine Handtasche bringen? Mein Laptop befindet sich darin."

„Natürlich. Möchtest du vielleicht einen Kaffee, Wasser oder Tee?"

„Noch eine Tasse Kaffee wäre perfekt."

„Ich bin gleich wieder da." Er ging hinein und war froh, dass sie sich wieder auf sicherem Terrain befanden. Genau dort, wo sie sein sollten.

* * *

Caroline beobachtete, wie Jesse wieder nach drinnen ging und atmete erleichtert auf. Dieser Mann roch einfach köstlich, nach diesem würzigen Aftershave, das er für gewöhnlich trug – sie war sich sicher, dass es etwas mit einem vernünftigen Preis war, kein Cologne. Jesse war kein Mann, der zu tief in Läden für exklusivere Düfte vordrang und dennoch roch er… perfekt. Ihr Kopf drehte sich von seinem Geruch und seiner Nähe und sie hätte für immer in seinen Armen verharren können. So zu tun, als übte er nicht den geringsten Einfluss auf sie aus, hatte sie gewaltige Anstrengungen gekostet.

Sie brauchte einen Stock oder eine Krücke, irgendetwas Stabiles und hoffte, dass er bald etwas Geeignetes finden würde. Sie könnte nicht noch viel öfter so tun, als bliebe sie bei so viel Nähe völlig unbeteiligt.

Sie wusste noch nicht genau, wie sie sich die Zeit vertreiben würde, aber als er mit ihren Sachen aus dem Haus kam, legte er zusammen mit ihrem Handy einen Stapel alter Zeitschriften auf den Tisch.

„Ich habe diese in dem Korb auf dem Herd entdeckt und dachte, du würdest vielleicht einen Blick hineinwerfen wollen."

Sie warf einen Blick auf die Zeitschriften, unter denen sich auch Exemplare von *Good Housekeeping* und *Southern Living* befanden. „Danke, das ist sehr aufmerksam von dir."

Er stellte ihren Kaffee ebenfalls auf den Tisch und trat dann einen Schritt zurück neben die Treppe. Er sah aus, als würde er sich darauf vorbereiten, jeden Moment davonzulaufen. Es war nicht zu übersehen, dass sie nicht die einzige war, die ihre Schwierigkeiten hatte. Das zumindest war gut zu wissen, denn die Lüge, die sie lebten und die darin bestand, so zu tun, als hätten sie keine Gefühle füreinander, war seine Schuld. Wenn er nur – sie schob den Gedanken beiseite, ohne ihn zu Ende zu denken.

„Ruf an, wenn du etwas brauchst. Ich werde in ein paar Stunden nach dir sehen, wenn ich bis dahin nichts von dir gehört habe."

„Ich werde mich nicht von der Stelle rühren." Sie nahm eine Zeitschrift zur Hand und beobachtete ihn, als er die Stufen hinunterging und über den Hof zur Scheune schlenderte. Sie seufzte… der Mann sah von hinten genauso gut aus wie von vorn. Wenn sie wüsste, wie das ginge, hätte sie laut gepfiffen… nur um ihn zu ärgern. Aber sie konnte nicht pfeifen. Was wahrscheinlich auch besser so war.

Sie zog ihren Laptop aus der Handtasche und nahm ihn aus seiner Lederhülle. Sie wusste genau, was sie mit dem heutigen Tag anfangen würde. Der klapprige Stuhl, auf dem sie saß, hatte seine besten Tage schon lange hinter sich, genauso wie ein Großteil der Einrichtung des Hauses. Darum würde sie sich kümmern. In ihrer Zeit hier würde sich einiges ändern. Sie war froh, dass sie seit der Hochzeit wieder Zugriff auf ihre Konten hatte, dies ermöglichte ihr, was sie vorhatte. Wenn sie die Ranch verließ, würde sie dies in dem Wissen tun, dass sie viel für das Gebäude und den Komfort der Jungen getan hatte – und auch ein paar moderne Akzente gesetzt hatte.

* * *

Als die Jungs am Nachmittag aus der Schule kamen und die Auffahrt entlangliefen, an der der Bus sie morgens abgeholt und jetzt wieder abgesetzt hatte, da hatte Caroline einen äußerst geschäftigen Tag am Computer hinter sich – und am Telefon, denn sie hatte mit mehreren Händlern gesprochen. Es blieben noch viele Entscheidungen zu treffen und viel Zeit, um das zu tun, aber sie konnte jetzt schon abschätzen, dass sie ab Anfang der kommenden Woche eine Menge zu tun haben würde. Und sie konnte es gar nicht gebrauchen, dass ihr Knöchel sie dabei behinderte.

Sie hatte sich zweimal von Jesse ins Badezimmer tragen lassen, da sie es ablehnte, nach ihm zu rufen, wenn es nicht absolut notwendig war. Er war nicht zum Mittagessen geblieben, nachdem er es ihr mit ihren Büchern, dem Computer und einem Sandwich und Pommes, die er zubereitet hatte, auf der Couch im Wohnzimmer bequem gemacht hatte. Und einem großen Glas gesüßten Tees. Da sie ihm nicht noch mehr zur Last fallen wollte, hatte sie ihm nicht gesagt, dass sie normalerweise keinen gesüßten Tee trank, sondern ungesüßten bevorzugte. Sie wollte nicht länger so von ihm abhängig sein und hatte ihn gefragt, ob er schon Zeit gehabt hatte, nach Krücken zu schauen.

Ihr Knöchel hatte weiter gepocht und er hatte ihr einen Eisbeutel gebracht, nachdem er sie dabei ertappt hatte, wie sie das Gesicht verzogen hatte. Trotzdem hatte er nicht noch einmal davon angefangen, sie zum Arzt bringen zu wollen. Sie hoffte, dass sie wirklich keinen Arzt benötigen würde, da es ihr sauer aufstoßen würde, ihm Anlass für einen Ich-hab's-dir-ja-gesagt-Moment zu bieten. Zum Glück hatte der Eisbeutel geholfen. Und das rezeptfreie Schmerzmittel, das er ihr zusammen mit dem Tee gebracht hatte.

Nachdem die Jungs über den Kühlschrank hergefallen waren, hatten es sich die jüngeren um sie herum bequem gemacht und sich ihren Hausaufgaben gewidmet, da Jesse ihnen gesagt hatte, dass sie zu seinem Haus reiten und die Quarterhorses füttern dürften, wenn sie damit fertig waren.

Glücklich hatte sie festgestellt, dass sie allen drei Jungen bei Fragen zu ihren Matheaufgaben hatte helfen können. Tony und Greg waren mit Chipstüten und Limodosen nach oben verschwunden, um dort ihre Aufgaben zu machen, waren aber innerhalb einer Stunde wieder nach unten gekommen und nach draußen gegangen. Sie hatte nicht gefragt, wie sie zurechtgekommen waren, da sie sicher um Hilfe gebeten hätten, wenn das nötig gewesen wäre.

Nachdem Jesse und die Jungs sich vergewissert hatten, dass es ihr gut ging und das Haus verlassen hatten, beschäftigte sie sich mit einer Show auf dem Kochkanal an und überlegte, was sie tun würde, wenn sie wieder aufstehen und mit dem Kochen beginnen konnte. Sie würde sich einen Plan zurechtlegen müssen. Das war kein Witz. Als die Show vorüber war, stellte sie fest, dass sie zu viel Tee getrunken hatte und auf die Toilette musste. Verdammt. Seufzend entschied sie, dass das vielleicht gar nicht so schlecht war. Sie würde nicht länger herumsitzen und ganz bestimmt würde sie sich auch nicht länger von Jesse herumtragen lassen. Das war viel zu frustrierend und viel zu verlockend.

Seinen verführerischen Lippen so nah zu sein, wenn er sie in den Armen hielt, war beinahe mehr, als sie ertragen konnte.

Außerdem hatte sie Dinge zu tun. Sie war den Jungen keine Hilfe, wenn sie den ganzen Tag auf der Couch lag. Und am wenigsten konnte sie es gebrauchen, dass Jesse sie weiterhin herumtrug, so wie er es bisher getan hatte. Fest entschlossen stellte sie ihre Füße vorsichtig auf den Boden und erhob sich dann in eine stehende Position, wobei sie ihr Gewicht zunächst auf den gesunden Fuß verlagerte. Sie sah sich im Raum um und überlegte, wie sie von der Couch ins Badezimmer gelangen konnte, das sich ganz hinten im Haus befand. Wahrscheinlich würde es wehtun, aber da er ihr noch keine Krücken besorgt hatte, würde sie allein klarkommen müssen.

Mit einem Mal wurde Caroline klar, dass sie bei all den Einkäufen, die sie an diesem Tag getätigt hatte, auch an ein Paar Krücken hätte denken können. Das würde sie später am Abend erledigen, hoffentlich würden die Krücken gleich morgen oder aber am Samstag geliefert werden. Aber jetzt war erst mal Hüpfen angesagt. Sie hüpfte durch das Wohnzimmer und versuchte, den Schmerz zu ignorieren, den das Hüpfen dem Knöchel bescherte, den sie zu benutzen vermied. Sie erreichte den Esstisch und ruhte sich einen Moment aus, sprang dann in die Küche und gönnte sich an der Kücheninsel eine Pause, bevor sie den Flur hinunter und ins Schlafzimmer hüpfte.

Außer Atem und schmerzerfüllt erreichte sie das Badezimmer. Dankbar wurde ihr bewusst, dass sie einen guten Gleichgewichtssinn hatte und wenigsten nicht auf den Hintern gefallen war. Oder aufs Gesicht.

Ihr Knöchel rebellierte, aber sie versuchte, ihn zu ignorieren. Sie überließ dem Schmerz nicht die Oberhand. Sie schloss die Tür und setzte sich auf den Rand der Badewanne, bevor auch nur daran zu denken war, es bis zur Toilette zu schaffen. Einer Sache war sie sich nun zumindest sicher, weiter so herumzuhüpfen würde nicht funktionieren. Zumindest nicht in den Tagen, die es noch dauern würde, bis der Schmerz etwas nachließ. Sie beschloss, sich damit abzufinden, auf Jesses Hilfe zurückgreifen zu müssen und öffnete die Badezimmertür genau in dem Moment, in dem Jesse das Schlafzimmer betrat und dabei wütender aussah als ein Grizzlybär.

„Caroline, geht's dir gut?"

„Es geht mir gut. Ich musste auf die Toilette und habe es alleine geschafft. Aber ich muss zugeben, dass es eine größere Herausforderung war, als ich angenommen hatte."

In diesem Moment bemerkte sie, dass er ein Paar Krücken in der Hand hielt.

Er hielt sie hoch. „Ich denke, es ist gut, dass ich die in der Stadt besorgt habe."

„Ja, danke schön!", rief sie freudig erregt, so erleichtert war sie beim Anblick der Krücken.

Als er auf sie zukam, tanzte ihr Herz wie verrückt in ihrer Brust. Das war der schlechte Teil dieser ganzen Sache. Auch wenn sie wusste, dass er gern mit ihr flirtete und sich offensichtlich genauso zu ihr hingezogen fühlte wie sie zu ihm… er wollte sie trotzdem nicht. Diese simple Wahrheit war der Kern ihres Problems. Das und ihr Geld. Und doch konnte er sie mit seiner bloßen Anwesenheit um den Verstand bringen. Gott sei Dank hatte sie nun die Krücken.

„Ich habe Bernice aus dem Second-Hand-Laden angerufen und sie sagte, sie hätte ein Paar. Sie hat mit dem Schließen des Ladens noch etwas gewartet, um sie mir verkaufen zu können."

„Ich muss sie anrufen und mich bei ihr bedanken."

„Sie hat uns zu unserer Hochzeit beglückwünscht und mich gebeten, dir das unbedingt auszurichten. Ich dachte, ich sage dir das besser, dann kannst du dich auch für die Glückwünsche bedanken, wenn du sie anrufst."

„Danke für die Vorwarnung."

Er erwiderte nichts, starrte sie nur aus seinen dunklen Augen an. „Bist du sicher, dass es dir gut geht?"

„Es geht mir gut. Aber ich bin nach dieser Aktion ziemlich erschöpft, daher denke ich, ich werde mich so langsam fürs Bett fertig machen, wenn du nichts dagegen hast."

„Klar. Ich komm dann später nach." Er wollte schon gehen, blieb dann aber an der Tür stehen. „Die jüngeren Jungs haben es wirklich genossen, dass du ihnen heute Abend bei ihren Hausaufgaben geholfen hast. Ich denke, sie…" Er sah hin und hergerissen aus.

„Was? Es hat mir Spaß gemacht, ihnen zu helfen."

„Das ist Teil dessen, wovor ich Angst habe. Wie werden sie es aufnehmen, wenn du gehst?"

Bis Sonntagmorgen hasste sie die Krücken; sie hatte auch in den vergangenen Nächten nicht gut geschlafen, was zum Großteil daran lag, dass Jesse nur unruhig auf der lausigen Couch schlief, die sich in ihrer unmittelbaren Nähe befand. Jeden Abend hatte sie so getan, als würde sie bereits schlafen, wenn er ins Zimmer gekommen war.

Sie hatten die Jungen in den letzten Tagen gemeinsam unterhalten und sich darum bemüht, ein unaufgeregtes Miteinander zu etablieren, das es ihnen erlauben würde, die kommenden drei Monate zu überstehen.

Die Unterhaltung, die sie in der Nacht des Unfalls in der Dunkelheit geführt hatten, nagte an ihr. *Ich verpflichte mich in Bezug auf diese Ranch. Den Jungs gegenüber. Ich möchte hundertprozentig für sie da sein. Ich möchte, dass sie an erster Stelle kommen. In meinem Leben ist also wirklich kein Platz für eine Frau.* Das waren seine Worte gewesen, aber manchmal, wenn er sie ansah, fühlte es sich an… als ob er mehr wollte. Sie kämpfte dagegen an, ihm diese Tatsache nicht übelzunehmen. Er beurteilte sie anhand ihres Geldes und das begann ein derart großes Loch in ihren Magen zu brennen, dass sie sich mental hinter einer Stahltür in Sicherheit bringen musste.

Er hatte offenbar beschlossen, so zu tun, als hätten sie dieses Gespräch in der Nacht nie geführt. Sie würde sich dem fügen, denn sie wusste wirklich nicht, was sie sonst tun sollte.

Was sie jedoch wusste, war, dass es ihrem Knöchel besser ging. Die Schwellung war zurückgegangen und das Pochen war beinahe verschwunden. Gott sei Dank, denn die Krücken rieben ihr die Achselhöhlen wund. Sie konnte sie gar nicht früh genug wieder loswerden. Sie stand auf, zog Kleidung aus der Kommode, in die sie die Sachen aus ihrem Koffer geräumt hatte und ging mit ihnen ins Badezimmer um sich dort umzuziehen, nur für den Fall, dass Jesse ohne Vorwarnung ins Schlafzimmer kommen sollte.

Wenig später manövrierte sie sich in die Küche und stellte fest, dass Jesse gerade eine Tasse Kaffee einschenkte.

„Guten Morgen", sagte sie und beäugte den Kaffee.

„Guten Morgen. Kaffee?"

„Wir verstehen uns."

„Setz dich auf den Hocker hier und entspann dich." Er stellte den Becher auf die Theke vor den ersten Hocker.

Sie ging darauf zu und setzte sich, lehnte ihre Krücken ans Ende der Bar und griff nach der heißen Tasse Kaffee. Der Duft erfüllte sie mit Freude, als sie einatmete und dann einen Schluck nahm. „Wunderbar."

Er gluckste und füllte eine weitere Tasse für sich selbst und lehnte sich dann gegen die Theke, während er einen ersten Schluck trank. Seine warmen Augen musterten sie.

„Hast du geschlafen?"

„Es war ziemlich beschwerlich. Hast du?"

„Mal ja, mal nein. Aber der Kaffee hilft." Er trank einen weiteren Schluck und ihre Blicke begegneten sich über den Rand der Tasse hinweg.

Sie schliefen nicht wegen der Nähe des jeweils anderen.

„Wo sind die Jungs?", fragte sie den Blick abwendend und sich im Raum umschauend.

„Machen sich für die Kirche fertig."

„Oh, richtig. Offenbar bin ich doch ziemlich müde, das habe ich vergessen."

„Ist schon okay, ich mache das. Ich war mir nicht sicher, ob du heute Morgen würdest gehen wollen mit deinem verletzten Knöchel."

Sie dachte darüber nach, während sie weiter an

ihrem Kaffee nippte und den vollmundigen Geschmack genoss. Ihre Gedanken wanderten zu ihrem Großvater. Er würde in der Kirche sein und sie mochte ein Feigling sein, aber sie war noch nicht bereit, ihn zu sehen. „Ich denke, ich werde heute noch zu Hause bleiben. Ich werde mich um das Mittagessen kümmern und es fertig haben, wenn ihr nach Hause kommt."

„Klingt gut. Ich nehme mein Telefon mit. Ruf an oder schick mir eine SMS, wenn du etwas brauchst oder deine Meinung änderst und willst, dass ich etwas mitbringe. Dein Knöchel ist noch nicht vollständig wiederhergestellt, ich könnte heute Abend kochen. Wir könnten grillen. Vielleicht ein paar Hamburger."

„Okay. Ich werde etwas Hackfleisch dafür vorbereiten."

„Ich freue mich schon darauf."

„Du bist schon für die Kirche angezogen. Ich muss tief und fest geschlafen haben. Ich bin gar nicht wach geworden, trotzdem du im Zimmer umhergelaufen bist."

Er sah sie über seine Schulter hinweg an und ein schelmisches Lächeln umspielte seine Lippen. „Du hast geklungen, als würdest du ein paar ziemlich dicke Äste zersägen. Du hast mich nicht gehört, weil du selber einen solchen Lärm fabriziert hast. Aber ich bin ziemlich leise. Und ich habe meine Kleidung letzte Nacht nicht mit hineingebracht. Ich habe sie in der Küche gelassen und mich im Gästebad angezogen."

„Ich habe nicht geschnarcht", sagte sie entrüstet.

„Oh doch, das hast du." Er bewegte sich auf die Tür zu.

„Habe ich nicht. Ich schnarche nicht."

Er lachte. „Rede dir das nur weiter selber ein, aber du betrügst dich selbst."

Mit ihren Blicken stieß sie ihm Dolche in den Rücken, als er zur Treppe ging und nach den Jungen rief.

Sie schnarchte *nicht*. Er zog sie nur auf.

Andererseits war es auch nicht so, als hätte sie sich jemals selbst aufgenommen. Vielleicht sagte er die Wahrheit. Vielleicht schnarchte sie wirklich.

* * *

Jesse ertrug all die wohlwollenden Klapse auf den Rücken und die Glückwünsche, als er in die Kirche kam. Er hatte in den letzten Nächten kaum geschlafen. Er war es gewohnt, früh aufzustehen, aber jetzt war es eine Notwendigkeit. Zumindest hatte er ihr ein paar Krücken besorgen können, er spürte Dankbarkeit dafür, dass er sie hatte auftreiben können. Das war seine eigene Art der Selbsterhaltung. Er konnte es nicht länger ertragen, Caroline derart nahe zu sein, nachdem er sie den gesamten Donnerstag über herumgetragen hatte.

Und dann war da noch ihre Unterhaltung in der Nacht des Unfalls. Warum hatte er so viel preisgegeben? Weil sie wissen musste, was in ihm vorging. Verstehen musste, dass er nie das zulassen würde, was zwischen ihnen vor sich ging.

Von seinem Platz im hinteren Teil der Kirche aus sah er Talbert McCoy, der auf seinem gewohnten Platz in der vierten Reihe saß. Die meisten seiner Enkel und Großneffen und deren Familien umgaben ihn. Er war nicht dorthin gegangen und hatte sich zu ihnen gesetzt. Er mochte Kirchgänger sein, aber er war kein Heuchler. Er würde Talbert sagen, was er über das dachte, was dieser Caroline angetan hatte, aber dies war nicht der richtige Ort, um ein solches Gespräch zu führen.

Der Priester sprach über Geduld. Er sann darüber nach, wo er noch geduldiger sein musste, aber vielleicht bezog sich die Predigt auch auf Talbert – der Mann musste definitiv lernen, geduldig zu sein, wenn es darum ging, darauf zu warten, ob seine Enkelkinder heiraten wollten oder nicht. Jesse hatte noch nie von etwas gehört, dass der Art, wie Talbert sich in die Angelegenheiten seiner Enkelkinder einmischte, auch nur nahekam. Es überstieg sein Vorstellungsvermögen, dass Ash und Holly, Denton und Blaze und auch Carolines Cousins und deren Frauen, die alle anwesend waren, durch Talberts – und die seines verstorbenen Bruders J.D. –

unorthodoxe Idee zusammengebracht worden waren. Jesse benötigte Geduld, um das Durcheinander zu bewältigen, in das er sich manövriert hatte und das er als großes Problem empfand. Weniger als eine Woche war vergangen und er hatte das Gefühl, nur mit einem Zeh an einer Klippe zu hängen. Seine Gedanken waren so erfüllt von Caroline, dass er Schwierigkeiten hatte, andere Dinge wahrzunehmen.

Er fand die Jungs draußen mit ihren Freunden. Man sah, dass sie gerade von ihren Erlebnissen während des Viehtriebs erzählten und was Caroline geschehen war. Am Morgen hatte er schon angesetzt, sie zu bitten, es nicht in der Kirche zu erwähnen, sich dann aber dagegen entschieden. Es würde sich ohnehin herumsprechen. Dass er die Krücken gekauft hatte, hatte wahrscheinlich eine Vielzahl an Telefonaten innerhalb des Klatsch- und Tratsch-Netzwerks in Stonewall ausgelöst. Außerdem war es für die Jungs ein aufregender Moment gewesen und er wollte es ihnen nicht nehmen, ihre spannende Geschichte zum Besten zu geben. Er wandte sich ab, um nach jemandem zu schauen, mit dem er sich unterhalten konnte, um den Jungen noch etwas mehr Zeit mit ihren Freunden einzuräumen. Überrascht stellte er fest, dass Talbert nur ein paar Meter entfernt stand.

„Talbert", sagte er grüßend, wobei er sich um einen zurückhaltenden Tonfall bemühte.

Der ältere Mann nickte ihm zu. „Wie geht es Caroline? Ich habe gehört, dass sie einen Unfall am Fluss hatte."

Keine Überraschung. „Ich habe mir schon gedacht, dass es sich herumsprechen würde, dass ich bei Bernice war und Krücken gekauft habe."

„Ja, sie hat Penny angerufen und Penny hat dann mich angerufen. Ich habe einen der Jungen sagen hören, ihr Stiefel sei durch den Steigbügel gerutscht und sie hing daran fest. Hätte sie es geschafft, wenn du ihr nicht hinterhergesprungen wärst?"

Er sah die Sorge in Talberts Gesichtsausdruck.

„Du kennst Caroline. Sie ist eine Frau mit vielen Talenten und unglaublicher Entschlossenheit. Als ich sie erreichte, war sie in schlechter Verfassung, aber ich glaube, sie hätte einen Weg gefunden, ihren Fuß freizubekommen."

Sie starrten einander an. Jesse versuchte, flach zu atmen und Talbert hier draußen nicht mitzuteilen, was er dachte. Und Talbert, das war offensichtlich, bemühte sich darum, hier in der Öffentlichkeit nicht die Fassung zu verlieren.

„Es war also ernst, ja? Jesse James, meine Enkelin ist nicht glücklich im Moment und um ehrlich zu sein, ärgere ich mich ein wenig über mich selbst. Womöglich bin ich zu weit gegangen. Aber ich glaube nach wie vor nicht, dass ich falsch liege. Gib dem Ganzen eine Chance, mein Sohn. Aber auch wenn du es nicht tust, dann pass doch auf meine

Enkeltochter auf. Schütze sie. Ich würde dir sagen, dass du sie nicht verletzen sollst, aber ich bin derjenige, der sie in diese Lage gebracht hat. Doch etwas weiß ich über meine Enkelin und das ist, dass sie äußerst widerstandsfähig ist. Ich glaube, dass wir am Ende alle gestärkt aus dieser Sache hervorgehen werden."

„Ich hoffe, du hast recht. Aber wenn du darauf baust, dass wir verheiratet bleiben, dann muss ich dich leider enttäuschen. Ich habe Gründe für meine Entscheidungen und die ändern sich nicht, nur weil du das möchtest. Dazu gehört auch, was du Caroline antust. Es ist falsch und möglicherweise hast du sie endgültig verloren. Hast du dich darauf eingestellt?"

Talberts Schultern sanken nach unten und für einen Moment entdeckte Jesse Beunruhigung in den Augen des alten Mannes.

„Hast du?", fragte er noch einmal.

„Eine Sache, die ich in Geschäftsdingen und im Leben gelernt habe, ist, dass man manchmal nur eine Möglichkeit in Betracht zieht, aber das liegt oft daran, dass man nicht weiß, was wichtig ist. Weil man noch nicht lange genug gelebt hat, um völlig zu verstehen, was auf dem Spiel steht. Manchmal sind die Dinge, die wir für wichtig halten, unbedeutend und belanglos. Und Hindernisse nicht so unüberwindbar, wie wir denken."

Talbert verstand es einfach nicht. Jesse kämpfte gegen seine Frustration an. „Und manchmal wollen

Menschen anderen Menschen zeigen, wie viel mehr sie über das Leben wissen, wenn sie handeln ohne sich darum zu kümmern, wie sehr sie andere mit ihrer Einmischung verletzen. Wie auch immer, Caroline war heute Morgen schon auf, sie benutzt die Krücken und es ging ihr schon besser, als ich ging. Ihr Knöchel fühlt sich schon viel besser an und sie ist bestrebt, den Jungs eine Hausmutter zu sein. Du kennst sie – sie will die Beste sein. Sie kocht das Mittagessen und richtet sich ein, jetzt wo sie sich etwas besser bewegen kann. Mach dir also keine Sorgen um sie. Du hast sie dazu gebracht, nach deiner Pfeife zu tanzen, aber sie wird als Gewinnerin aus dieser Sache hervorgehen. Und du wirst der Verlierer sein."

Talberts Kinn fiel ihm auf die Brust und er sah Jesse unter seiner Hutkrempe hervor an. „Hast du gesagt, meine Caroline kocht Mittagessen?"

Das war nicht die Reaktion, die er erwartet hatte, nach dem, was er gerade zu Talbert gesagt hatte. „Ja, das habe ich gesagt."

„Nun, siehst du, da geht es schon los. Was für ein gutes Beispiel dafür, wie man Grenzen überschreitet und Überzeugungen verwirft, die man von sich selbst hat."

„Was genau meinst du?"

Talbert lachte. „Mein Sohn, Caroline kann gar nicht kochen."

KAPITEL ZWÖLF

Caroline sah auf die Uhr. Der Gottesdienst war seit ungefähr dreißig Minuten zu Ende und Jesse und die Jungen würden jeden Moment nach Hause kommen. Sie ließ ihren Blick durch die Küche schweifen und zuckte zusammen. *Was in aller Welt hatte sie sich nur gedacht?*

Sie hatte gedacht, dass sie sicherlich eine einfache Mahlzeit kochen konnte. Sie hatte gefrorenes Hamburgerfleisch aus dem Gefrierschrank genommen und in den Kühlschrank gestellt. Als nächstes hatte sie ein Steak aus dem Gefrierschrank geholt, um es in der Pfanne zu braten und in Scheiben zu schneiden. Sie hatte ein paar Paprikaschoten im Kühlschrank gefunden, hatte im Schrank Käsesauce und in der Speisekammer Tortillas entdeckt. Sie würde Fajitas machen.

Doch das Fajita-Fleisch war in der Pfanne verbrannt, die Käsesauce war zu einem unansehnlichen Batzen verklumpt und die Tortillas waren vertrocknet und hart wie Ziegel. Und die Paprikaschoten sahen in der Pfanne, in der sie sie hatte anbraten wollen, scheußlich und unappetitlich aus. Es war eine einzige Katastrophe, und die Küche war voller Rauch von dem verbrannten Fleisch.

Und Jesse und die Jungen würden jeden Moment durch die Tür kommen und sehen, was für ein Durcheinander sie angerichtet hatte. Sie humpelte auf ihren Krücken zur Tür und stieß diese weit auf, damit der Rauch abziehen konnte. Sie hustete und ging dann zurück zum Herd, um die langsam abkühlende Pfanne mit verbranntem Fleisch zu holen. Sie konnte nicht auf zwei Krücken humpeln und eine Pfanne nach draußen tragen, deshalb lehnte sie eine der Krücken an die Theke und beschränkte sich auf die andere, die sie auf der Seite ihres verletzten Knöchels benutzen würde. Dann ging sie langsam auf die Veranda und die Stufen hinunter. Sie war gerade mal ein paar Schritte von der Veranda entfernt, als Jesse in die Auffahrt fuhr und parkte. Sie erstarrte, auf frischer Tat ertappt. Sie beobachtete, wie einer nach dem anderen aus dem Truck stieg. Jesse hatte zwei große Papiertüten bei sich.

Er hielt sie hoch. „Ich habe mir gedacht, dass du am ersten Tag mit diesen Krücken nicht kochen musst, deswegen habe ich ein paar Tacos, Pommes und Salsa mitgebracht. Klingt das gut?" Er warf einen Blick auf das Haus, aus dem Rauch nach draußen drang. „Ist drinnen alles in Ordnung?"

„Ja, alles okay. Und Tacos klingen perfekt."

Die Jungs kamen lächelnd auf sie zu.

„Wir haben in der Kirche gehört, dass du nicht kochen kannst." Robbie grinste.

Tony näherte sich ihr und nahm ihr die Pfanne ab. „Soll ich das über den Zaun werfen? Denn ich gehe mal davon aus, dass du dorthin unterwegs warst."

„Ja, du Schlaumeier, genau dahin wollte ich. Ich habe versucht, die Beweise zu vernichten, bevor ihr alle nach Hause kommt."

„Ich kümmere mich darum." Er grinste und nahm die Pfanne, dann ging er schnell zum Zaun und warf das Fleisch auf die angrenzende Weide, wo es bald von einem wilden Tier gefressen werden würde.

Archie lächelte. „Ist schon okay. Gladys hat versucht, mir beizubringen, wie man Kekse bäckt und ich habe sie alle verbrannt."

„Ich auch", gestand Greg. „Aber ich habe mir nicht wirklich Mühe gegeben. Gladys backt großartige Kekse und ich wollte nicht, dass sie mir sagt, ich solle reingehen und Kekse backen, wenn ich doch genau wüsste, dass meine niemals so gut sein würden wie ihre."

Sie lachte und schüttelte den Kopf. „Nun, wisst ihr was, Jungs, ich habe versucht, etwas zu tun, was ich nicht kann und das ist mir nicht gelungen. Aber wisst ihr was? Ich denke, dass ich mit der Zeit besser werde. Und wenn ihr etwas Geduld mit mir habt, dann versuche ich, durchzuhalten. Was meint ihr? Gebt ihr mir eine Chance?"

Die Jungs sahen einander an, zuckten die Achseln und grinsten.

Tony sprach für alle. „Wir sind dabei. Aber auf dem Weg hierher hat Jesse uns erzählt, dass er kochen kann, also kann er dir vielleicht helfen."

Ihr stand der Mund offen und sie starrte Jesse an, der grinste. „Du kannst also mehr als nur Frühstück zubereiten?"

Er setzte sich in Bewegung und schwenkte dabei die Tüten mit den Tacos. „Ich wollte nicht prahlen oder so, und manchmal ist nicht gut, alle seine Karten vorzeitig auf den Tisch zu legen. Hey, ich war Junggeselle. Wenn ich nicht nur fertige Lebensmittel essen wollte, musste ich meine Kochkünste verbessern. Gladys ist eine gute Lehrerin und hat immer versucht, den Jungen ein paar Sachen beizubringen." Er sah Greg und Tony an. „Aber ein paar von ihnen waren nicht allzu interessiert."

„Hey", sagte Tony. „Ich habe nie gesagt, dass ich nicht kochen kann."

„Ahh, jetzt nähern wir uns der Sache. Also Jungs, hier ist der Deal. Caroline und ich können nicht alles allein machen. Deshalb müssen wir alle unseren Teil beisteuern, damit es funktioniert. Vielleicht können wir uns alle gegenseitig helfen."

Alle brachten ihre Zustimmung zum Ausdruck. Caroline war fasziniert. Ihre Katastrophe verwandelte sich in etwas Großartiges. „Wollen wir jetzt essen? Vielleicht tun wir das am besten dort drüben am Picknicktisch. Das Haus ist wirklich etwas qualmig."

Tony ging zum Haus. „Ich finde, das klingt gut. Ich werde die Pfanne in die Spüle legen. Und mir Besteck, Pappteller und einen Krug Tee und Gläser schnappen. Dann komme ich zurück."

Jesse sah ihm nach, als er im Haus verschwand und warf ihr dann einen Blick zu. „Der Junge hat Potenzial."

„Erzähl mir was Neues. Wahrscheinlich kann er mir noch ein paar Dinge beibringen."

„Komm, wir setzen uns und verteilen das Essen. Wir haben hier ein paar ziemlich hungrige Jungen."

Sie ging auf den Tisch zu, konnte sich mit der einen Krücke aber nur langsam bewegen. Jesse erreichte ihn als Erster, stellte die Tüten darauf ab und drehte sich dann um. Erst in diesem Moment bemerkte er, dass sie langsamer vorwärtsgekommen war als er.

„Ich bin etwas langsam."

Er kam zu ihr zurück. „Das sieht ein wenig schmerzhaft aus."

Sie hielt inne und vertraute ihr Körpergewicht der Krücke an. „Es ist okay, wenn ich beide habe. Mit nur einer ist es schwer. Aber ich konnte nicht gleichzeitig die Pfanne tragen und zwei Krücken halten."

Er wusste nicht recht, was er tun sollte, bot ihr

dann aber seinen Arm an. „Lass mich dir helfen. Ich werde auf dem Weg zum Tisch deine zweite Krücke sein und wenn du sitzt und einen Taco in der Hand hältst, dann hole ich die andere."

Sie zögerte, hakte sich dann aber bei ihm ein. „Danke."

„Es ist mir ein Vergnügen." Langsam gingen sie auf den Tisch zu.

Die Jungs rannten um das Haus und jagten Shaggy. Sie lachte beim Anblick ihres ausgelassenen Spiels.

* * *

Jesse war hin- und hergerissen, ob er ihr von seiner Begegnung mit Talbert erzählen sollte oder nicht. „Ich habe deinen Großvater in der Kirche gesehen."

„Ich habe mir schon gedacht, dass er dort sein würde."

„Er macht sich Sorgen um dich. Er hatte bereits von dem Unfall gehört."

Sie hielt inne. „Er hat eine schreckliche Art, das zum Ausdruck zu bringen."

„Ich weiß, was du meinst. Ich habe ihm gesagt, dass es nicht richtig ist, was er dir angetan hat. Er hat mich wütend gemacht und ich habe ihm zu verstehen gegeben, dass er in Bezug auf dich vielleicht zu weit gegangen ist."

Schmerz machte sich auf ihrem Gesicht breit.

„Er ist zu weit gegangen. Er hat ein paar Dinge getan, die man nicht mehr ungeschehen machen kann. Sein Verhalten war trügerisch und verletzend."

Die Jungen rannten vorbei und der Hund bellte. Robbie fiel hin, Shaggy stürzte sich auf ihn und gemeinsam rollten sie herum, alle lachten und kicherten.

Sie seufzte und blickte dann zurück zu Jesse. „Ich liebe das. Komm, wir verteilen die Tacos und reden nicht mehr über meinen Großvater."

„Einverstanden. Nur noch ein paar Meter. Du bist echt langsam."

Sie stieß ihn fest mit der Schulter. „Und du bist unhöflich."

„Aber ich habe den Tag gerettet – zweimal. Und bis zum Abendessen werden es drei Mal sein… ich korrigiere – viermal. Krücken, Frühstück, Mittag- und Abendessen."

Sie lachte. „Okay, gut. Du gewinnst. Ich hoffe nur, dass diese Tacos fantastisch sind."

Es tat seinem Herzen gut, sie lachen zu hören. „Oh, das sind sie. Setz dich und staune. Kommt schon Jungs. Taco-Zeit."

Tony erreichte den Tisch mit einem Krug Tee und Gläsern. Die übrigen Jungs kletterten auf die Sitzbänke, die den Picknicktisch umstanden und ließen nur den Platz neben ihr für Jesse frei.

„Darf ich?"

Er konnte sehen, dass sie am liebsten erwidert

hätte, er solle sich auf die andere Seite des Tisches setzen, aber die vier Jungen, die es sich dort bequem gemacht hatten, würden diesen Vorschlag wahrscheinlich nicht gutheißen. „Klar. Warum nicht."

Er lachte und setzte sich neben sie. „Ja, totale Folter. Ich verstehe schon."

„Komisch. Wirklich äußerst komisch."

* * *

Nachdem die Jungen am Montagmorgen in den Schulbus gestiegen waren, war Jesse gerade dabei gewesen, in seinen Truck zu steigen, als Caroline auf die Veranda herausgekommen war und ihm nachgewinkt hatte. Er hatte mit einer Hand an der Tür seines Wagens innegehalten und gegen den Drang angekämpft, zu ihr zu gehen, bevor er davonfuhr. Sie hatte frisch und hübsch ausgesehen und als sie gelächelt und ihm zugerufen hatte, dass sie ihm einen schönen Tag wünschte, hatte es eine geradezu unmenschliche Anstrengung erfordert, ihr nur zuzuwinken und in den Truck zu klettern, um zur Arbeit zu fahren.

Er hatte das richtige getan. Er hatte sich eine Auszeit gegönnt, aber er war immer noch der Sheriff. Er musste einige Entscheidungen in Bezug auf seinen Job treffen.

Und doch waren seine Gedanken bei Caroline,

als er fuhr, nicht bei seinem Job. Beim Frühstück war ihm aufgefallen, dass sie schon besser mit ihrem Knöchel zurechtkam. Er hatte den Speck und die Eier gebraten und sie hatte sich um den Toast gekümmert. Er lachte, als er an ihre mangelnden Kochkünste dachte. Im Umgang mit dem Pinsel war sie brillant, dafür aber wirklich schlecht in der Küche. Doch das schien den Jungs egal zu sein, sie liebten Caroline und sie liebte sie ebenfalls. Dank ihr war das Frühstück voll neckender und lauter, von Lachen erfüllter Gespräche gewesen, und jeder der Jungs hatte eine Umarmung, ein herzliches Lächeln und eine Ermutigung mit auf den Weg bekommen, bevor er zum Bus ging. Sogar Tony und Greg hatten trotz ihres Alters nichts dagegen gehabt. Er war neidisch gewesen... aber er hatte auch eine weitere schlaflose Nacht hinter sich.

Seit der ersten Nacht war es jedes Mal das Gleiche gewesen. Er hatte wieder einmal wach gelegen und an die Decke gestarrt, überwältigt von dem Wunsch, dass sie aufhören würde, so zu tun, als würde sie schlafen und ein Gespräch beginnen. Aber auch diesmal hatte sie sich nicht herumgedreht und mit ihm gesprochen. Er nahm an, dass sie dachte, dass sie in der ersten Nacht genug gesagt hatten. Und dass ein weiteres Gespräch tief in der Nacht nicht das war, was sie brauchten.

Sich ihr auf diese Art und Weise zu öffnen, machte keinen Sinn.

Im Büro angekommen kümmerte er sich um einige Unterlagen, stellte einen Plan für die vor ihm liegende Woche auf und drehte anschließend ein paar Runden durch die Stadt.

Als Jesse am Nachmittag auf die Ranch zurückkehrte, war er geschafft. Auf der I-35 hatte es einen Unfall gegeben und sie hatten schweres hydraulisches Gerät einsetzen müssen, um den Mann aus seinem Truck zu schneiden. Jesse war dankbar, dass es nicht schlimmer gewesen war. Der Mann würde nur ein paar Tage im Krankenhaus verbringen müssen, bevor er wieder nach Hause durfte. Jesse wusste ein Happy End zu schätzen.

Zu wissen, dass er nur noch für kurze Zeit Sheriff sein würde, war ein merkwürdiges Gefühl. Seine Arbeit war ein Teil seines Lebens, der nur schwer aufzugeben war, aber er wollte den Jungen und der Ranch seine volle Aufmerksamkeit widmen. Deshalb hatte er mit zweiwöchiger Wirkung seine Kündigung eingereicht und einer seiner Deputys würde seinen Platz einnehmen.

Er fuhr bis zum Haus und parkte den Truck. Caroline befand sich auf der Veranda. Sie bewegte sich humpelnd und gebrauchte einen Besen zum Fegen und als Hilfe, um nicht zu viel Druck auf ihren Knöchel auszuüben. Er lächelte, während er ihr zusah. Am Morgen hatte sie gesagt, ihr Knöchel fühle sich besser an. Er stieg aus dem Truck und ging auf sie zu.

„Bitte sag mir, dass du nicht schon wieder versuchst, das Haus abzubrennen."

„Nein, das tue ich nicht." Sie warf ihm einen gutmütigen Blick zu. „Ich räume hier nur ein bisschen auf. Ich habe ein paar Dinge bestellt, um den Laden aufzuwerten. Hoffentlich macht es Gladys nichts aus. Ich bin nicht lange hier, aber ich kann trotzdem dafür sorgen, dass ich das Haus in einem deutlich besseren Zustand verlasse, als ich es vorgefunden habe."

Sie klang nicht so, als würde es ihr das Geringste ausmachen, dass sie nicht hierbleiben würde. Sie hatte sich damit abgefunden. Das behagte ihm gar nicht. Er war gar nicht glücklich darüber. Ihm war, als würde er etwas wollen und dann doch wieder nicht. „Klar. Ich glaube, diese Korbstühle stehen schon seit meiner Kindheit dort. Gladys hat sie ein paar Mal mit Farbe angesprüht, damit sie wieder gutaussehen, aber sie werden langsam ziemlich wackelig."

„Das dachte ich mir. Und wie du weißt, mag ich es, Dingen meinen Stempel aufzudrücken. Da ich, seit wir verheiratet sind, wieder Zugriff auf meine Konten habe, werde ich mein Geld dafür verwenden. In den nächsten Tagen werden ein paar Lieferungen eintreffen."

Das war typisch für Caroline. „Wie ich sehe, hat dich meine Meinung dazu brennend interessiert. Du hast alles bereits organisiert."

Sie hielt ihre Hände hoch und lächelte schelmisch. „Verklag mich doch. Ein Mädchen muss tun, was ein Mädchen tun muss. Besonders wenn es nicht viel Zeit hat. Für gewöhnlich mögen Frauen Veränderungen.“

Ein unangenehmes Gefühl machte sich in seinem Bauch breit. „Es ist dein Geld – du kannst damit tun, was du willst. Ich bin mir sicher, man wird es schätzen.“ Anstatt auf die Veranda zu gehen, legte er seine Unterarme auf das Geländer und sah zu ihr auf, bemühte sich, die instinktiv in ihm aufsteigende, negative Reaktion zu unterdrücken. Das, was sie tat, war gut.

„Ich muss die Bücher durchgehen und sehen, wie es um die Ranch steht. Nach der Rückkehr von Gladys und Mike werden wir die Dokumente aufsetzen und uns auf einen fairen Preis einigen. Mike hat mir aber schonmal alle Finanzunterlagen gegeben, damit ich mir ein besseres Bild von der Lage machen kann.“

„Du hast zugestimmt, die Ranch zu übernehmen ohne den Kaufpreis zu kennen?“

„So ist es. Mike ist ein fairer Mann und ich will sie übernehmen.“

Sie setzte sich auf den Korbstuhl und musterte ihn, als wäre er von einem fremden Planeten. „Meine Güte.“

Er fühlte sich unbehaglich. „Bevor du jetzt denkst, ich wäre ein totaler Loser, wenn es um geschäftliche Dinge geht, lass mich dir sagen, dass das für mich nicht von Bedeutung ist. Ich tue das für die Jungen. Mike und Gladys tun dasselbe. Ich werde alles genau durchgehen, damit ich weiß, wie die Dinge stehen. Ich möchte, dass die Ranch unabhängiger wird und nicht mehr ganz so sehr auf die Spenden von Philanthropen wie dir angewiesen ist."

Sie verzog ihr Gesicht, so als hätte sie einen abbekommen. „Oh… du weißt, dass ich dir geben werde, was du brauchst. Ich habe versucht, mehr zu geben, aber Mike hat nur das genommen, was er brauchte. Ich denke, er wollte nicht, dass die Ranch nur von einem Investor abhängig ist, also nahm er ein wenig von allen in der Hoffnung, sie würden, wie ich, immer da sein, um ihm zu helfen. So als ob er sich Sorgen machte, dass er jemanden ausnutzen würde und dieser seine Zahlungen einstellen könnte."

„Wie es dein Großvater getan hat. Ich denke, du hast absolut recht in Bezug auf das, was sie getan haben. Und das ist ziemlich stressig – immer abhängig von Spenden zu sein. Von außen hat man ihm nichts angesehen, aber all die Jahre über hat er eine Menge auf seinen Schultern getragen."

„Du hast recht. Darüber habe ich nie nachgedacht."

„Das habe ich auch nicht, jedenfalls nicht vollständig. Ich habe darüber nachgedacht, die Ranch auf eigene Beine zu stellen, sodass sie sich selbst trägt. Ich war mir nicht der vollen Verantwortung bewusst, die damit einhergeht. Als ich heute Morgen aufgewacht bin, ist es mir auf einen Schlag bewusst geworden. Es ist schwer. Sieh mal, wenn du dich zurückziehen würdest oder einer der anderen Geldgeber seine Zahlungen einstellen würde, dann würde die Ranch das nicht überleben. In der Folge würden die Jungen wieder entwurzelt werden. Sie müssten in anderen Einrichtungen untergebracht werden. Mike hat mir gesagt, dass das Geld, das der Staat pro Junge zahlt, im Grunde nur die Kosten für Kleidung und Essen abdeckt. Darüber hinaus gibt es nichts. Und schon gar nichts, wovon man den Unterhalt der Ranch und Steuern bezahlen könnte.

Selbst wenn einem die Ranch vollständig gehört, fallen Kosten an. Man muss sich um das Land kümmern und es pflegen. Das ist teuer, lohnt sich aber. Ich liebe diesen Ort. Er ist etwas Besonderes. Ein Haus auf einem Grundstück oder einem Hektar Land wäre nicht dasselbe. Gemessen an McCoy-Standards ist es nicht groß, aber hier draußen frei herumlaufen und dieses Leben führen zu können bedeutet für einen, der als Kind an einer Bushaltestelle ausgesetzt wurde und absolut nichts besaß, eine Menge. Dieses Projekt war ein Segen für mich. Es bedeutet mir alles und ich muss es vorantreiben. Jeder Junge, der hier gewohnt hat, denkt genauso."

Caroline hatte ihm mit sanftem Gesichtsausdruck

zugehört. Jetzt schenkte sie ihm ein aufrichtiges Lächeln. „Ich wusste immer, dass du der Richtige bist, um es fortzuführen. Dein Herz sitzt am richtigen Fleck und das ist so, weil du hier aufgewachsen bist. Das verstehe ich jetzt. Vor einer Woche noch habe ich das nicht getan, doch mein Großvater hat mir die Augen in Bezug auf viele Dinge geöffnet, als er mich von allem abgeschnitten hat. Ich muss unabhängig sein und auf eigenen Füßen stehen können, genau wie diese Ranch. So sehr ich es auch liebe, Geld beizusteuern und das tun werde, solange es nötig ist, so wäre es doch gesünder für die Ranch und die Jungen, die hier leben, wenn sie sich selbst tragen könnte."

„Und das wird sie auch. Ich muss nur einen Weg finden, mehr für dieses Projekt zu tun, etwas, das ich mit meinem Gehalt als Sheriff nicht werde erreichen können. Ich habe schon ein paar Ideen, die ich dir gern vorstellen würde, wenn ich sie zu Ende gedacht habe." Er gab sich eine Blöße. *Was, wenn sie über seine Ideen lachte?* Er schob diesen Gedanken beiseite, denn hier ging es um die Jungen. Nicht um seinen Stolz.

Ihre Mine hellte sich auf. „Das würde mir gefallen. Das würde mich wirklich sehr interessieren."

Die Art, wie sie ihn anlächelte, machte ihm Mut. Sie verstand, was ihm Sorgen bereitete und dass die Ranch so autark wie möglich sein musste. Trotzdem zögerte er noch, über seine Ideen zu sprechen. Doch er würde gern ihre Gedanken und Ideen hören. Vielleicht würden sie gemeinsam einen Plan erstellen können.

* * *

Die Jungen kamen von der Schule nach Hause, augenscheinlich froh, wieder daheim zu sein. Sie marschierten ins Haus, stapelten ihre Rucksäcke auf der kleinen Bank im Flur übereinander und gingen dann in die Küche, wo sie es sich auf den Stühlen rund um den Tisch und an der Kücheninsel bequem machten. Caroline lächelte, als sie den Kühlschrank öffnete. Sie fühlte sich gut, weil sie heute tatsächlich ein paar Dinge für sie hatte tun können. Sie griff nach einem frischen Krug gesüßten Tees und zwei großen Tellern mit Käse und Obst, die sie zuvor vorbereitet hatte. Sie konnte nicht kochen, aber sie wusste, wie man zum Lebensmittelgeschäft ging und Käse in Scheiben schnitt und einen Obstteller vorbereitete. Das konnte sie genauso gut wieder jeder andere – schließlich kam kein qualmender Ofen zum Einsatz.

„Ich dachte, das wären gute Snacks." Sie stellte einen der Teller auf die Theke, an der Tony und Greg saßen und platzierte den anderen für die übrigen Jungen auf dem Tisch. „Wer möchte Tee?"

Jeder wollte Tee und alle Hände hoben sich, gingen aber fast augenblicklich wieder nach unten, da beide Hände gebraucht wurden, um Unmengen an Käse auf Cracker zu häufen.

Sie musste lächeln, als sie ihnen dabei zusah und ihr Herz schwoll an. Sie hatte befürchtet, dass sie keinen Käse mögen würden, aber noch bevor sie sich umdrehte, um Gläser zu holen, waren die Teller zur Hälfte geleert.

Sie entdeckte, dass Jesse bereits dabei war, Plastikgläser herauszustellen, als sie sich umdrehte.

„Ich werde die Gläser mit Eis füllen, wenn du sie eingießt." Er hielt ein Glas unter den Eisspender am Kühlschrank und begann, es mit Eis zu füllen.

„Teamwork... das gefällt mir." Sie nahm das Glas mit Eis, das er ihr hinhielt; als sich ihre Finger berührten, war ihr, als hätte sie einen elektrischen Schlag bekommen und Schmetterlinge begannen in ihrem Bauch umherzufliegen.

„Mir auch." Er zögerte, so als ob er noch mehr hätte sagen wollen, hielt dann aber doch nur das nächste Glas unter die Öffnung für das Eis.

Sie goss Tee in das Glas und stellte es vor Robbie. Nach ein paar Minuten stand vor jedem Kind ein Glas und er streckte ihr ein weiteres entgegen.

„Eins für dich und eins für mich."

„Danke." Die Jungen hatten den gröbsten nachschulischen Hunger gestillt und kauten schon etwas langsamer.

Robbie sagte: „Ich hatte heute einen wirklich guten Tag in der Schule. Ich habe meiner Lehrerin gesagt, dass ihr euch um uns kümmert, während Mike und Gladys Urlaub machen, und dann habe ich noch gesagt, dass ihr das großartig macht."

„Wie süß von dir." Gerührt griff Caroline nach einem Stück Käse und einem Cracker.

Er strahlte sie an. „Sie hat gefragt, ob ihr morgen zum Tag der offenen Tür kommt."

Ratlos sah Jesse ihn an. „Tag der offenen Tür?"

„Ja, wo ihr meine Lehrer kennenlernt und euch meine Kunstwerke anschauen könnt." Robbie grinste. „Ich habe ein besonders gutes gemalt."

„Gut, dass du uns davon erzählt hast, Robbie. Ich glaube, Mike und Gladys waren so aufgeregt wegen ihrem Urlaub, dass sie vergessen haben, uns darüber zu informieren. Ich rufe morgen früh in der Schule an und frage nochmal nach, aber wir kommen auf jeden Fall und sind für euch da."

„Es findet direkt nach dem Unterricht statt", sagte Tony.

„Danke, dass du es uns erzählt hast. Wir würden das um nichts in der Welt verpassen wollen." Caroline sah sich im Raum um und fragte sich, ob es den Jungen etwas ausmachte, dass ihre Eltern nicht kommen würden. Ihr Großvater war zu solchen Veranstaltungen gegangen, nachdem ihre Eltern gestorben waren. Wegen ihm spürte sie bei dieser Erinnerung einen Anflug von Bedauern. „Habt ihr speziell Kunstwerke oder irgendetwas für diesen Tag gemacht, um sie uns zeigen zu können?"

„Wir nicht." Greg wies mit dem Daumen auf Tony und sich selbst, dann nickte er zu den Jüngeren hinüber. „Aber ich wette, sie schon."

„Ja. Ich habe einen Güterzug gemalt." Archie grinste. „Er ist nicht allzu gut, aber man kann erkennen, was es ist. Und glaubt mir, das ist schon eine ganze Menge."

„Für mich auch. Ich habe ein Pferd gemalt, aber es sieht aus wie ein Hund." Kyle lachte prustend und alle stimmten mit ein.

„Ich habe ein Haus gemalt. Dieses hier", sagte Robbie, als sich das Lachen beruhigte. „Ich bin gerne hier."

Jesses Blick begegnete ihrem und sie spürte das Ausmaß seines Wunsches, diesen Jungen ein besseres Leben zu ermöglichen. Sie wandte den Blick ab, weil sie wusste, dass sie nicht zulassen durfte, dass ihr Herz von den Gefühlen überwältigt wurde, die sie so leicht überkamen, wenn sie ihn ansah und er ihr sein Herz ausschüttete… was er vorhin auf der Veranda getan hatte. Als er davon gesprochen hatte, die Ranch von niemand anderem als sich selbst abhängig zu machen, da hatte er aus Liebe gesprochen, denn er wollte diese Jungen unbedingt beschützen.

Sie konnte ihn bewundern. Sie konnte ihm helfen. Aber sie durfte die Schilde, die ihr Herz schützten, nicht senken.

KAPITEL DREIZEHN

Am nächsten Morgen herrschte eine gewisse Spannung zwischen ihnen. Er war bereits fortgewesen, als sie aufgewacht war und sie hatte sich im Bett aufgesetzt und sich erschöpft im Raum umgesehen. Der unregelmäßige Schlaf zehrte an ihr.

Der vergangene Abend war angenehm weitergegangen, nachdem sie überraschend vom Tag der offenen Tür erfahren hatten, der an diesem Abend stattfinden sollte. Die Jungen hatten sich um ihre Aufgaben gekümmert, die jüngeren hatten die Tiere im Stall gefüttert und die älteren hatten den Truck genommen und das Vieh auf den Weiden versorgt. Jesse hatte Hühnchen gegrillt und sie hatte gefrorene Maiskolben in kochendes Wasser geworfen und ein paar Dosen Bohnen geöffnet. Es war nichts Besonderes, aber zumindest hatte sie ihren Teil erfüllt, ohne dass das ganze Haus erneut im Qualm versank. Die Jungs zogen sie weiter unerbittlich damit auf, während sie aßen und ihr Missgeschick sorgte für ungezwungene Heiterkeit. Das Abendessen war äußerst vergnügt gewesen und sie war froh, dass sie dazu beigetragen hatte, dass es etwas gab, worüber sie einander besser kennenlernen konnten. Die Jungs wollten erneut wissen, ob sie eine Stunde länger aufbleiben konnten und da sie und Jesse sich diesbezüglich einig waren, erlaubten sie es. Einer der Gründe für diese Entscheidung war die unausgesprochene Erwägung gewesen, dass die gemeinsam im Schlafzimmer verbrachte Zeit so um eine Stunde reduziert werden würde.

Als die Schlafenszeit näher gerückt war, waren ihre Gedanken zu dem Umstand geschweift, dass sie jede Nacht mit ihm den Raum teilen musste. Eine Woche war vergangen und sie hatten es irgendwie geschafft, aber keiner von ihnen schlief besonders gut, stets herrschte Unbehagen im Zimmer.

Die letzte Nacht war hart gewesen. Die Jungen waren wie vereinbart eine Stunde später als üblich nach oben gegangen und Jesse war nach draußen gegangen, um nach den Pferden zu sehen, während sie selbst begonnen hatte, sich bettfertig zu machen. Sie hatte ihre Schlafsachen angezogen und war zu Bett gegangen und als er fast eine Stunde später hereingekommen war, hatte sie vorgegeben, zu schlafen. Sie hatte im Bett gelegen und ihm den Rücken zugekehrt, weil sie hoffte, dass es so nicht wie in der ersten Nacht dazu kommen würde, dass sie sich miteinander unterhielten. Und wie jede Nacht hatte sie dagelegen und ihm dabei zugehört, wie er sich unruhig auf der Couch hin und herwarf, während ihre Gedanken von Wünschen erfüllt waren, an die sie besser nicht dachte, da sie nur Kummer verursachten.

Sie hatte Mitleid mit ihm, wusste aber, dass es am sichersten war, wenn er auf der Couch schlief.

Sie verdrängte diese Gedanken, zog sich an, setzte ihr Pokerface auf und ging in die Küche. Und lief geradewegs in Jesse hinein, als dieser aus der Speisekammer kam.

„Autsch", keuchte sie, aus dem Gleichgewicht gebracht und versuchte, sich zu fangen.

Jesse ließ das Küchenpapier fallen, dass er in den Händen gehalten hatte und packte sie an den Armen. Sie fiel gegen ihn, sodass sie sich für einen Moment ganz nahe waren. Sie starrte in sein starkes, gutaussehendes Gesicht. Sie konnte sich nicht bewegen, sondern ihn nur anstarren und das Gefühl seines Körpers und seinen Geruch nach würzigem Aftershave und frischer Seife wahrnehmen, der rasch zu einem berauschenden Trigger für ihren Körper geworden war. Ihr Herz pochte, ihr Puls raste und sie konnte sich nicht bewegen.

Sein Blick grub sich intensiv, erhitzt in ihren, doch diese Regung war blitzschnell wieder verschwunden. „Entschuldigung, ich habe dich nicht gesehen. Habe ich dir wehgetan?"

„N-nein", sie schluckte schwer und verlor sich in

seinen Augen, während sie nach dem Funken forschte, den er gerade zum Verlöschen gebracht hatte. Seine Hände verbrannten ihre Haut und erinnerten sie daran, wie schwach ihre Entschlossenheit war, wenn er sie berührte. Erinnerten sie daran, dass auch sie sich besser vorsah. „Es geht mir gut, Sheriff. Aber vielleicht solltest du dir selbst einen Strafzettel für rücksichtsloses Gehen ausstellen." Sie zwang sich zu einem Kichern und trat dann einen Schritt zurück. Er ließ sie los und sie kämpfte erbittert darum, sich ihm nicht erneut in die Arme zu werfen.

Hab ein wenig Stolz, Mädchen.

Glücklicherweise war zumindest die Stimme in ihrem Kopf noch bei klarem Verstand.

Seine Lippen zuckten. „Beim nächsten Mal sehe ich mich um, bevor ich loslaufe." Er bückte sich und hob die neue Rolle Küchentücher auf, die zu ihren Füßen lag.

Sein dunkles Haar strich über ihre Hand. Ihre Reaktion auf diesen Kontakt war ebenso stark wie auf seine Berührung. Ihr Magen fühlte sich bodenlos an und ihr Puls raste. Ihr war klar, dass sie sich so sehr zu Jesse hingezogen fühlte, dass sie in dieser Situation nicht gewinnen konnte. Aber sie würde dem nicht nachgeben.

„Ich brauche Kaffee." Sie ging zur Kaffeemaschine hinüber... auch wenn es eher eine Flucht war.

„Ich habe reichlich gekocht. Außerdem habe ich eine Pfanne mit Eiern und Würstchen zusammengewürfelt.“

„Großartig. Ich hole den Orangensaft“, sagte sie, während sie sich Kaffee einschenkte und dann mehrere Schlucke trank, wobei sie hoffte, dass ihr das Getränk helfen würde, wieder auf sichereres Terrain zurückzufinden. Die Jungen, die wie eine Herde Mustangs die Treppe herabgedonnert kamen, brachen den Bann zumindest ein wenig und sie ging zum Kühlschrank, um den Saft zu holen. Sie goss ihn in Gläser und machte Toast, während die Jungen durch die Küche und in die Waschküche eilten, wo sie nach Socken und Hemden suchten. Erst in diesem Moment wurde ihr klar, dass sie sich in der ganzen Woche nicht ein einziges Mal in die Waschküche gewagt hatte. Sie warf einen Blick hinein und wäre beim Anblick der Körbe voller Kleidung beinahe in Ohnmacht gefallen.

„Was ist das alles?“, fragte sie Tony, der gerade in einem der Körbe grub.

„Bingo“, rief der aus und hielt zwei passende Socken hoch, als wären sie olympische Medaillen. „Die Wäsche. Wir haben das Zusammenlegen wohl etwas schleifen lassen. Tut mir leid.“

„Das in den Körben ist also alles saubere Kleidung?“

„Ja. Die schmutzigen Klamotten sind noch oben.“

Bei der Erinnerung an die Schmutzwäsche ihrer drei Brüder zuckte sie zusammen. „Okay, gut zu wissen. Vielleicht sollten wir das heute Abend in Angriff nehmen."

Greg drückte sich an ihnen vorbei. „Ich hasse Wäsche waschen, damit wird man nie fertig."

Sie lachte. „Glaub mir, das weiß ich. Ich bin mit mehreren Brüdern aufgewachsen. Ich habe ein paar Jahre allein gelebt und vergessen, wie schlimm es sein kann." Das stimmte. Doch erneut bahnten sich die Erinnerungen an die Kindheit mit ihren Brüdern ihren Weg und sie empfand eine ganz neue Wertschätzung gegenüber ihrer Großmutter und ihrem Großvater.

Ihre Gedanken wanderten zu ihrer Großmutter und dem Morgenritual, das diese immer absolviert hatte, bevor sie alle aus dem Haus gestürmt waren um den Bus noch zu erwischen oder später dann in ihre Autos zu springen. Sie lächelte und ihr Herz schwoll an vor Liebe zu ihrer seligen Großmutter. Vor ein paar Jahren hatten sie sie verloren. Niemals würde Caroline den Anruf ihres Großvaters während ihres ersten Jahrs am College vergessen. Sie hatte ihr so unglaublich viel bedeutet. Eine Erinnerung stach besonders hervor, Caroline lächelte, als sie daran dachte und stellte sich ein paar Minuten später, als die Jungen mit dem Essen fertig waren an die Tür, genau wie ihre Großmutter es immer getan hatte. Sie umarmte jeden Jungen, bevor er aus dem Haus rannte. Sie und ihre Brüder hatten ihre Eltern verloren, doch sie waren nie zur Schule gegangen, ohne zu wissen, dass sie geliebt wurden. Während sie in diesem Haus lebte, würde sie dasselbe für die Jungen tun.

Der kleine Robbie trödelte etwas herum, sodass er der Letzte war, der an die Reihe kam. Er drückte sich an sie, als sie ihn umarmte und wieder einmal stellte Caroline fest, wie dankbar sie für die Liebe ihrer Großmutter war… und die ihres Großvaters, aber sie war noch nicht soweit, an ihn zu denken.

Stattdessen schloss sie Robbie fest in ihre Arme. „Hab einen schönen Tag, okay? Wir sehen uns nach der Schule, wenn wir eure Lehrer treffen. Ich kann es kaum erwarten, dein Bild zu sehen."

Er grinste. „Großartig." Und dann rannte er aus der Tür, sprang von der Veranda auf den Boden und rannte so schnell ihn seine Beine trugen über den Weg auf den wartenden Bus zu.

Angespannt sah sie ihm nach. Als sie sich umdrehte, bemerkte sie, dass Jesse sie mit einer Intensität betrachtete, die sie aufwühlte.

„Ich bin froh, hier zu sein", war alles, was sie hervorbrachte, während sie sich wieder aufrichtete.

Er nickte und sein Blick wurde weicher. „Danke, dass du hier bist… für die Jungs." Er räusperte sich. „Tja, ich muss zu den Pferden und sie hierherbringen, anschließend ins Büro. Hab einen schönen Tag." Er ging an ihr vorbei und trat auf die Veranda hinaus. Er hielt inne und schaute zurück, sah, dass sie ihn noch immer beobachtete. „Was machst du heute?"

Sie wusste, dass es keine gemeinsame Zukunft für sie gab und doch war sie überrascht davon, wie stark ihr Verlangen danach war, ihn zu packen und zur Vernunft zu bringen, als sie ihn nun anstarrte. Wie sehr sie wollte, dass er sie ansah und sie als Person wahrnahm und nicht nur all ihr Geld. Doch das würde nicht geschehen, sie hatte Geld und das würde sie einsetzen. „Ich werde putzen und das Haus vorbereiten, bald treffen verschiedene Lieferungen ein, neue Sachen für das Haus."

Nachdenklich sah er sie an. „Richtig." Er blickte zu den alten Verandamöbeln und dann wieder zu ihr, einen undefinierbaren Blick in den Augen. „Das wird dir sicher Spaß machen."

Sie konnte weder seinen Blick noch seine Worte richtig deuten. Sie seufzte, als er mit großen Schritten zu seinem Truck ging. Sie zwang sich, ihm nicht länger hinterherzusehen. Es gab Dinge, die sie erledigen musste und was war schon dabei, wenn sie gern dekorierte und Gegenstände kaufte?

Das Ganze war eine gute Sache. An diesem Haus war wahrscheinlich seit dem Tag, an dem es errichtet worden war, nichts mehr verändert worden. Und das würde sich ab heute ändern.

KAPITEL VIERZEHN

Jesse hielt nur kurz an um sie einsteigen zu lassen und dann fuhren sie zurück in die Stadt. Er war im Büro aufgehalten worden und spät dran, weswegen er nicht ins Haus kam. Die Veränderungen, die sie den ganzen Tag über vorgenommen hatte, hatte er noch nicht zu Gesicht bekommen. Ihre Bestellungen waren im Laufe des Tages eingetroffen und sie hatte aufregende und trotzdem anstrengende Stunden damit zugebracht, Möbel hin und her zu schieben.

Jetzt betrat sie an Jesses Seite nervös Robbies Klassenzimmer, da sie sich darauf geeinigt hatten, die Lehrer der Jungen entsprechend dem Alter der Kinder aufzusuchen, beginnend mit dem jüngsten. Im Verlauf des Tages hatte sich der Zustand ihres Knöchels gebessert und obwohl er immer noch etwas schmerzte, humpelte sie nur noch leicht.

Mrs. Smith, die gerade einige Unterlagen durchsah, blickte auf und in ihre Augen trat ein warmer Glanz. Sie war eine der ältesten Lehrerinnen der ländlichen Schule und hatte schon sie und Jesse unterrichtet.

„Caroline und Jesse, kommt rein. Ich bin begeistert in Anbetracht der Neuigkeiten und möchte euch als Erstes zu eurer wundervollen, wenn auch etwas plötzlichen Hochzeit gratulieren. Penny hat mir erzählt, dass sie einen Empfang für euch organisiert, sobald es die noch zu treffenden Vorkehrungen zulassen. Ich freue mich darauf, mit euch zu feiern. Und die Jungs sind so aufgeregt."

Caroline spürte, wie sich Jesse an ihrer Seite versteifte. Oder vielleicht war es auch sie selbst, die sich versteifte. Sie hatte gewusst, dass etwas derartiges geschehen würde, aber gehofft, dass Penny nichts unternehmen würde, ohne es vorher mit ihr abzusprechen. Sie bemühte sich um genug Fassung für eine Antwort, denn Jesse blieb genauso still wie sie selbst, während Mrs. Smith' warmer Blick von ihr zu ihm glitt.

„Wir freuen uns darauf, mit allen zu feiern. Ich weiß nur noch nicht, wie bald es dazu kommen wird. Wir… legen im Moment den Fokus darauf, den Jungs zu helfen. Wir sind gekommen, um über Robbie zu sprechen. Er ist so ein lieber Junge und wir wollen sicherstellen, dass es ihm gut geht. Aus diesem Grund sind wir etwas eher gekommen, wir hatten gehofft, ein paar Worte mit Ihnen wechseln zu können, bevor die anderen Eltern und

Erziehungsberechtigten eintreffen. Er wartet im Flur darauf, dass wir ihn hereinrufen."

„Er freut sich darauf, uns sein Kunstwerk zu zeigen." Jesses Blick verband sich mit ihrem und sie gewann den Eindruck, dass ihn ihre Erwiderung erleichtert hatte.

Die Lehrerin lächelte zustimmend. „Eine kluge Entscheidung, wie ich glaube. Robbie freut sich darüber, dass ihr zwei nun da seid. Er ist ein lieber Junge und scheint sich gut einzugewöhnen. Er strengt sich im Unterricht an… beinahe…" Sie zögerte und seufzte dann mitfühlend. „Beinahe als hätte er Angst, dass es Konsequenzen nach sich ziehen würde, wenn er nicht gut genug ist."

Caroline verstand nicht. Sie blickte Jesse hilfesuchend an. Sein Mund war zu einer geraden Linie geworden. Als sein Blick ihren traf, starrte er sie aus seinen dunklen Augen an und sie konnte die Schlacht sehen, die in seinem Inneren tobte.

„Ja, Ma'am, ich nehme an, dass er sich, auch wenn man ihm das Gegenteil versichert hat, Sorgen darum macht, dass ihm das Leben auf der Ranch unter den Füßen weggerissen werden könnte, wenn er nicht den Erwartungen entspricht."

Nun verstand Caroline. „Armes Kind." Sie hatte nie an der Liebe ihres Großvaters und der Sicherheit ihres Zuhauses bei ihm gezweifelt, nachdem sie ihre Eltern verloren hatte. Doch ihr wurde schlagartig klar, dass es für die Jungen keine solche Sicherheit gab. „Das war mir nicht klar."

Er legte eine Hand auf ihre Schulter und drückte sie sanft. „Das konntest du nicht wissen. Mir hätte es auffallen sollen. Mir ging es ebenso, als ich auf der Ranch lebte, genauso wie den anderen Jungen. Wir brauchten alle Zeit, um zu erkennen, dass Mike und Gladys uns nicht aufgeben und wegschicken würden. Ich bin sicher, die älteren Jungs haben das verstanden. Aber die jüngeren vielleicht nicht. Besonders Robbie."

„Ja, ich habe das im Lauf der Jahre oft gesehen. Gladys und Mike haben euch Jungs geliebt, als wärt ihr ihre eigenen Kinder und ich denke, ihr habt euch alle irgendwann entspannt, wart euch der Gewissheit, die ihre Liebe bot, sicher. Ich glaube, auch Robbie wird an diesen Punkt gelangen. Ich fand lediglich, ich sollte euch auf meine Beobachtung aufmerksam machen."

„Danke", sagte Caroline voller Dankbarkeit. „Ich werde dafür sorgen, dass er beginnt, sich sicher zu fühlen."

„Das weiß ich. Du hast ein gutes Einfühlungsvermögen, Caroline. Ich erinnere mich daran, dich in jungen Jahren beobachtet zu haben, als du dich für andere einsetztest, die gemobbt wurden oder einen Freund brauchten. Du wurdest mit Geld geboren, warst aber immer großzügig. Du hast ein gutes Herz und ich glaube wirklich, dass du für die

Kinder eine Bereicherung sein wirst." Sie sah von einem zum anderen. „Gladys ist meine Freundin und sie hat mir anvertraut, dass ihr zwei die Ranch dauerhaft übernehmt, weil die beiden wegen ihrer und Mikes Gesundheit in Rente gehen wollen."

„Oh", hauchte Caroline, schockiert und doch gleichermaßen gerührt von Mrs. Smiths Worten. Schuldbewusst dachte sie daran, dass nicht alles was Gladys gesagt hatte, der Wahrheit entsprach. Sie würde nicht dauerhaft bleiben.

„Ich weiß, dass Sie das vertraulich behandeln werden, bis die beiden zurückkommen und es den Jungs sagen." Jesse verlagerte sein Gewicht und sie fragte sich, ob er sich in Anbetracht der Lüge genauso unwohl fühlte wie sie.

„Selbstverständlich. Ich habe mir nur gedacht, ich sollte euch wissen lassen, dass ich Bescheid weiß und glaube, dass Robbie sich mit der Zeit wohler fühlen wird, auch wenn man sich nicht sicher sein kann, wie sich ihr Fortgehen auf ihn auswirken wird. Er könnte das Gefühl haben, dass sein Leben wieder einmal davon auf den Kopf gestellt wird, dass ihn jemand verlässt. Wenn ihr euch dessen bewusst seid und diesbezüglich Verständnis zeigt, wäre das sicher hilfreich."

„Das werden wir", versicherte Caroline und wusste, dass sie alles tun würde, um Robbie und den anderen Jungen zu helfen. Sie hoffte nur, dass sie ihnen am Ende, wenn sie gehen würde, keinen emotionalen Schaden zufügen würde.

Andere Eltern betraten den Raum und Mrs. Smith entschuldigte sich um auch sie zu begrüßen. Jesse und sie starrten sich einen Moment lang an.

Jesse ergriff zuerst das Wort. „Lass uns Robbie hereinholen, wir besprechen alles später, nachdem wir uns auch mit den anderen Lehrern unterhalten haben."

„Ich denke, das ist eine gute Idee."

Sie gingen nach draußen und fanden Robbie im Gespräch mit mehreren Jungen vor. Aufgedreht ging er mit ihnen wieder hinein und zeigte ihnen die Wand, an der die Kunstwerke aufgehängt waren. Er wies auf sein eigenes.

Die einfache Buntstiftzeichnung zeigte ein großes Haus mit einer breiten Veranda; im blumenbewachsenen Hof befanden sich fünf kleine Personen und ein Hund. Auf der Veranda standen eine Frau mit langen blonden Haaren und ein Mann mit einer Dienstmarke.

Lächelnd sah er zu ihnen auf. „Wir sollten etwas zeichnen, das uns glücklich macht. Lange wusste ich nicht, was ich zeichnen soll und starrte auf das Blatt Papier. Doch dann dachte ich an die Ranch. Das ist das Ranchhaus, ihr seid auf der Veranda und da im Hof bin ich, die Jungs und Shaggy."

Carolines Herz zog sich zusammen und sie kniete sich auf den Boden, wobei der Rock ihres

Kleides sich auf dem Boden bauschte. „Robbie, ich liebe es. Ich liebe es sogar sehr. Ich bin so froh, dass wir und die Ranch dich glücklich machen. Denn du machst uns auch glücklich."

Jesse legte eine Hand auf ihre Schulter und ließ sich dann auf ein Knie herab, während er die andere Hand auf Robbies Schulter legte. „Caroline hat in allem recht. Besonders damit, dass du uns glücklich machst. Dein Bild ist das Beste. Ich freue mich, dass die Ranch dich glücklich macht."

Robbie strahlte, dann warf er seine Arme um Carolines Hals und umarmte sie fest.

Sie spürte, wie ihr die Tränen kamen, ohne dass sie etwas dagegen hätte tun können, daher kniff sie die Augen zusammen, als sie den kleinen Jungen fest umarmte. Überrascht nahm sie zur Kenntnis, wie Jesses Daumen ihr sanft die Tränen von den Wangen wischte. Sie öffnete die Augen und begegnete seinem Blick über Robbies Schulter hinweg. Er lächelte sie an und diese Geste versetzte ihr einen bittersüßen Ruck. Sie befanden sich in der Öffentlichkeit; sicherlich beobachtete man sie. Doch im Moment war nichts davon von Bedeutung. Wichtig waren dieser kleine Junge und die Tatsache, dass Jesse verstand, dass ihr Herz gleichzeitig überglücklich war und schmerzte.

Sie riss sich zusammen und blickte Robbie an. „Okay, wollen wir uns anschauen, was die anderen Jungs vorbreitet haben?"

„Ja, ich wette, sie haben es auch gut gemacht." Er grinste.

„Ich mag deine positive Einstellung", sagte Jesse und rieb über den Kopf des Kindes, als sie zur Tür gingen.

Sie waren schon fast an der Tür, als sie Mrs. Smith' Stimme vernahmen. Sie blieben stehen, als sie auf sie zugelaufen kam.

„Ich wollte euch beide fragen, ob ihr für das Herbstfest am Samstag nächste Woche bereit seid?"

„Was für ein Fest?", fragte Caroline.

„Ach du meine Güte, haben sie es euch nicht gesagt?" Bestürzt blickte Mrs. Smith sie an.

„Uns was gesagt?", fragte Jesse.

Besorgt dreinschauend verschränkte Mrs. Smith ihre Hände ineinander. „Die Schule veranstaltet jedes Jahr ein Herbstfest und die Eltern oder Erziehungsberechtigten helfen an den Ständen. Mike und Gladys haben sich für den Dreibeinlauf gemeldet. Ihr kommt doch, oder? Ich weiß nicht, ob ich auf die Schnelle noch jemand anderen finden kann und die Veranstaltung ist äußerst beliebt."

„Das wird ein großer Spaß", sagte Robbie und sah sie aufgeregt an.

Jesse sah lächelnd von Robbie zu Mrs. Smith. „Natürlich helfen wir. Sagen Sie uns einfach, was wir tun sollen und dann machen wir das."

„Großartig. Ich wusste, dass ich mich auf euch verlassen kann. Dann sehen wir uns am übernächsten

Samstag. Oh, und bringt einen Kuchen für die Tombola mit."

„Ein Kuchen, natürlich", sagte Caroline und dachte, dass sie einen Koch für die Ranch würde einstellen müssen, wenn das so weiter ging… etwas, das Jesse nicht unterstützen würde, da war sie sich ziemlich sicher. Sie seufzte und fing seinen Blick auf, als sie den Raum verließen. Sie lehnte sich zu ihm hinüber, als sie hinter Robbie den Flur entlanggingen. „Ob es in Ordnung ist, wenn ich einen Kuchen kaufe?", fragte sie leise.

Er kam noch etwas näher. „Ich kann versuchen, dir zu helfen, aber meine Backkünste sind nicht so gut wie meine Kochkünste. Möglicherweise müssen wir Verstärkung anfordern. Kann nicht irgendjemand aus deiner Familie backen?"

Erleichtert lächelte sie. „Ich kann bestimmt eine meiner Freundinnen überreden, mir zu helfen. Und wenn nicht, dann könnte uns Nelda, Wades und Allies Haushälterin, sicherlich unterstützen."

Sie lächelten einander an.

Er sah so erleichtert aus, wie sie sich fühlte. „Danke, dass du hier bist", sagte er. „Das bedeutet mir viel. Und den Jungs."

„Ich bin froh, dass ich helfen kann." Das meinte sie ernst.

Sie spürte, dass es sich richtig anfühlte.

So ungeheuer richtig, hier zu sein.

DER FAKE-VERLOBTE DES
MILLIARDENSCHWEREN COWGIRL

* * *

Nachdem das Treffen mit den Lehrern vorüber war, fuhr Jesse sie nach Hause, auf dem Weg dorthin hielt er jedoch an einem Laden an und kaufte mehrere Schachteln Eiscreme, die sie sich gönnen würden, wenn sie nach Hause kamen. Die Jungs konnten stolz darauf sein, dass ihre Lehrer nichts als lobende Worte für sie gehabt hatten und Jesse und Caroline darauf, dass sie beim anstehenden Herbstfest nur einen Kuchen backen und einen Stand würden beaufsichtigen müssen.

Die Gespräche mit den verschiedenen Lehrern waren vielversprechend gewesen, doch während der Unterredung mit Mrs. Smith war er sich wie ein Betrüger vorgekommen. Er hatte den Eindruck gewonnen, dass es Caroline ebenso ergangen war. Er sagte sich, dass man daran nichts ändern konnte. So war es eben, darauf hatten sie sich verständigt.

Doch das hatte nicht verhindert, dass er sich bei der ganzen Sache äußerst unwohl gefühlt hatte, ein Empfinden, das mit jeder Unterhaltung mit einer der Lehrkräfte zugenommen hatte. Auf dem Weg nach Hause bestritt Caroline das Gespräch mit den Jungen, doch etwas in ihrem Gesicht veranlasste ihn zu der Vermutung, dass auch sie von lästigen Gedanken geplagt wurde.

Sie betraten nacheinander das Haus und er ging in die Küche und legte den Beutel mit Eiscreme auf die Küchentheke. Er wusch sich gerade am Waschbecken die Hände um anschließend das Eis zu verteilen, als er ein Keuchen vernahm.

„Wow", sagte Tony.

Die anderen gaben ähnliche Kommentare von sich.

Er drehte sich um, um zu sehen, was los war, und sah, dass sie alle nebeneinander aufgereiht dastanden und ins Wohnzimmer starrten. In diesem Moment bemerkte er die Veränderung. Er hatte Carolines Bestellungen ganz vergessen. Lächelnd stand sie dabei und beobachtete die Jungen.

Der Raum sah völlig anders aus als zuvor. Verschwunden waren die in die Jahre gekommene geblümte Couch und die Stühle mit dem karierten Stoffbezug. An ihre Stelle war eine gewaltige Sofalandschaft getreten, die anders ausgerichtet war, als es die alte Couch und die Stühle gewesen waren. Er entdeckte einen massiven Holzschrank und einen neuen großen Flachbildfernseher mit Lautsprechern und etwas, das nach Surround-Sound-Geräten aussah. Bunte Kissen auf der Couch und ein neuer Teppich ergänzten das Bild.

„Passiert das gerade wirklich?", fragte Greg mit ehrfürchtigem Gesichtsausdruck.

Niemand regte sich. Dann drehten sie sich um und starrten ihn an. Er war sich nicht sicher, was er erwartet hatte, aber offensichtlich hatte sein Verstand nicht zu erfassen vermocht, zu was sie fähig war. Er hatte vielleicht mit einer neuen Couch gerechnet, aber das hier war etwas ganz anderes, es war erstklassig, wie die Umgestaltung durch eine Zeitschrift. Er sah den Unglauben in ihren Augen und die Aufregung.

Er kämpfte gegen das Gefühl der Unzulänglichkeit an, das in ihm aufstieg, und zeigte auf Caroline. „Ihr müsst euch bei Caroline für all das bedanken."

Sie sah genauso verzückt aus wie die Jungen, beinahe etwas aufgedreht, als sie nun in die Hände klatschte und sie danach ineinander verschränkte. „Ich habe mir große Mühe gegeben, Dinge auszusuchen, die euch gefallen könnten. Na los, probiert es aus. Ich hoffe, es gefällt euch."

„Ja. Es ist total cool", sagte Kyle und stürmte anschließend in den Raum und ließ sich auf das riesige Sofa sinken. Robbie und Archie lachten und taten es ihm gleich.

„Es sieht bequem aus. Und ich mag die braune Farbe", sagte Greg grinsend. „Aber der Flachbildschirm ist fantastisch."

Auch Tony sah aus, als würde es ihm gefallen, doch wie üblich war er gelassener. „Vielen Dank. Kann ich ihn anmachen?"

„Klar, die Fernbedienung liegt im Regal. Wenn ihr nicht herausbekommt, wie es funktioniert, dann ruft einfach. Wir kümmern uns um das Eis und ihr zwei klugen jungen Männer könnt herausfinden, wie der Fernseher funktioniert."

Die beiden älteren Jungen grinsten und machten sich dann daran, die neue Elektronik in Augenschein zu nehmen und Caroline wandte sich zu Jesse um. Ihre Erregung schwand, als sie ihn ansah.

„Gefällt es dir nicht?"

„Es ist hübsch." Er drehte sich wieder zum Schrank um und holte Schälchen daraus hervor. Er ermahnte sich selbst, das Ganze einfach auf sich beruhen zu lassen. Sie hatte weder Kosten noch Mühen gescheut, sondern eine Menge Geld ausgegeben und ihm war einmal mehr klargeworden, wie leicht es für sie war, etwas zu verändern, mit all dem Geld, das ihr zur Verfügung stand. Ihm war nicht bewusst gewesen, wie alt alles im Haus war oder wie wenig Geld Mike und Gladys in die Hand genommen hatten, um es auf Vordermann zu bringen. Sie waren sparsam gewesen und stets sorgsam mit dem Geld umgegangen, dass sie durch Spenden erhalten hatten und er bewunderte sie dafür. Doch als er sich nun umsah, da fiel ihm auf, dass es überfällig gewesen war, die Möbel durch neue zu ersetzen. Caroline hatte oft angeboten, mehr Geld zur Verfügung zu stellen, ein Angebot, auf das nicht eingegangen worden war. War es da ein Wunder, dass sie diesem Ort jetzt, wo sie die Möglichkeit dazu hatte, die Veränderungen angedeihen ließ, die er so nötig hatte? Sie tat, was sie konnte, bevor sie wieder ging. Denn dieses Projekt lag ihr am Herzen und sie hatte die Notwendigkeit erkannt, als sie das Haus gesehen hatte.

Sie trat an seine Seite. „Es gefällt dir wirklich nicht."

Er erkannte Bestürzung in ihren Worten. Vielleicht Schmerz. Es störte ihn, dass ihm diese Notwendigkeit entgangen war. Und es störte ihn, dass er selbst nicht in der Lage gewesen war, etwas dagegen zu tun. Er kämpfte mit den verschiedenen Empfindungen, die ihn überfielen. Sie besaß Geld und konnte das tun. Doch das sie in seine Welt kam und sofort sah, woran es fehlte, zeigte ihm erneut, welche Distanz zwischen ihnen klaffte. Und wie kläglich alles war, was er ihr jemals würde bieten können.

„Es gefällt mir. Alles sieht so gut aus. Ich hatte nur nicht so viel erwartet."

„Ich verstehe. Nun, sie haben es verdient und es war dringend nötig. Wenn ich weg bin, wirst du dich lange nicht darum kümmern müssen."

„Da hast du wohl recht." Sie starrten einander an und er fühlte sich so außerhalb ihrer Liga wie nie zuvor.

Ihre Aufregung war verblasst. „Nun, du kannst gespannt sein, es wird weitere Veränderungen geben. Wie du weißt, bin ich in der Küche nicht sehr begabt, aber Einkaufen kann ich und genau das werde ich tun, solange ich die Gelegenheit dazu habe." Die

Jungen jubelten, als der Fernseher plötzlich mit voller Lautstärke zum Leben erwachte. Sie lächelte verzagt. „Zum Glück wissen wenigstens einige hier meine Fähigkeiten zu schätzen."

Sie ließ ihn stehen und ging ins Wohnzimmer, um sich dem Gespräch und Lachen der Jungen anzuschließen, die aufgeregt durcheinanderredeten.

Er kam sich wie ein Idiot vor.

Als es Zeit wurde, ins Bett zu gehen, fragte Robbie Caroline, ob sie ihm vor dem Schlafengehen noch etwas vorlesen könnte.

„Natürlich, das würde ich wirklich gern tun", sagte sie und rutschte von dem Hocker, auf dem sie gesessen hatte. Sie sah Archie und Kyle an, die sich das Zimmer mit Robbie teilten. „Hey Jungs, ich wette, ich finde ein Buch, das euch allen gefällt."

Kyle sah sie skeptisch an. „Aber kein Babybuch."

„Und auch kein Märchen", fügte Archie ebenso argwöhnisch hinzu.

Sie lachte und Jesses Herz machte bei diesem Geräusch einen Satz. Er hatte ihr Lachen schon immer gemocht.

„Versprochen." Sie blickte ihn und die älteren Jungen an. „Ihr seid ebenfalls herzlich zur Vorleserunde eingeladen."

Tony und Greg sahen so entsetzt aus, dass Jesse lachen musste. „Ist schon okay, wir werden noch etwas zusammensitzen und uns unterhalten. Ich muss die beiden noch in einer Sache um Rat fragen."

„In Ordnung, aber ihr drei wisst nicht, was ihr verpasst. Kommt, Jungs, lasst uns gehen."

Er beobachtete, wie sie durch das Wohnzimmer voranging, sich dann umdrehte und die Treppe hinaufstieg. Er blickte immer noch in die Richtung, in die sie verschwunden war, nachdem er sie schon nicht mehr sehen konnte.

„Sie ist cool", sagte Tony. „Die Kleinen brauchen das."

Er sah Tony an. „Für dein Alter bist du ein bemerkenswert weises Kind."

Tony zuckte mit einer Schulter. „Ich bin siebzehn. Ich bin schnell erwachsen geworden, weißt du?"

„Ja, ich weiß." Er blickte Greg an. „Das gleiche gilt für dich. Nach allem, was ihr durchgemacht habt, hättet ihr es Mike und Gladys schwer machen und über die Stränge schlagen können, wie ich es getan habe, als ich in eurem Alter war. Aber das habt ihr nicht. Ich bin stolz auf euch." Er stand auf. „Kommt, wir gehen nach oben und reden noch einen Moment." Er ging voran und gemeinsam stiegen sie die Stufen hinauf und ließen sich auf die alten Fernsehsessel fallen, die zu einer Sitzecke gehörten, von der alle Schlafzimmer abgingen.

Hier oben fühlte er sich wohler als unten im Angesicht seiner Empfindungen auf all die

Veränderungen, die Caroline vorgenommen und all das Geld, das sie ausgegeben hatte, ohne ihn zu fragen. Oder ihn zu brauchen.

„Ich weiß, dass ihr sie noch nicht gesehen habt, weil es ein ereignisreicher Tag war, aber ich habe meine Hengstfohlen hierhergebracht. Um sie zu trainieren."

„Das tust du?" Gregs Augen weiteten sich vor Aufregung. „Du trainierst sie?"

„Das hat dir Mike beigebracht, nicht wahr?", Tony setzte sich aufrechter hin und beugte sich dann nach vorn, sodass seine Ellbogen auf seinen jeansbedeckten Knien lagen.

Mike hatte früher Quarterhorses trainiert und während der Zeit, die Jesse auf der Ranch verbracht hatte, mit mehreren gearbeitet. Doch in den letzten zehn Jahren hatte Mike damit aufgehört und Jesse wurde mit einem Mal klar, dass den Jungen ein bedeutender Teil seiner eigenen Erziehung fehlte.

„Ja, er hat es mir beigebracht. Er war wirklich gut darin. Doch er hat es nur noch nebenbei als Hobby gemacht, nachdem er und Gladys beschlossen hatten, Pflegekinder auf der Ranch aufzunehmen."

„Kannst du es uns beibringen?", fragte Greg, dann warf er Tony einen Blick zu, woraufhin er von diesem ein breites Grinsen erntete.

„Ja, das würden wir wirklich gern lernen." Tony grinste.

Er schaute von einem zum anderen und sah

großes Interesse. „Klar, tue ich das. Ich freue mich darauf. Wisst ihr was? Wir fangen morgen nach der Schule an. Wie klingt das?"

„Fantastisch", Greg sprang auf und reckte die Faust zu einem Faustcheck in die Höhe.

Er streckte seine eigene Faust aus und stieß erst gegen Gregs, dann gegen Tonys. „Okay, jetzt geht's aber ins Bett. Ich freue mich, dass ihr eingewilligt habt, mir mit den Pferden zu helfen."

Kurz darauf gingen die Jungen ins Bett, wobei sie unablässig aufgeregt über die gerade gemachten Pläne sprachen. Er stand auf und begann, die Treppe hinabzusteigen, als Caroline aus dem Zimmer der jüngeren Kinder kam.

„Hey", sagte er und blieb auf der Treppe stehen, um auf sie zu warten. Sie schenkte ihm ein müdes Lächeln. „Wie lief es mit der Geschichte?"

„Gut." Sie warf einen Blick auf den Sitzbereich, wo er, Tony und Greg gesessen hatten. Sie nahm alles in sich auf. „Das könnte ein schöner Ort sein hier oben."

„So geht's auch. Ich habe hier mit den älteren Jungen gesprochen. Wir haben uns gut unterhalten und uns etwas entspannt."

„Das ist gut." Sie lächelte und ging an ihm vorbei und die Treppe hinunter, wobei sie ihm vorkam, als wäre sie nicht ganz bei der Sache.

Ihr sanfter Geruch kitzelte seine Nase und er folgte ihr. „Ich glaube, wie müssen den Dreibeinlauf organisieren", sagte er in dem Bemühen, etwas zu finden, worüber sie sprechen konnten.

Sie blieb im Wohnzimmer stehen und sah sich um, dann beugte sie sich über die Lehne des Sofas und griff nach einer zerknitterten Decke. Er sah zu, wie sie sie faltete und dann schräg auf die neue Sofagarnitur legte.

„Ja, außerdem müssen wir einen Kuchen backen oder backen lassen. Ich werde mich in der kommenden Woche darum kümmern. Wahrscheinlich werden wir üben müssen." Sie lächelte. „Den Jungs haben die neuen Möbel wirklich gefallen. Das freut mich. Ich war ein wenig in Sorge, womöglich einige falsche Entscheidungen getroffen zu haben, aber ihnen scheint alles gefallen zu haben und sie wirkten glücklich. Es sind so tolle Kinder. Es tut mir leid, dass es dir nicht gefallen hat, aber am Ende ist es für sie."

Er starrte sie an. Die Jungen lagen ihr wirklich am Herzen. Unfähig etwas anderes zu tun, strich er ihr sanft eine Haarsträhne aus dem Gesicht und nutzte das als Ausrede, um ihre weiche Haut zu berühren. Ihr Blick suchte seinen und er trat auf sie zu. Plötzlich wollte er sie unbedingt in den Armen halten, sie küssen.

„Du gehst großartig mit ihnen um. In der Schule warst du erstaunlich."

Sie hielt seinen Blick und ihre Augen suchten seine, während sie beinahe bewegungslos dastand. Er sehnte sich danach, seine Hand auf ihre Wange zu legen, doch dann gewann sein Verstand die Oberhand und er ließ sie sinken, nachdem er die Haarsträhne hinter ihr weiches Ohr geschoben hatte.

„Danke… es war ein fantastischer Tag. Du hast dich gar nicht dazu geäußert, ob dir die neuen Sachen gefallen." Hoffnungsvoll sah sie ihn an.

„Es ist schön. Den Jungen gefällt es." Er klang steif, wem wollte er etwas vormachen? Er wollte sie so sehr und doch erinnerte ihn das alles daran, wie wenig er ihr zu bieten hatte. „Ich muss nach den Pferden sehen."

Sie starrte ihn an, der hoffnungsvolle Ausdruck geriet ins Wanken und sie presste die Lippen zu einem flachen Strich zusammen. Einen weiteren Herzschlag lang starrte sie ihn an, bevor sie den Blick abwandte. „Und ich muss ins Bett. Gute Nacht." Ihren Worten wohnte eine gewisse Schärfe inne.

Er hasste sich selbst dafür, dass er ihr die Freude verdorben hatte an dem, was sie im Haus verändert hatte.

Er beobachtete, wie sie durch die Küche und den Flur zu ihrem Zimmer ging. Frustriert verließ er das Haus durch die Haustür und sah nach den Pferden. Es war weit nach Mitternacht, als er endlich ihr gemeinsames Schlafzimmer betrat. Wie in den Nächten zuvor schlief sie schon oder gab vor zu schlafen. Er ging zum Schrank und zog vorsichtig seine Decke und das Kissen heraus. Erst als er sich auf der Couch ausstreckte, bemerkte er, dass auch sie neu war.

Sie hatte an ihn gedacht, als sie alles neu ausgesucht hatte. Die alte, lumpige Couch, die viel zu kurz gewesen war, war verschwunden. Die neue war fest, viel bequemer und bot seinem gesamten Körper Platz, vom Kopf bis zu den Füßen.

Und doch war es eine Couch und er war nicht mehr als einen Meter von Caroline entfernt, die allein in dem großen Bett schlief. Er wusste um all die Gründe, wegen denen er nicht gut genug für sie war und dass er sie nicht wollen sollte. Und tat es trotzdem.

KAPITEL FÜNFZEHN

Am nächsten Morgen erwachte Caroline vor Jesse, sie drehte sich herum und sah ihn auf der neuen, breiteren und längeren Couch liegen. Er erweckte den Eindruck, als würde er tief schlafen. Ihr Blick wanderte über seine entspannten Gesichtszüge, die muskulösen Schultern, die wohlgeformte Brust. Sie seufzte… was tat sie da nur?

Sie stand auf und ging ins Badezimmer. Es hatte keinen Sinn, länger so zu verweilen und sich Gedanken über etwas zu machen, das ohnehin nicht geschehen würde. Während des Treffens mit den Lehrern am Vortag hatte sie sich ihm verbunden gefühlt, so als ob sie ein Team wären. Ein gutes Team, das sich um das Wohl der fünf Jungen kümmerte, die ihrer Obhut unterstanden.

Sie hatte gespürt, wie er sich zurückzog, als sie das Haus betreten hatten und ihm aufgegangen war, wie sehr sie es verändert hatte. Als sie vorher darüber gesprochen hatten, schien er ihr Vorhaben gutzuheißen, aber nun ahnte sie, dass er damit nicht in dem Maße einverstanden gewesen war, wie sie zunächst gedacht hatte.

Doch sein innerlicher Rückzug hatte keinen Einfluss darauf gehabt, dass jedes Mal, wenn er sie ansah… Grundgütiger, ihre Körpertemperatur war jedes Mal förmlich durch die Decke geschossen. Sie hatte das Gefühl, dass er mehr von ihr wollte, als er sich selbst eingestand. Im Endeffekt ging es immer um das verdammte Geld.

Sie betrat die Dusche und ließ die Spinnweben in ihrem Kopf vom heißen Wasser davonspülen. Ihre Gedanken wanderten zu den Jungen. Sie war erleichtert und aufgeregt gewesen, als die kleineren Jungen sie gebeten hatten, ihnen vorzulesen. Ihr Herz machte einen Satz, als sie daran dachte, wie sie ihnen aus Robinson Crusoe vorgelesen hatte. Sie hatte das Buch am Vortag in einem Regal stehen sehen und in jenem Augenblick wieder daran gedacht. Das Vorlesen hatte ihnen dermaßen gefallen, dass sie sie gebeten hatten, damit an diesem Abend weiterzumachen. Ihr Herz schwoll bei diesem Gedanken an.

Wie konnte sie das alles aufgeben?

Sie duschte rasch, trat dann unter der Dusche hervor, wickelte das gelbe Handtuch um ihren Oberkörper und bemerkte, dass sie vergessen hatte, Kleidung mit sich ins Badezimmer zu nehmen.

Sie warf ihrem Ebenbild im Spiegel einen

genervten Blick zu. „Wie konntest du deine Klamotten vergessen?" Sie griff nach einem weiteren Handtuch und rubbelte durch ihr nasses Haar, wobei ihre Locken zu springen begannen und sich verhedderten. Sie warf dieses Handtuch auf die Theke und zog das andere fester um ihren Körper, bevor sie die Tür öffnete.

Jesse schlief noch immer. Was war heute nur mit diesem Kerl los? Er musste ganz schön erschöpft gewesen sein, keiner von ihnen hatte in den letzten Nächten allzu gut geschlafen und die neue Couch schien bequem zu sein.

Ihr Blick fiel auf die Kommode, in der sie ihre Kleidung aufbewahrte. Sie biss sich auf die Lippe. Würde es ihr gelingen, dorthin zu gehen und sich Unterwäsche, ihre Jeans und ein T-Shirt zu schnappen? Er schlief immer noch, genaugenommen sah er sogar so aus, als schliefe er nun noch tiefer als zuvor.

Sie holte tief Luft, umklammerte ihr Handtuch und betrat das Zimmer. Langsam und auf Zehenspitzen schlich sie an ihm vorbei, ihr Atem ging zittrig und flach, als sie ihn passierte. Sie war nur noch fünf Schritte von der Kommode entfernt, als ihr Blick zu ihm wanderte. Er lag nun auf der Seite, die Decke war halb zu Boden gerutscht und entblößte seine muskulöse Brust, die von keinerlei Stoff bedeckt war. *Warum trug er kein Shirt zu seinen*

Shorts? Sie musste diese ganze prächtige Haut nicht sehen.

Sie lenkte ihre Aufmerksamkeit zurück auf die Kommode und ging einen weiteren Schritt. Für ihren Geschmack spürte sie den Luftzug unter dem Handtuch auf ihrer Haut etwas zu stark, um sich wohl zu fühlen.

„Nun, das ist aber mal eine Überraschung."

Sie wirbelte herum, als sie seine Stimme vernahm. „Was?"

Er stützte sich auf einen Ellbogen, ein träges Grinsen auf dem Gesicht. „Wenn ich gewusst hätte, dass ich morgens von einem solchen Anblick geweckt werde, hätte ich jeden Morgen ausgeschlafen."

Sie verstärkte den Griff um das Handtuch und rief sich ins Gedächtnis, dass sie immer noch mehr anhatte als die meisten Menschen, wenn sie am Strand waren. „Ich vergesse nicht jeden Tag meine Unterwäsche – ich meine, meine Kleidung."

Seine Brauen hoben sich. „Das hoffe ich, aber mein Morgen ist so gleich viel interessanter."

Sie starrte ihn an und war sich seiner Anwesenheit sehr viel bewusster, als ihr lieb war. „Musst du nicht langsam aufstehen?"

Er lächelte träge. „Ich finde, ich bin hier genau an der richtigen Stelle."

„Oh, du", schnaubte sie und marschierte dann in Richtung Kommode, beinahe wäre sie gestürmt, doch sie besann sich noch rechtzeitig eines Besseren. Schließlich wollte sie nicht, dass das Handtuch hinten zu sehr auf und ab wippte. Behutsam versuchte sie, mit einer Hand die oberste Schublade der Kommode aufzuziehen, während sie mit der anderen das Handtuch hielt, aber da die Kommode schon alt und die Schublade daher schwergängig war, gestaltete sich ihr Vorhaben schwerer als gedacht. Natürlich klemmte sie. Sie biss die Zähne zusammen und riss daran, doch das führte nur dazu, dass die Schublade leicht schief in der Führung saß. Jetzt würde sie sie erst recht nicht öffnen können, außer sie benutzte beide Hände, um sie wieder frei zu bekommen.

Perfekt. Einfach perfekt.

Sie biss sich auf die Lippe und musterte die Dinge, die sich auf der Kommode befanden, aber weder die Lampe noch der Stapel dicker Bücher würden ihr dabei helfen können, die Schublade aufzuziehen. Sie vernahm ein Rascheln hinter sich und als sie sich umdrehte sah sie, dass Jesse sich aufgesetzt und die Arme verschränkt hatte und sie mit einem übermütigen Grinsen auf dem hübschen Gesicht beobachtete.

„Sieht so aus, als hättest du ein Problem", sagte er gedehnt und gegen ihren Willen erbebte sie. „Vielleicht hättest du auch diese Kommode ersetzen sollen."

Sie kniff die Augen zusammen. „Hör doch auf. Jetzt komm schon her und öffne sie. Oder dreh den

Kopf zur Seite, für den Fall, dass ich das Handtuch verliere, während ich an der Schublade ziehe."

Er lachte. „Vielleicht möchte ich in diesem Fall gar nicht helfen."

„Wenn du nicht herkommst, werde ich dir ernsthaft wehtun." Unwillkürlich musste sie lachen.

„Sag bitte."

„Ich werde dir diese gewaltige Ausgabe von *Vom Winde verweht* an den Kopf werfen, wenn du mir nicht endlich hilfst."

Grinsend stand er auf. Seine Short saß auf den Hüften und seine Muskeln spannten sich, als er auf sie zukam. Sie erkannte, dass es eine sehr schlechte Idee gewesen war, ihn zu bitten, zu ihr zu kommen.

„Okay, vielleicht sollte ich ins Badezimmer gehen und du bringst mir meine Kleider."

Er blieb neben ihr stehen. Seine dunklen Augen suchten ihre. „Hast du Angst vor mir, Caroline?"

„Nein", sagte sie scherzhaft. „Natürlich nicht."

„Warum schaust du mich dann nicht an?" Seine Stimme war leise und sanft und sorgte in Verbindung mit der körperlichen Nähe, in der sie sich befanden dafür, dass ihr schwindelig wurde.

Sie biss sich auf die Unterlippe und hob dann langsam den Blick. Ihr Magen befand sich in Aufruhr und ihre Knie zitterten. Sie holte tief Luft und ihr Mund war mit einem Mal so trocken wie West Texas im August. Seine dunklen, tiefgrauen Augen wurden schwarz und von einem Moment zum anderen kam er ihr gar nicht mehr übermütig vor.

„Eins ist klar, du bist auch schon früh am Morgen eine Augenweide", sagte er mit belegter Stimme.

Ha, er selbst war dies morgens, mittags und abends. „Ich glaube, deine Augen spielen dir einen Streich."

Seine Lippen verzogen sich zu einem trägen, verführerischen Grinsen. „Mit meinen Augen ist alles in Ordnung." Er strich ihr eine feuchte Haarsträhne aus dem Gesicht und sie wusste, dass er drauf und dran war, sie zu küssen.

Sie atmete ihn ein, verlor ihren gesunden Menschenverstand und beugte sich vor… sie spürte, wie sein Atem ihre Lippen umspielte und kam zur Besinnung. Entfernte sich einen Schritt von dem hinreißenden Mann, von dem sie so gern geküsst werden wollte. Aber wenn sie überleben wollte, dann durfte sie ihn nicht küssen.

Sie schlüpfte beiseite. „Gib dem Ding einen kräftigen Ruck und ich schnappe mir meine Unterwäsche."

Er sah enttäuscht aus und setzte dann ein Lächeln auf. „Klar." Er packte die Griffe und zog daran – und natürlich glitt die Schublade sofort heraus.

Sie hielt ihr Handtuch fest und griff mit der anderen Hand an ihm vorbei und schnappte sich einen BH, ein Höschen und das oberste T-Shirt vom Stapel neben ihrer Unterwäsche. „Kannst du jetzt bitte die nächste Schublade öffnen?"

Seine Augen funkelten. „Wie du wünschst." Er zog die Schublade auf und sie bückte sich, schnappte sich eine Jeans und rannte damit praktisch ins Badezimmer.

Als sie drinnen war, drehte sie sich um, um die Tür zu schließen und sah, dass Jesse sie beobachtete. Auf seinem Gesicht lag ein trauriger Ausdruck. Als er sie ansah, lächelte er und ihr Herz zog sich zusammen wegen all der Wünsche, die niemals in Erfüllung gehen würden, wie sie wusste.

Eigensinniger Mann ihres Herzens. Mit jedem Tag, den sie in seiner Nähe verbrachte, wurde es schwieriger, ihre wahren Gefühle vor ihm zu verbergen. Die konnte sie ihm einfach nicht zeigen.

* * *

„Wie läuft's mit euch beiden?", wollte Ginny eines Tages wissen, einem Tag, an dem sie und Blaze herübergekommen waren, um ihr beim Streichen der Küche zu helfen.

Im Laufe der Woche war eine Lieferung nach der nächsten eingetroffen und sie hatte alle Hände voll damit zu tun, das Haus umzugestalten.

„Uns geht's gut. Hier geht's vor allem um

Teamwork." Sie versuchte optimistisch zu klingen, dabei war sie mit jedem Tag, der verging, gestresster.

Sie ertappte Ginny und Blaze dabei, wie sie einen Blick wechselten.

„Was?", fragte sie, verschränkte die Arme und ließ ihren Pinsel baumeln.

„Du kannst mit uns reden", sagte Blaze.

„Denk dran, wir haben dasselbe durchgemacht." Ginny warf ihr einen Immer-heraus-mit-der-Sprache-Blick zu.

„Okay, ich widme mich diesem Haus voller Inbrunst, weil ich tun will, was ich kann, bevor ich es wieder verlasse. Er frustriert mich unglaublich. Wenn dieses Projekt nicht wäre, ich weiß nicht, ob ich es durchstehen könnte. Selbst so weiß ich nicht genau, ob mir das gelingt."

„Ich verstehe", sagte Blaze, während sie weiße Farbe auf eine Schranktür auftrug. „Ich denke, du liebst diesen Mann und solltest ehrlich zu ihm sein."

Sie wollte nicht darüber reden. „Lasst uns nicht davon anfangen."

„Ich denke, genau das solltest du tun", meinte Ginny. „Es liegt doch auf der Hand."

„Das führt zu nichts. Er will mich nicht. Das wusste ich schon, als ich mich auf das Ganze einließ."

„Deine Gefühle zu verbergen tut dir nicht gut", fuhr Ginny fort. „Du musst es aussprechen, es einmal alles sagen und es hinter dich bringen."

„Vielleicht sollten wir einfach nur streichen. Ich gehe nachher noch rüber und treffe Allie und das Baby. Ich muss mit Nelda sprechen, wenn ich dort bin. Bei uns steht ein Schulfest an und ich brauche einen Kuchen. Ich hoffe, dass sie einen für mich backt."

„Netter Versuch, das Thema zu wechseln", sagte Blaze lachend. „Du weißt, dass sie dir helfen wird. Diese Frau kann im Schlaf Kuchen backen."

„Nichtsdestotrotz solltest du gehen, vielleicht kann Allie dich zur Vernunft bringen."

„Ich besuche sie nicht, weil ich einen Rat brauche, Ginny. Ich fliehe und möchte mich entspannen."

„Wie du meinst. Ich werde Allie anrufen und ihr sagen, dass sie deinen sexy Ehemann nicht erwähnen soll oder die Tatsache, dass ihr euch küssen und rummachen solltet."

„Mach das nicht."

Ginny grinste nur.

„Welche Zimmer möchtest du streichen?", fragte Blaze, die Mitleid mit ihr hatte und das Thema wechselte.

„Ich hoffe, dass ich es schaffe, mich allen Räumen zu widmen, während ich hier bin. Aber Streichen ist ganz schön aufwendig, ich werde es Raum für Raum tun müssen. Ich möchte die Jungen nicht ausquartieren, während ich das mache."

„Außerdem hat sie so eine Beschäftigung, an der

sie all den Frust in Bezug auf ihr Liebesleben auslassen kann." Ginny wackelte bedeutungsvoll mit den Augenbrauen.

Entgegen ihrem Willen musste Caroline lachen. „Ja, das auch."

Am folgenden Tag trafen die Kartons ein, die sie mit besonderer Vorfreude erwartet hatte. Sie hatte es nicht geschafft, Allie zu besuchen, aber sie hatte angerufen und Nelda hatte sich freundlicherweise bereiterklärt, am Freitag einen Kuchen für sie zu backen, den sie dann am Samstag zum Fest mitbringen konnte. Eine Sache weniger, um die sie sich sorgen musste.

Die Jungen liebten alles, was sie bisher mit dem Haus angestellt hatte, insbesondere die Jüngeren benahmen sich jeden Tag, wenn sie aus der Schule kamen, als wäre Weihnachten. Sie sprangen aus dem Bus und stürmten herein um zu erkunden, welche Änderungen sie am Haus vorgenommen hatte. Manchmal handelte es sich dabei nur um schmückende Dekorationen wie Kissen oder Teppiche oder neue Bilder an den Wänden. Oder eine frisch gestrichene Küche. Es bereitete ihr viel Freude, ihre Reaktionen zu beobachten.

Doch an diesem Tag wartete sie besonders ungeduldig auf ihre Ankunft. Zu Beginn der Woche hatte sie die Jungen gebeten, sich auf einer Website neue Bettbezüge auszusuchen. Das hatten sie voller Aufregung getan und die Jüngeren hatten seitdem jeden Tag gefragt, ob die neuen Bezüge endlich eingetroffen waren. Jetzt waren die Kartons da und es gelang ihr kaum, ihre eigene Aufregung zu zügeln, wenn sie daran dachte, wie sich ihre Schützlinge fühlen würden, wenn sie nach Hause kämen und die Neuerungen entdeckten.

Sie war soeben mit dem Beziehen der Betten fertiggeworden und hatte noch ein paar Minuten Zeit, bevor der Bus eintraf. Die Tür öffnete sich und Jesse kam herein.

„Hey", sagte sie und spürte die vertraute Sehnsucht, die sich zu ihrem ständigen Begleiter entwickelt hatte. Er sah müde aus und ihr wurde einmal mehr klar, dass sie beide in letzter Zeit ziemlich auf dem Zahnfleisch krochen.

Er war irgendwo auf der Ranch gewesen und hatte irgendetwas mit dem Vieh gemacht. Sie hatte nicht nach Einzelheiten gefragt, als sie am Morgen ihre gewohnte Routine abgespielt hatten, die dafür sorgte, dass die Jungen zu essen bekamen und rechtzeitig in den Bus stiegen. Ein paar Mal hatten sich ihre Arme berührt, als sie aneinander vorbeigegangen waren, und das hatte ausgereicht, um ihr Inneres in Aufruhr zu versetzen und die mit jedem Tag wachsende Anspannung noch zu verstärken.

„Ich wollte gerade damit beginnen, einen Snack für die Jungen vorzubereiten. Soll ich dir irgendetwas bringen?"

Er ging zum Waschbecken. „Alles okay. Kann

ich dir helfen?" Er drehte das Wasser auf, pumpte etwas Seife in seine Hände und begann, sich die Hände zu waschen.

„Ich habe alles im Griff. Aber danke." Glücklich über die Änderungen, die sie im Obergeschoss durchgeführt hatte, öffnete sie den Kühlschrank und holte eine Auswahl an Fleisch von der Feinkosttheke und ein großes Stück Cheddar heraus. Die Jungen waren ganz vernarrt in den Käse- und Fleisch-Snack. Dieser war einfach zuzubereiten und enthielt keinen Zucker, daher fühlte auch sie sich gut dabei. Außerdem erforderte dessen Zubereitung kein Kochen. Traurigerweise hatte sie sich auf diesem Gebiet immer noch nicht allzu viel getraut. Jesse schien zufrieden damit zu sein, am Abend ihre Mahlzeiten zu kochen und auch das Frühstück bereitete er gern zu. Und dann war da auch noch diese nervige Stimme in ihrem Kopf, die sie beständig daran erinnerte, dass sie ohnehin bald wieder weg wäre. Wozu also mit dem Kochen anfangen?

„Das sieht gut aus." Er drehte sich um, verschränkte die Arme und beobachtete sie. „Du siehst glücklich aus."

Sie unterbrach das Schneiden des Käses. „Das bin ich auch. Ich liebe es, wenn die Jungs aus der Schule kommen. Es ist eine meiner Lieblingszeiten."

Seine Lippen verzogen sich und seine dunklen Augen nahmen einen sanfteren Ausdruck an, ein

Vorgang, der verrückte Dinge mit ihrem Inneren anstellte. Meine Güte, dieser Mann hatte es ihr wirklich angetan.

„Sie mögen es auch."

Sie kämpfte gegen die Enttäuschung, dass er nicht gesagt hatte, dass er es ebenfalls mochte. „Nelda backt einen Kuchen für das Fest. Und ich habe gleich heute Morgen die Schilder fertiggestellt."

„Die hast du großartig gemacht. Du hast dir unglaubliche Mühe mit ihnen gegeben."

„Die Jungs haben mir geholfen. Das hat Spaß gemacht. Sie freuen sich auf das Fest und den Dreibeinlauf. Und das Werfen der getrockneten Kuhfladen." Sie lachte. „Ich kann es immer noch nicht fassen, dass es auch so etwas geben wird. Aber zumindest verteilen sie dafür Latexhandschuhe."

„Ich hätte nicht gedacht, dass du zartbesaitet bist, wenn es um getrocknete Haufen Kuhmist geht." Er lachte, als sie eine Grimasse schnitt.

„Ich mag ein Mädchen vom Land sein, aber dies ist ein Teil des Landlebens, an dem ich nie Freude gefunden habe. Ich habe nichts dagegen, Frisbees zu werfen, aber doch keine Kuhkacke. Eine texanische Tradition, die manche Menschen lieben, genauso wie das Sammeln der platten Panzer überfahrener Gürteltiere. Zwei abscheuliche Zeitvertreibe, denen ich nicht das geringste abgewinnen kann."

Jesse tat so, als schockierten ihn ihre Worte. „Das kann ich mir gar nicht vorstellen."

Sie lachte. „Du bist wie meine Brüder und Cousins, du hast das geliebt, ich weiß. Aber klar, ihr wart alle mal kleine Jungs, so wie meine Jungs."

Noch während sie sprach, machte ihr Herz einen Satz. Sie blickte ihn an und sah, dass er ihre unwillkürliche Äußerung über „ihre Jungs" zur Kenntnis genommen hatte. Verschiedene Gefühle machten sich in ihr breit und sie richtete ihren Blick erneut nach unten auf den Käse. Sie waren *ihre* Jungs, das war kein Versprecher gewesen, sondern von Herzen gekommen.

„Ja, Jungs mögen solche Dinge für gewöhnlich. Es wird ein lustiger Tag." Er hatte sie weder als seine noch ihrer beider Jungen bezeichnet. Stattdessen umging er das Thema. Er wusste ebenso gut wie sie, dass sich ihr erster Monat dem Ende neigte. Genauso klar musste ihm sein, dass jeder vergehende Tag neue Herausforderungen mit sich brachte und dafür sorgte, dass sie sich der Ranch mehr und mehr verbunden fühlte. Auf der er bleiben würde. Sie war diejenige, die würde gehen müssen. Am liebsten hätte sie laut geschrien, dass das nicht fair sei, doch sie konnte es nicht. Sie hatte sich nun einmal darauf eingelassen.

Sie stimmte ihm zu. „Ja, das tun sie. Ich muss zugeben, mir war nicht klar, wie sehr sie mir ans Herz wachsen würden." Sie riss sich zusammen, sah ihn an und lächelte. „Du kannst dich glücklich schätzen, Jesse James."

Das nur allzu vertraute Knistern erfüllte sie, als

er ihren Blick hielt. Er wollte gerade etwas erwidern, als die Tür aufflog und Archie mit rotem Gesicht und grinsend hereinplatzte. „Erster!" Er lachte, als hinter ihm erst Kyle und dann auch Robbie, hereinkamen. Sie alle lachten.

„Ich dachte, ich würde dich schlagen", sagte Kyle und ließ sich gegen die Wand fallen, wobei er sich die Seiten hielt und schwer atmend grinste.

„Ihr seid zu schnell", rief Robbie und grinste ebenfalls. „Meine Beine sind nicht lang genug."

„Nicht so schlimm, Kleiner. Ich glaube, du bist im letzten Monat einen ganzen Zentimeter gewachsen." Archie setzte sich grinsend auf einen der Barhocker.

Caroline sah sie lächelnd an. „Ihr Leichtathleten geht jetzt am besten mal zum Waschbecken und wascht euch die Hände, bevor ihr etwas esst."

Robbie stand dem Waschbecken am nächsten und sprintete darauf zu. Er stieß einen Freudenschrei aus, als er die anderen beiden schlug. Sie lachte und sah zu Jesse hinüber. Er begegnete ihrem Blick mit Verständnis in den Augen. Dies verschaffte ihr eine gewisse Befriedigung, denn zumindest verstand er, dass das für sie nicht einfach war.

Tony und Greg kamen hereingeschlendert, offensichtlich hatten sie kein Interesse daran gehabt, sich dem halsbrecherischen Lauf der Jüngeren anzuschließen.

„Hey, ihr beiden, wascht euch die Hände, dann

gibt's Snacks." Sie wollte nicht, dass sie bereits jetzt nach oben auf ihre Zimmer gingen. Das würden sie gemeinsam tun, wenn sie etwas gegessen hatten.

„Klar" sagte Tony.

„Können wir heute mit den Pferden arbeiten?", wollte Greg von Jesse wissen.

„Ja, nachdem ihr eure Hausaufgaben erledigt habt."

Greg seufzte. „Morgen steht ein Chemietest an. Für den muss ich noch einiges tun".

„Schule hat Vorrang. Aber vielleicht bleibt noch etwas Zeit. Wir werden sehen."

Sie begannen zu essen und Caroline konnte es kaum abwarten, bis sie fertig waren. Als es endlich soweit war und alles, was sie ihnen hingestellt hatte, verschwunden war, stemmte sie die Hände in die Hüften und lächelte. „Ich denke, jetzt wo ihr aufgegessen habt, solltet ihr vielleicht nach oben in eure Zimmer gehen. Womöglich ist es heute dort schöner als hier unten."

Noch während sie sprach, richteten sich alle Augen auf sie, dann stieß einer von ihnen einen Schrei aus und sie alle stampften die Treppe hinauf. Sie blickte Jesse an, als er beobachtete, wie die Jungen die Treppe hinauf verschwanden. Sie lächelte und folgte ihnen dann nach oben, weil sie sich ihre Aufregung nicht entgehen lassen wollte. Sie hörte seine Stiefel hinter sich und wusste, dass er ebenfalls nach oben kam.

Die Aufregung war genauso groß und ungestüm, wie sie erwartet hatte. Das ganze Haus vibrierte.

Sie erreichte das Zimmer der Jüngeren, als sie sich gerade auf ihre neuen Bettbezüge warfen.

„Das ist so cool", erklärte Robbie lachend und rollte sich mit ausgestreckten Armen und Beinen auf den Rücken.

Archie drehte sich auf die Seite, stützte einen Ellbogen ab und legte seinen Kopf in die Handfläche, während er grinste. „Können wir jetzt schlafen gehen? Ich liebe es. Blau ist meine Lieblingsfarbe. Und es fühlt sich so weich an wie die Haut eines Kaninchenbabys."

Er hatte sich einen königsblauen Bezug aus synthetischem Wildleder ausgesucht, der genauso weich war, wie er gesagt hatte.

Kyle rutschte an die Bettkante und ließ seine dünnen Beine herabbaumeln, als er sich aufrichtete und grinste. „Das ist so toll. Hast du auch neue Kissen bestellt? Ich werde den besten Schlaf meines Lebens haben." Er lachte.

„Das habe ich. Außerdem sind auch die Matratzen neu."

Sie hatte sich um alles gekümmert.

„Wirklich?" Archie sprang auf und ab. „Ich habe schon gedacht, dass es sich anders anfühlt."

Mit einem Mal redeten sie alle glücklich durcheinander.

Sie überließ sie sich selbst und ihrer Freude und

ging zu Gregs und Tonys Zimmer hinüber. Jesse war einen Schritt zurückgetreten und hatte sie vorbeigelassen, aber bei einem Blick in seine Augen entdeckte sie die Schatten darin. Unbehagen regte sich in ihr und sie fragte sich, was er dachte.

Greg saß auf seinem Bett und sah sich im Zimmer um. Er entdeckte die neuen Kommoden und Vorhänge. „Danke, Caroline. Das ist fantastisch.“

„Ich freue mich, dass es dir gefällt.“

Tony hatte noch nicht auf seinem Bett gesessen. Stattdessen stand er neben dem Bett und berührte mit einer Hand die Bettdecke. „Wie schön.“ Er sah sie an und die unverstellten Emotionen im Gesicht des sonst so entspannten Teenagers raubten ihr den Atem. „Ich habe noch nie neue Bettbezüge gehabt, geschweige denn, mir irgendetwas selbst ausgesucht“, sagte er leise.

Tränen verstopften Carolines Hals. „Das heißt nicht, dass du es nicht verdient hast, Tony.“

Ein Blick in seine Augen verriet ihr, dass er nicht sicher war, ob er ihr glauben sollte oder nicht. Ihr Herz quoll über in diesem Moment. Sie sah zu Jesse hinüber, dachte, er würde ihre Gefühle verstehen, doch sein Gesichtsausdruck war angespannt, unleserlich.

„Es ist hübsch, Tony, und Caroline hat recht, du und die anderen Jungs verdient das Beste“, sagte er. „Genießt es, okay.“ Dann drehte er sich um und ging die Treppe hinab.

Tony sank auf das Bett und wippte darauf herum. Er lächelte. „Daran könnte ich mich gewöhnen. Fühlt sich gut an."

Sie lächelte breit. „Das habe ich auch gedacht." Sie behielt ihr Lächeln bei, war sich des Geräusches von Jesses Stiefeln auf der Treppe aber nur zu bewusst. Sie hörte ihn das Wohnzimmer durchqueren, dann wurde die Haustür geöffnet und wieder geschlossen. Verwirrt überließ sie die Jungen wenig später sich selbst und stieg die Treppe herunter.

Was stimmte mit Jesse nicht?

KAPITEL SECHZEHN

Caroline fühlte sich, als würde jemand mit einer Faust in ihren Eingeweiden herumwühlen. Die Gefühle, die noch Momente zuvor im oberen Stockwerk auf sie eingeprasselt waren, waren untereinander verwoben, durcheinander und noch gänzlich unverarbeitet. Sie selbst hatte einen riesigen Verlust erlitten, als ihre Eltern gestorben waren, doch sie hatte ihre Großeltern gehabt, die an ihre Stelle getreten waren und alles dafür getan hatten, um ihr Fehlen mit ihrer Liebe abzuschwächen. Es hatte ihr nie an irgendetwas gefehlt, das man mit Geld kaufen konnte und auch an Sicherheit und Fürsorge hatte es nie gemangelt, dank ihrer Großeltern und ihres Großonkels und dessen Frau.

Diese Erkenntnis hatte sie mit voller Wucht erwischt, als sie den Jungs die neuen Bettbezüge und Tagesdecken geschenkt hatte.

Sie hatte ihnen von allem nur das Beste zukommen lassen, doch bis zu diesem Augenblick war ihr nicht bewusst gewesen, wie sehr sie selbst dies immer als selbstverständlich erachtet hatte.

Und dann hatte Jesse selbst ein wenig verloren ausgesehen, als er die Treppe hinuntergegangen war. Sie erkannte, dass er wusste, was die Jungen durchgemacht hatten. Sie selbst verstand das nicht ganz.

Sie fand Jesse in der Scheune, wo er an Haken hängendes Zaumzeug sortierte.

„Stimmt etwas nicht?", fragte sie leise, um die Pferde nicht zu erschrecken.

Er wirbelte herum, offensichtlich hatte er nicht damit gerechnet, dass sie ihm folgen würde. Sie blieb abwartend im Eingangsbereich stehen und spürte den in ihr tobenden Aufruhr. Dieser nahm beständig zu während dieses Drahtseilaktes, den sie Ehe nannten.

Er hantierte an einem der Zäume herum, die er in der Hand hielt, sagte aber nichts, sondern fuhr fort, das zu tun, was er begonnen hatte. Er hängt den Zaum an einen Haken, bevor er antwortete. „Für dich ist alles so einfach. Wenn du etwas willst, dann besorgst du es dir."

Sie seufzte, während verschiedene Emotionen auf sie einstürmten. Sie waren mal wieder beim Ausgangspunkt ihrer Probleme angekommen – Geld. „Weil ich Geld habe, um das Haus etwas aufzuhübschen und neue Bettdecken für die Jungen gekauft habe? Bitte sag mir, dass du dir nicht wünschst, ich hätte das nicht getan."

Er blickte sie an und sie hatte ihre Antwort, sie stand klar und deutlich in seine wunderschönen Augen geschrieben.

Wut erfüllte sie, heiß und unbezähmbar.

Sie hatte es gewusst.

Zu einhundert Prozent.

„Sag mir, dass du das nicht ernst meinst."

Er rieb sich den Hals und blickte zu Boden. „Nein, so würde ich es nicht sagen."

„Gut. Denn ich verstehe nicht, was du mir sagen willst. Und seit ich begonnen habe, mich um das Haus zu kümmern, fühlt es sich genau so an. Dass du ablehnst, was ich tue." Mit klopfendem Herzen ging sie auf ihn zu. „Ich versuche, das Beste aus meiner Zeit hier zu machen. Ich versuche den Jungs das zu geben, was sie brauchen und verdienen. Ich fand es eine gute Idee, ihre Zimmer zu verschönern. Und doch bist du nun hier draußen und schmollst."

„Ich schmolle nicht."

„Was dann? Bist du sauer, weil ich es getan habe? Denn so kommt es mir vor. Was willst du von mir?" Ein paar Schritte vor ihm blieb sie stehen. Die Luft zwischen ihnen fühlte sich an wie elektrisch aufgeladen.

„Ich will gar nichts. Ich war nur frustriert." Die letzten Worte kamen beinahe als Knurren heraus.

„Von meinem Geld." Es war eindeutig. „Ich bin es so leid. Manchmal siehst du mich an, als wäre ich das Großartigste auf der Welt, als würde ich dir am

Herzen liegen und du mich wollen. So wie damals, als wir uns noch Wortgefechte geliefert haben." Sie lachte schroff, als sie an diese Momente dachte. Momente, die die Frustration hatten lindern sollen, die sie beide verspürten und die daraus resultierte, dass sie etwas wollten, das nicht funktionieren würde. „Zumindest hat mir das damals eine gewisse Erleichterung verschafft, es hat mir geholfen, gegen die Frustration anzugehen, die ich immer verspüre, wenn ich in deiner Nähe bin. Und es hat auf verrückte Weise Spaß gemacht. Aber nun machen wir selbst das nicht mehr und…" Sie schloss die Augen und holte schaudernd Luft. „Du tust so, als könntest du das, was zwischen uns ist, einfach ignorieren. Diese Lüge fortspinnen, die wir uns immer wieder gegenseitig erzählen, dass es keine echten Gefühle zwischen uns gibt. Die Lüge, die wir uns nur deshalb erzählen, weil du nicht damit umgehen kannst, dass ich Geld habe." Die letzten Worte gingen in ein gebrochenes Schluchzen über. So, sie hatte es gesagt. Aber sie weigerte sich, zu weinen. „Hier mal was Neues für dich, Jesse James: ich kann nichts dafür, wer ich bin. Es quält mich, dass du mich wegen etwas verurteilst, das nicht meiner Kontrolle unterliegt. Ich habe nur versucht, hier etwas Gutes zu tun." Sie ballte ihre Hände an ihren Seiten, als das übermächtige Gefühl der Hilflosigkeit, das sie so lange ignoriert hatte, zu brodeln begann. Sie fragte erneut: „Was willst du von mir?" Sie würde nicht länger hierbleiben können. Noch länger zu bleiben würde nur bedeuten, dass es ihr das Herz brechen würde, wenn sie ihre Jungen zurücklassen musste. Und ihn. Und ihm war das völlig egal.

Er starrte sie an, sein Kiefer verkrampfte sich, entspannte sich dann wieder, sein Blick bohrte sich in ihren… und dann schlang er seine Arme um sie, er zog sie an sich und presste seine Lippen auf ihre Lippen.

Im ersten Moment war sie fassungslos, doch dann erwiderte sie seinen Kuss. Sie küsste ihn und er küsste sie. Wie inmitten eines heftigen Sturms trafen ihre Gefühle mit der Wucht eines Hurrikans aufeinander. Es war, als würde er versuchen, ein Bedürfnis, das tief in seinem Innersten schlummerte, herauszuarbeiten und sich von ihm zu befreien.

Es war ihr egal, sie brauchte das. Wollte das.

Alles, was für sie in diesem Moment zählte, war, dass sich dieser Kuss, genauso wie bei dem einen Mal zuvor, als sie sich geküsst hatten, so richtig anfühlte. Es interessierte sie nicht, ob er einen furchtbaren Dämon austrieb oder nicht, für sie war nur von Bedeutung, dass er sie endlich wieder küsste, so wie es sein sollte. So als ob das Geldproblem nicht zwischen ihnen stünde. Sie küsste ihn von ganzem Herzen, voller Liebe und tat so, als wären sie einander ebenbürtig und sie die richtige Frau für ihn.

Sie klammerte sich an ihn, ihre Finger gruben

sich in sein Hemd, als er mit seinen Händen durch ihre Haare fuhr und sie dann um ihr Gesicht legte, während er mit seinen Daumen ihre Wangen liebkoste, ihre Haut streichelte und seine Lippen bewegte, um den Kuss noch zu vertiefen. Die verschiedensten Gefühle erfüllten sie und sie klammerte sich an ihn. Und er hielt sie ganz fest, ihr Kuss verdrängte alle Ängste und erfüllte jeden Winkel ihres Herzens mit Liebe.

Liebe. Als sie dieses Wort dachte, kehrte sie abrupt in die Wirklichkeit zurück.

Sie entzog ihm ihre Lippen und ihren Körper. Löste sich stolpernd aus dem Schutz seiner Arme.

Schwer atmend starrte sie ihn an. „Was denke ich mir nur? Eigentlich möchte ich gehen. Aber das werde ich nicht tun. Ich werde die drei Monate durchstehen und dann mitsamt meinem Erbe, das dich so unendlich stört, von hier verschwinden. Ich kann so viel damit anfangen, mehr als nur Tagesdecken und neue Sofas erwerben. Ich kann dazu beitragen, Leben zu verändern, und nur weil du damit nicht klarkommst, werde ich nicht aufhören, das zu tun und ich werde auch nicht gehen."

„Ich habe dich nicht darum gebeten zu gehen."

„Aber du weißt genauso gut wie ich, dass du es vorziehen würdest, wenn wir das alles nicht tun müssten. Du weißt, wie schwer die kommenden zwei Monate werden. So müsste es nicht sein, wenn es dir nur gelänge, in mir den Menschen zu sehen, der ich bin und nicht nur meinen Besitz." Ihr Herz schmerzte. Pochte. Sie wischte die Tränen fort und bemerkte erst in diesem Moment, dass sie weinte. „Ich werde für die Ranch tun, was immer ich will. Ich werde den Jungs schenken, was immer ich will, weil ich es kann. Schließlich sind das Dinge, die sie brauchen und verdienen und die von Herzen kommen. Ja, genau wie du gesagt hast, weil ich es kann und weißt du was? Das ist nichts Schlechtes. Das Traurige ist, dass wir so viel Gutes mit meinem Erbe machen könnten, wenn es dir nur gelingen würde, über deinen Schatten zu springen und mit mir zusammenzuarbeiten."

Sie wich zurück. „Aber was solls. Das… wird nicht noch einmal geschehen." Sie würde nicht länger weinen. Damit war sie fertig.

Sich leer fühlend, drehte sie sich um und verließ den Stall.

Sie war ein Idiot. Viel zu lange gewesen.

Doch damit war jetzt Schluss.

* * *

Jesse sah Caroline nach, als sie aus dem Stall stürmte und fuhr sich mit beiden Händen durch die Haare. Sein Hut war ihm während des Kusses vom Kopf gefallen, er lag neben seinen Füßen auf dem Boden. Er verschränkte seine Finger an der Schädelbasis miteinander und starrte auf die Stelle, an der sie im schwindenden Licht um die Ecke verschwunden war.

Ihre Worte trafen ihn, sie sanken tiefer und fanden ihr Ziel.

Sie hatte ins Schwarze getroffen. Er hatte das Problem. Es lag nicht an ihr. Sie konnte nichts dafür, dass sie dieses Geld besaß. Es lag nicht an ihr. Und doch war ein Teil von ihm nicht bereit, das zu ignorieren. Das Geld würde beständig zwischen ihnen zu Streit führen, weil er nicht damit umgehen konnte. Es nicht ertragen konnte.

Es war schon einmal so weit gekommen. Ein Jahr zuvor hatte er sie nach einer hitzigen Auseinandersetzung geküsst, ein Jahr, bevor er sie an ihrem Hochzeitstag erneut geküsst hatte.

Dieser erste Kuss war wie eine Silvesternacht in New York City gewesen. Damals war er derjenige gewesen, der den Kuss schließlich unterbrochen hatte. Diesen Kuss, den sie ihm so freimütig geschenkt, sich so leidenschaftlich hingegeben hatte. Sie hatte alle ihre Gefühle in diesen Kuss gelegt, doch er hatte sich zurückgezogen und gesagt, dass es niemals soweit hätte kommen dürfen. Dass ihr Geld der Grund dafür war, dass niemals etwas zwischen ihnen sein würde. Er erkannte, dass er sich geirrt hatte. Es lag nicht an ihrem Geld, es lag an ihm.

Wollte er, dass sie arm war und nichts besaß? War sie nur dann gut genug für ihn?

Wow. Er war ein Idiot allererster Güte und trotzdem, was konnte er ihr bieten?

Er wirbelte herum, lehnte sich mit seinen Ellbogen gegen das Tor des Stalles und senkte seinen

Kopf auf das Holz herab. Sein Kopf pochte, Schuldgefühle und Wut bahnten sich ihren Weg. Er hätte dieser Hochzeit niemals zustimmen dürfen. Er hätte Mike und Gladys sagen sollen, dass er der Richtige für die Ranch war und sich weigerte, Carolines Leben durcheinanderzubringen um die Ranch zu übernehmen. Er hätte ihnen mitteilen sollen, dass sie keine Bedingungen stellen durften, wenn sie wollten, dass er die Ranch übernahm. Das hätte er tun sollen.

Das hätte er wirklich tun sollen. Er hob den Kopf, als die Stute, die in der Ecke dieser Box gestanden und ihn anklagend angestarrt hatte, zu ihm herüberkam und ihren Kiefer auf seine Schulter legte. Er legte eine Hand auf ihre Mähne und rieb sie sanft.

„Ich bin ein Dummkopf. Ich weiß, dass ist es, was du denkst, aber Caroline benötigt jemanden, der ihr bieten kann, was sie braucht, was sie gewohnt ist." Seine Worte hallten hohl in dem ruhigen Stall wider. Konnte jemand anderes ihr die Liebe schenken, die sie verdiente? Jemand anderes, der finanziell mit ihr auf Augenhöhe war?

Bei diesem Gedanken zog sich sein Bauch zusammen und ihm wurde übel. Er war ein Dummkopf und sah doch keinen Ausweg. Er war das Kind, das ohne Besitztümer an der Bushaltestelle gesessen hatte und würde es immer bleiben.

Und sie war die wunderschöne, draufgängerische Prinzessin, die so viel mehr verdient hatte.

KAPITEL SIEBZEHN

Am Samstag trafen sie früh auf dem Gelände ein, auf dem das Fest stattfinden sollte. Die Jungs waren verschiedenen Gruppen beim Aufbau behilflich, was von den Lehrern der älteren Jungen organisiert wurde und wobei die Kinder der Mittelschule ebenfalls halfen. Damit verblieb die Aufgabe, den Dreibeinlauf vorzubereiten, bei Jesse und Caroline. Nicht, dass er annahm, dass besonders viel vorzubereiten wäre. Am wichtigsten war es, die Start- und Ziellinie zu markieren, eine Tätigkeit, für die er orange fluoreszierende Farbe mitgebracht hatte. Außerdem brauchten sie Bänder, mit denen die Beine der Läufer zusammengebunden werden würden. Caroline hatte rote Bänder besorgt. Sie wussten nicht wirklich, was sie tun mussten, aber sie hatten sich darauf eingestellt, es herauszufinden. Sie hatten eine Kiste mitgebracht, in der sich Pfähle, Seile und Preise befanden.

Er trug die Kiste, als sie auf das Feld zugingen,

auf dem andere schon in Grüppchen herumstanden und die verschiedenen Stände vorbereiteten. Seit dem Kuss in der Scheune hatten sie nur wenig miteinander gesprochen. An diesem Tag sah Caroline besonders süß aus und sein Herz schmerzte jedes Mal, wenn er sie ansah.

Seit sie auf der Ranch wohnte, hatte er auf jedes noch so kleine Detail geachtet, das mit ihr zu tun hatte. Dass sie den Jungen solch große Aufmerksamkeit schenkte und sich jeden Morgen fürsorglich um sie kümmerte und sie umarmte. Es war nicht zu übersehen, dass die Jungen die Aufmerksamkeit genossen, die sie ihnen zuteilwerden ließ. Und dann war da ihr Lächeln, das ihn in den Wahnsinn trieb, weil er sich wünschte, es wäre häufiger an ihn adressiert…. Schließlich war auch er ein Junge, zumindest in seinem Herzen. Ihr nur dabei zuzusehen, wie sie so viel Wärme und Freude verbreitete, machte es mit jedem Tag schwerer und schwerer, einen klaren Kopf zu behalten.

Er dachte ständig an sie. Nachts versuchte er alles, um sie aus seinem Kopf zu vertreiben. Doch das gelang ihm nie. Und seit der Badezimmer-Episode erst recht nicht. Und dann war da ja auch noch ihr Aufeinandertreffen im Stall vor zwei Tagen. Diesen Moment bekam er einfach nicht aus dem Kopf.

Und seinem Herzen. Er hatte sie verletzt. Es brachte ihn um, aber er konnte das nicht beheben.

Mrs. Smith, die an einem mit Kuchen beladenen Tisch stand, entdeckte sie. Sie lächelte und kam auf sie zugeeilt. Caroline trug den Kuchen, den Nelda für sie gebacken hatte. Ohne ihn anzusehen, ging sie auf Mrs. Smith zu. Er folgte ihr.

Er nahm an, dass sie irgendwann im Laufe des Tages mit ihm würde sprechen müssen. Ja, er hatte einiges vermasselt, aber er wusste nicht, wie er das wieder in Ordnung bringen sollte. Er hatte vielleicht recht offensiv mit ihr geflirtet, als sie nur mit diesem Handtuch bekleidet gewesen war und seitdem war sie nervös. Womöglich war er zu weit gegangen, als er darüber gesprochen hatte, was zwischen ihnen war, ein Umstand, den er sich nicht eingestehen wollte.

„Caroline, was für ein reizender Kuchen. Hast du den gebacken? Er ist wunderschön."

Caroline wurde rot. Er konnte sich nicht daran erinnern, Caroline McCoy jemals erröten gesehen zu haben, aber die pinken Wangen standen ihr gut. *Okay, sie hätte Spinat zwischen den Zähnen haben können und er hätte sie immer noch hübsch gefunden.* Es hatte ihn erwischt.

„Mrs. Smith, ich muss gestehen, ich bin eine schreckliche Köchin und eine noch schlechtere Bäckerin. Keiner macht mir etwas vor, wenn es darum geht, Farben zu kombinieren, aber das Mischen von Zutaten ist mir ein Rätsel. Nelda hat ihn gebacken, Sie wissen schon, die grandiose Frau, die für meinen Cousin Wade und dessen Frau Allie arbeitet. Sie hat sich gefreut, ihn für diesen Zweck zu backen. Ich möchte ihr die Ehre nicht vorenthalten, die ihr zusteht, und Sie sind weit besser damit bedient, als wenn ich ihn gebacken hätte."

„Es ist sehr großzügig von euch, einen Kuchen mitzubringen, wer immer ihn gebacken hat. Ich kenne Nelda, sie ist eine reizende Frau, bitte richtet ihr meinen Dank aus. Und vielen Dank, dass ihr sie an Bord geholt habt. Ich werde euch den Kuchen jetzt abnehmen, dann könnt ihr zwei zu eurem Platz gehen. Ich habe ihn mit einem kleinen Schild, das ich an einem Stock befestigt habe, markiert. Ich wusste nicht recht, wie lang die Strecke werden soll, das überlasse ich euch. Falls ihr etwas benötigt, lasst es mich wissen. Habt ihr zufällig Schilder angefertigt, auf denen die Leute erkennen können, worum es bei eurer Station geht? Etwas, das größer ist als mein kleines Schild?"

Jesse hätte der Lehrerin sagen können, dass Caroline sich mit den Schildern große Mühe gegeben hatte. Sie hatte ihr ganzes künstlerisches Talent dafür verwendet. Doch das tat er nicht. Es würde ohnehin offensichtlich sein, wenn sie sie aufstellte. Stattdessen überließ er Caroline das Gespräch.

„Ich habe Schilder angefertigt, aber sie liegen noch im Truck. Wir bauen erstmal alles auf, anschließend werde ich sie holen gehen, damit die

Kinder wissen, was um alles in der Welt dort vor sich geht, wo wir stehen." Sie lachte. „Denn ich bin mir ziemlich sicher, dass der Anblick von mir und Jesse mit ein paar Seilen in den Händen nicht unbedingt den Eindruck erweckt, als könnte an unserer Station etwas passieren, das Spaß macht." Sie warf ihm einen kaum verhohlenen Blick zu.

Die Stimmung zwischen ihnen war angespannt gewesen seit dem Kuss im Stall, wo sie ihren Gefühlen freien Lauf gelassen hatte und jetzt fanden diese Gefühle erneut ihr Ziel.

Er hielt ihrem Blick stand. „Stimmt, wir schreien nicht gerade: Hey kommt her und habt eine gute Zeit."

Sie zog eine Braue hoch. „Da hast du recht, Sheriff. Wie auch immer, Mrs. Smith, entschuldigen Sie uns bitte, wir müssen jetzt los und werden uns darum bemühen, etwas bessere Laune zu verbreiten. Ich bin mir sicher, auch Sie und Ihr Mr. Smith kennen diese Tage, an denen einem das gemeinsame Leben nicht allzu spaßig vorkommt."

Mrs. Smith unterdrückte ein Lächeln. Ihre Augen waren groß und blickten sie mit einem Hauch von Beunruhigung an. Oder Belustigung. Er war sich dessen nicht zu hundert Prozent sicher.

„Caroline, du hast recht. Auch wir haben so unsere Tage. Es ist auf jeden Fall hilfreich, rauszugehen und mal etwas anderes zu machen als das, was man ohnehin jeden Tag tut. Also haltet euch ran und habt etwas Spaß. Es ist bestimmt etwas stressig, wenn man noch so frisch verheiratet ist wie ihr und dann auf diese Horde Jungen aufpasst. Ich wünsche euch viel Spaß!"

Jesse entnahm ihren letzten Worten einen Hauch Kritik. Er lächelte sicher sarkastisch, auch wenn er sich bemühte, seinen Gesichtsausdruck neutral zu belassen. Wenn sie wüsste, unter welchem Druck er und Caroline wirklich standen, wäre sie schockiert. „Ja, Ma'am, wir werden uns Mühe geben. Was meinen Sie, wie lange wird es dauern, bis die Kinder zu uns stoßen und beruhigend auf unsere ehelichen Zankereien wirken?"

Die alte Frau kicherte. „Es wird noch ungefähr dreißig Minuten dauern, bis wir anfangen, also versucht ihr zwei doch, euch vorher nicht gegenseitig umzubringen. Es wird sicher besser werden. Eine Versöhnung macht doch Spaß. Und wenn ihr noch etwas Unterstützung braucht, dann kommt her und kauft ein Stück Kuchen. Kuchen hilft immer."

Caroline warf der Frau einen Blick zu, der ihr bedeuten sollte, dass sie sich dessen nicht allzu sicher war. „Wir werden womöglich eine Menge Kuchen brauchen", sagte sie mit einem kurzen Lachen, bevor sie sich in Richtung ihres Platzes in Bewegung setzte.

Er zwinkerte Mrs. Smith zu, bevor er Caroline folgte. Ihr Haar wippte im Takt ihrer Hüften und er stellte fest, dass es besser gewesen wäre, wenn er vorausgegangen wäre. Sie machte ihn noch verrückter als er es ohnehin bereits war. Es würde ein langer Tag werden.

Sie stemmte ihre Hände in beide Hüften, als sie ihren Platz erreichte und musterte ihre Umgebung. Dann drehte sie sich um und starrte ihn an. „So, Mr. Eitel-Sonnenschein, ich denke, wir sprühen hier eine Linie hin und gehen dann in diese Richtung und sprühen an die Stelle, die du für gut befindest eine zweite Linie. Kannst du Start und Ziel mit Farbe aus einer Farbdose schreiben?"

Er warf ihr einen gereizten Blick zu. „Kann ich. Willst du das den ganzen Tag machen?"

„Was machen, Jesse?"

„Du weißt, was. Mir deinen Zorn zeigen? Sieh mal, es tut mir leid."

Das Paar, das nicht weit von ihnen entfernt dabei war, ein Bohnensäckchen-Wurfspiel vorzubereiten, sah in ihre Richtung und er bemerkte, dass sie zu laut redeten.

„Können wir bitte nicht hier darüber sprechen?" Auch ihr war aufgefallen, dass sie Blicke auf sich zogen. „In der Öffentlichkeit sollen wir schließlich glücklich und verliebt aussehen. Erinnerst du dich?"

„Als wir mit Mrs. Smith gesprochen haben, hast du auch nicht gerade glücklich ausgesehen."

„Ja, aber sie versteht es. Wer weiß, was die Kinder denken, wenn sie uns so aufgebracht sehen. Dein Gesichtsausdruck deutet darauf hin, dass sich in deinem Inneren gerade ein Sturm zusammenbraut."

Das hatte mit aufgebracht sein nicht das Geringste zu tun. Frustriert, ja, das war er. „Wir müssen darüber hinwegkommen."

„Das werde ich nach meinem eigenen Zeitplan tun, herzlichen Dank. Können wir jetzt vielleicht ein bisschen weniger reden und etwas mehr arbeiten, damit wir den Aufbau endlich hinter uns bringen."

„Klar, Erbin. Wie du willst." Langsam geriet alles außer Kontrolle. Und er wusste nicht recht, wie er damit umgehen sollte. Er fühlte sich, als würde er zwischen einem Felsen und hartem Boden zerquetscht werden. Er wollte sie, wusste aber nicht, wie das möglich sein sollte. Und er hatte sie deswegen verletzt.

„Caroline, wir müssen irgendwie darüber hinwegkommen." Seit dem Kuss hatte sie kaum mit ihm gesprochen. Wenn die Jungs in der Nähe waren, gab sie vor, dass alles in Ordnung war und er nahm an, dass sie nicht im Mindesten gemerkt hatten, dass etwas zwischen ihnen nicht stimmte. Er hatte viel Zeit mit den Jungen verbracht und sie in die Arbeit mit den Quarterhorses eingeführt, was dazu beigetragen hatte, ihre Begegnungen auf ein Mindestmaß zu beschränken. Was gut gewesen war, denn wie auch in diesem Augenblick hatte er sie beständig in seine Arme ziehen und ihr sagen wollen, dass er sie wollte. Dass ihr Geld keine Rolle spielte, doch das tat es.

Sie lächelte ihn an. „Ich werde vorgeben,

fröhlich zu sein, wenn die Kinder kommen, Darum geht es doch, oder?" Sie drehte sich um und riss ihm die Box aus den Armen, dann stellte sie sie auf den Boden und begann, nach den Sprühfarben zu graben. Als sie die Dosen fand, schlug sie ihm die erste in die wartende Hand.

„Autsch."

„Tut mir leid."

„Ja, genau." Mit finsterem Blick und langen Schritten begann er, dreißig Meter abzumessen. So hatte er eine Ausrede, etwas Dampf abzulassen. Das hielt ihn außerdem davon ab, hier mitten auf dem Feld zu explodieren, wo ihn jeder sehen würde. Als er ungefähr dreißig Meter zurückgelegt hatte, drehte er sich um, nur um Caroline zu entdecken, die mit den Händen in den Hüften dastand und ihn beobachtete.

Der Abstand zwischen ihnen war noch nicht groß genug, deswegen schritt er weitere zwanzig Meter ab. Das half nicht wirklich gegen die Frustration, aber immerhin gewann er so mehr Zeit, um sich darauf vorzubereiten, dass sie ihn erneut anstarren würde, wenn er sich umdrehte. Sie hatte eine Faust auf ihre schmale Hüfte gelegt, die sie seitlich herausgeschoben hatte und ihren Kopf herausfordernd geneigt. Und alles, woran er denken konnte, war, wie gern er die zwischen ihnen liegende Distanz überwinden und sie in seine Arme ziehen würde. Um sie dann an Ort und Stelle und vor den Augen der ganzen Stadt zu küssen.

Nein, das war eine schlechte Idee. Eine richtig schlechte Idee. Überall standen Menschen. Einige Jungen kickten in der Nähe einen Fußball herum und überall standen Kinder, Lehrer und Eltern, die sich fertigmachten. Keine gute Idee.

Stattdessen entfernte er den Deckel seiner Sprühdose und sprühte die Startlinie auf den Boden, parallel zu der Position, an der sie sich befand und wo die Ziellinie sein würde.

Dann marschierte er zurück zu ihr. Sie legte gerade die Bänder auf einem kleinen Klapptisch aus und arrangierte die Preise. Sie reichte ihm die Dose mit weißer Sprühfarbe. „Mach es noch einmal."

Er würde es noch einmal tun. Er würde sie in seine Arme ziehen und sie küssen, genau wie er es im Stall getan hatte.

Eine schlechte Idee, aber er wollte sie und das sie ihn nun herumschubste, half auch nicht gerade.

Am liebsten hätte er ihren Zorn mit einem Kuss zum Verrauchen gebracht. Er hatte es vermasselt. Sie lebten noch nicht viel länger als einen Monat zusammen. „Wie sollen wir auf diese Weise zwei weitere Monate durchstehen?"

„Das weiß ich auch nicht", sagte sie leise, kurz bevor sie ein Fußball am Arm traf.

„Caroline", rief er und ließ die Farbdose fallen, um nach ihr zu greifen.

Die Jungen kamen mit entsetzten Blicken auf sie zugelaufen.

„Es tut uns leid", sagte einer von ihnen.

„Geht es Ihnen gut?", fragte ein anderer, sobald er Caroline erreichte. „Ich wollte Sie nicht treffen. Er ist mir aus der Hand gerutscht."

Sie rieb sich die Schulter. „Ist schon okay, Jungs. Mir geht gut, wirklich. Vielleicht entfernt ihr euch etwas mehr von all den Leuten."

Jesse sah wahrscheinlich etwas strenger aus als Caroline. „Seid etwas vorsichtiger. Spielt weiter."

„Ja, Sir", sagten sie und rannten davon.

„Ich glaube, du hast sie erschreckt."

„Geht es dir gut?" Er berührte ihren Arm.

„Es geht mir gut. Wirklich, das tut es. Lass uns jetzt das hier erledigen. Wir haben nicht mehr viel Zeit und hier vor diesen Jungen können wir uns nicht in Ruhe unterhalten."

Er begann zu sprechen, aber sie hielt ihn auf.

„Ich muss die Schilder holen gehen. Mach du noch diese Markierung und ich denke, dann sind wir soweit." Mit diesen Worten entfernte sie sich von ihm. Er sah ihr nach, sein Magen war völlig verknotet und zum ersten Mal seit langer Zeit wünschte er sich, er wäre ein reicher Mann.

* * *

Caroline musste unbedingt ihre Fassung zurückgewinnen. Ihr Herz pochte heftig, als sie sich zügig von Jesse entfernte. Er hatte wissen wollen, wie sie die drei Monate durchstehen sollten. Gute Frage. Sie glaubte nicht, dass sie das konnten und doch hatte sie im Stall trotz ihrer Verärgerung etwas anderes behauptet. Sie würden einen Weg finden müssen, der es ihnen erlaubte, all die Spannungen zu überwinden, die sich zwischen ihnen auftürmten. Wenn er sie nur nicht geküsst hätte.

Wenn er bloß diese Grenze nicht überschritten hätte. Dann hätte sie es schaffen können.

„Nein, du wirst es schaffen", murmelte sie, als sie sich ihrem BMW näherte, der neben Jesses Truck parkte. Da sie nicht alle in seinen Truck passten, hatte sie ihr Auto genommen. Sie öffnete die Beifahrertür ihres Wagens und griff nach den Plakaten, die lose zusammengerollt waren und gegen den Sitz gelehnt standen.

Sie würde es schaffen. Am Ende dieser dreimonatigen Tortur würde sie die Ranch verlassen, mit ihrem Erbe, ihrer Würde und der Möglichkeit, ihr Geld für all das auszugeben, was ihr in den Sinn kam. Vor allem für die Unterstützung ihrer Jungen. Entschieden schloss sie die Autotür und ging dann den Weg zurück, den sie gekommen war.

Sie sah Megan Benson, eine der Lehrerinnen, die sie kannte, auf sich zukommen.

„Caroline, warte", rief sie.

Sie wurde langsamer. „Hey, Megan", sagte sie und war froh, dass sie von den Gedanken abgelenkt wurde, die ihren Kopf und ihr Herz erfüllten. „Du lächelst so schön."

„Du auch. Herzlichen Glückwunsch zu deiner Ehe. Ich habe immer gewusst, dass du und Jesse einander liebt." Sie lächelte wie so viele andere, die gewusst hatten, dass sie und Jesse eines Tages heiraten würden.

„Ja, du und viele andere." Caroline lachte kurz und hoffte, dass es aufrichtig klang.

„Es ist so aufregend. Die Jungs reden die ganze Zeit nur über euch zwei. Sie lieben euch sehr. Es ist, als ob ihr jetzt alle eine Familie wärt."

Carolines Welt konzentrierte sich für einen Moment im Kern ihres Herzens, dort wo ihre Liebe zu den Kindern am stärksten war. „Ich bin verrückt nach ihnen." Sie wollte noch mehr sagen, konnte es aber nicht. In zwei Monaten würde sie verschwinden und was würden Megan und die anderen dann von ihr denken? Und noch viel wichtiger, was würden ihre Jungs von ihr denken?

„Du und Jesse kümmert euch um den Dreibeinlauf, oder?"

„Ja, tun wir."

Megan wurde rot. „Großartig. Letztes Jahr gab es auch einen Lauf für die Lehrer und die übrigen Erwachsenen. Das war lustig und die Kinder hatten ihren Spaß und haben uns ausgelacht. Ich habe mich gefragt, ob es das heute auch geben wird. Es würde Spaß machen, meinst du nicht?"

Caroline zögerte, bedeutete das, dass sie mit Jesse würde teilnehmen müssen? „Klingt nach einer lustigen Idee." Nicht wirklich. Vielleicht würde sie das anders sehen, wenn es zwischen ihr und Jesse gerade nicht so schlecht liefe… aber es ging hier schließlich nicht nur um Jesse und sie. „Denkst du an eine bestimmte Person, mit der du gern an einem solchen Lauf teilnehmen würdest?"

Die junge Lehrerin errötete erneut. „ Nun ja, Coach Kramer ist gerade in die Stadt gezogen und ich dachte… dass ich ihn fragen könnte, ob er gern mit mir laufen würde."

Caroline konnte nicht Nein sagen. „Ich werde sehen, was ich tun kann. Und du, frag schon mal den Trainer."

„Das werde ich. Und ich informiere die anderen Lehrer."

„Super." Caroline ging weiter und wünschte sich, dass ihre und Jesses Beziehung unkomplizierter wäre. Doch das war sie nie gewesen und würde sie nie sein. Ihre Beziehung war ein einziges, kompliziertes Durcheinander.

Als sie Jesse erreichte, wartete dieser bereits auf sie.

„Ich dachte schon, du wärst verloren gegangen. Dachte, du hättest dich in dein Auto gesetzt und mich hier allein zurückgelassen. Ich muss gestehen, ich glaube nicht, dass ich es allein schaffen würde."

Alles in ihr bebte, als er sie mit diesen

unergründlichen, dunklen Augen ansah. „Das würde ich nicht tun. Ich habe mich hierfür verpflichtet und werde es durchstehen." Das traf auf so ziemlich jeden Aspekt ihres momentanen Lebens zu. „Lass uns die jetzt aufstellen."

Er befestigte das Schild an einem Pfahl und während sie ein anderes auf den Tisch klebte, griff er nach einem Hammer und hieb auf den Pfahl ein. „Sieht doch gut aus. Ich denke, wir sind soweit."

Die Kuhglocke, mit der der Schulleiter den Beginn jedes Spiels signalisierte, ertönte. Gleich würde es losgehen. Sie und Jesse blickten über das Feld zur Bühne, auf der der Schulleiter mit einem Megafon in der Hand stand und alle willkommen hieß. Sie warf Jesse einen Blick zu. Er stand mit gespreizten Beinen und verschränkten Armen da und sah ungefähr so enthusiastisch aus wie ein Mann, der in Kürze einem Exekutionskommando gegenübertreten würde.

Worüber dachte er so angestrengt nach? Was immer es war, so wie er aussah, würde er einigen Kindern einen Schrecken einjagen. „Ich denke, wir sollten unsere glücklichen Gesichter aufsetzen, Sheriff."

Er warf ihr einen angespannten Blick zu und sie erkannte, dass er wahrscheinlich über sie und ihr Problem nachdachte. Für einen Moment blickten sie seine Augen voller Elend an und sie vergaß, dass sie sich nur deswegen in diesem Liebesdebakel befanden, weil er nicht an ihrem Geld vorbeisehen konnte.

Das würde sie sich stets ins Gedächtnis rufen müssen.

* * *

Jesse stand an Carolines Seite und spürte, wie die Vorahnung einer herannahenden Katastrophe in ihm immer stärker wurde. Diese hatte ihn ganz plötzlich überfallen, während er ihr nachgesehen hatte, als sie gegangen war um die Schilder zu holen. Er hatte nur noch daran denken können, dass sie bald weggehen und nie mehr zurückkommen würde. Sie würde aus seinem Leben und seiner Stadt verschwinden und er würde nicht mehr in ihre herausfordernd funkelnden Augen blicken, wenn sie einander in der Stadt begegneten. Bevor sie diese lächerliche Ehe eingegangen waren, hatten sie auf einer Ebene miteinander kommuniziert, die es ihnen erlaubte, sich in der Stadt über den Weg zu laufen.

Nun würde sie gehen und keiner konnte sagen, ob sie in die Stadt zurückkehren würde.

Er wusste nicht, wie er damit klarkommen sollte.

„Hör auf, ein Gesicht zu ziehen, als ob du gerade deinen Hund begraben hättest, Sheriff. Du wirst die Kinder erschrecken.“

„Richtig.“ Er schüttelte die Angstgefühle ab. Die Kinder musste er nun wirklich nicht erschrecken. Er zwang sich zu einem Lächeln, als die ersten angerannt kamen.

Caroline erklärte der ersten Gruppe, wie das Spiel funktionierte und schickte sie dann mit ihm an die Startlinie. Er war froh über den Abstand zu ihr, den brauchte er auch, um sich wieder in den Griff zu bekommen.

Die jüngsten Kinder würden als erstes laufen; als sie soweit waren, schritt er die Startlinie ab und vergewisserte sich, dass alle Beine richtig zusammengebunden waren. Dann trat er zurück und hob den Arm.

„Achtung, fertig, los!" Kaum hatte er das letzte Wort gerufen, da setzten sich die Läufer auch schon in Bewegung und stürzten sich in ihr chaotisches Rennen.

Es war umwerfend lustig, wie die Kinder nach links und rechts fielen und kreischend und lachend überall herumrollten. Einige kamen ganz gut voran, die meisten jedoch nicht. Lachend beobachtete er das Spektakel und endlich gelang es zwei Jungs-Teams und einem Mädchen-Team, die Ziellinie zu überqueren. Zwei der Jungen robbten darüber und ließen sich dann lachend zu Boden fallen. Caroline stand vornübergebeugt und lachte lauthals, genauso wie die Eltern und Lehrer hinter ihr. Die beiden Mädchen schlugen das noch stehende Jungs-Team, das somit Zweiter wurde, nur um Haaresbreite. Begeistert umarmten sie einander, hüpften auf und ab und schrien vor Freude. Man hätte meinen können, sie hätten im Lotto gewonnen oder etwas in der Art.

Die beiden auf dem Boden liegenden Jungen hatten einen Trend gesetzt und all jene, die es nach und nach über die Ziellinie schafften, sofern sie denn noch aufrecht standen und nicht ohnehin gekrochen kamen, ließen sich ebenfalls zu Boden fallen.

Ein chaotischer Haufen aus Armen und Beinen entstand, der in Nichts irgendetwas ähnelte, was Jesse bisher in seinem Leben gesehen hatte. Was für ein lustiges Spiel. Als nächstes stellten sich die Teenager auf und auch dieses Rennen wurde ziemlich wild. Es war bald wieder vorbei, machte aber genauso viel Spaß wie der Lauf der kleineren Kinder. Sein Blick schweifte immer wieder zu Caroline. Wie üblich war sie ein Sonnenschein und hatte eine Menge Spaß.

Das Bedauern und die Unzufriedenheit, die er schon vorher gespürt hatte, verstärkten sich. Inmitten des lustigen Spiels verblasste sein Lächeln, als ihn der Gedanke, dass sie endgültig wegginge, wie Fieber überkam und ihn bis ins Mark betrübte.

KAPITEL ACHTZEHN

Caroline hatte schon lange nicht mehr so viel Spaß gehabt. Und dafür war sie dankbar, denn es lenkte sie von der misslichen Lage ab, in der sie und Jesse steckten. Ihr Blick war ein paar Mal zu ihm gewandert, er vermittelte den Eindruck, als hätte auch er seinen Spaß an den Läufen, er lachte und sah umwerfender aus als ein Mann aussehen sollte. Sie lachte lauthals über Greg und Tony, die sich für unbesiegbar gehalten hatten und nun, wie so viele andere Teams über die Ziellinie krochen. Der arme Robbie und sein Kumpel Drew hatten ein wenig eher dasselbe getan. Kyle und Archie waren die einzigen ihrer fünf Jungen, die es aufrecht stehend über die Ziellinie geschafft hatten und das rieben sie jetzt den älteren Jungen unter die Nase.

Sie lachte über ihre Späße, als ihr Blick erneut auf Jesse fiel. Er hatte seine Schultern zurückgenommen, er beobachtete sie und lachte nicht. Ihr Herz zog sich zusammen, denn selbst auf diese Entfernung sah er einsam und traurig aus, wie er so ganz allein an der Startlinie stand.

Hastig wandte sie den Blick ab, eine solche Ablenkung konnte sie im Moment nicht gebrauchen. Sie warf einen Blick auf die Lehrer und Eltern, die sich am Rand der Laufstrecke versammelt hatten. Sie entdeckte eine grinsende Megan, die auf den gutaussehenden Mann deutete, der neben ihr stand. Das war offensichtlich Megans Trainer.

Sie sah Jesse, der wahrscheinlich dachte, die Läufe seien vorbei, auf sich zukommen. Sie schwenkte die Arme. „Okay, die Gewinner stellen sich schon mal dort drüben auf. Aber bevor wir die Medaillen verteilen, gibt es noch ein letztes Rennen. Wer möchte den Lauf der Erwachsenen sehen?"

Die Kinder brachen in Jubel aus, daher forderte sie die Lehrer und Eltern auf, näher zu kommen.

Tony kam mit einem breiten Grinsen auf dem Gesicht herüber. „Du und Jesse müsst auch mitmachen. Greg und ich können uns um die Start- und Ziellinie kümmern. Ich gebe das Startsignal und Greg kann hier stehen und beobachten, wer über die Ziellinie kommt und gewinnt."

„Das ist schon okay – "

Er verzog das Gesicht. „Nein, wir wollen euch auch dabei zusehen, wir ihr das macht."

Robbie und die anderen Jungen kamen herüber und schlossen sich seiner Bitte an. Inzwischen hatte Jesse sie erreicht und sie begannen, auch ihn wegen des Laufs zu drängen. Ihre Blicke trafen sich und sie konnte sehen, dass er von dieser Idee genauso wenig begeistert war wie sie. Sie wollte Nein sagen. Kam gar nicht in Frage. Doch sie wollte den Jungen nicht den Spaß verderben.

„Ich glaube, du und ich werden an diesem Lauf teilnehmen müssen. Bist du bereit?"

Er sah nicht so aus, als wäre er das, aber für die Jungs setzte er sein Pokerface auf. „Wir werden besser sein müssen als diese beiden." Er zwinkerte Greg und Tony zu, die nur die Augen verdrehten und lachten.

Sie schlug Jesse auf den Arm, als sie zur Startlinie gingen. „Sei nachsichtig mit ihnen. Es war offensichtlich, dass die Mädchen geübt hatten und die Jungs nicht."

„Menschen üben für so etwas?"

Sie lachte. „Wenn sie gewinnen wollen, dann schon."

„Nun, wenn man das tun muss, können wir beide genauso gut die Flinte ins Korn werfen."

„Hey, wir geben nicht auf, bevor wir überhaupt angefangen haben. Ich bin ziemlich ehrgeizig und möchte diese Leute schlagen. Ich gebe niemals kampflos auf."

„Das stimmt. Dann müssen wir jetzt wohl einen Waffenstillstand schließen."

„Das weiß ich nicht, aber in Anbetracht deiner und meiner langen Beine sollten wir in der Lage sein, uns recht gut zu schlagen, wenn wir nur zusammenarbeiten."

Er sah sie an, als sie die Startlinie erreichten. „Ich beginne mich zu fragen, ob wir das schaffen können."

Sie ließ seine Worte an sich abprallen, fragte sich jedoch das Gleiche. Ihr war klar, dass keiner von ihnen mehr über den Dreibeinlauf sprach. Sie reichte ihm ein Band. „Binde das um unsere Beine. Nicht zu eng, du weißt schon, wir brauchen ein wenig Bewegungsfreiheit."

Als er sich bückte, um das Band zu verknoten, ignorierte sie das Klopfen ihres Herzens und das elektrische Flirren, das durch ihren Körper pulste, als sich ihr Bein und seines berührten. Um sich von seinen ihr Bein berührenden Händen abzulenken, blickte sie sich um. Sie sah all die lachenden Erwachsenen, die sich genauso sehr auf den Lauf freuten wie zuvor die Kinder. Megan und ihr Trainer sahen bezaubernd aus. Sie dachte, dass wahrscheinlich eine gute Chance bestand, dass die beiden im kommenden Jahr oder so heiraten würden. Zwischen ihnen stimmte offenbar die Chemie. Andererseits knisterte es auch zwischen ihr und Jesse, dachte sie, als sie auf seinen dunklen Schopf herabschaute, und das hieß nicht, dass zwischen ihnen jemals etwas sein würde.

Er richtete sich wieder auf. „Okay, wir sind bereit."

Sie musste schlucken, als sie ihn ansah. Als nächstes müssten sie ihre Arme umeinander legen. „Wir legen unsere Arme um die Taille des jeweils anderen", sagte sie überflüssigerweise.

Sie hatte nicht in Betracht gezogen, dass sie sich an ihm würde festhalten müssen. Er sah genauso zögerlich aus wie sie.

Greg brüllte: „Auf die Plätze!"

Jesse biss die Zähne zusammen und sein Kiefer spannte sich an, als er seinen Arm um ihre Taille legte.

„Fertig!"

Sie legte ihren Arm um seine Hüften und war sich nur allzu bewusst, dass sie jetzt quasi aneinanderklebten. Er sah auf sie hinunter und sie sah zu ihm auf. Für einen Moment sah sie die gleiche Hitze in seinen Augen wie bei ihrem Aufeinandertreffen zwei Tage zuvor im Stall, als sie sich geküsst hatten und sie wandte den Blick ab.

„Los!" Greg rief das finale Wort und sofort setzten sich alle in Bewegung.

Sie und Jesse schoben zunächst ihre zusammen gebundenen Beine nach vorn. Seine Schrittlänge war nur einen Hauch größer als ihre, doch das reichte, um sie aus dem Gleichgewicht zu bringen. Sie stolperten, schafften es aber, auf den Beinen zu bleiben. Um sie herum fielen mehrere Menschen zu Boden, einige waren jedoch auch vor ihnen unterwegs. Mit angespanntem Kiefer verstärkte er den Griff um ihre

Taille und versuchte, sie beide weitere Meter auf der grasbewachsenen Weide voranzubringen. Neben ihnen fiel ein Paar zu Boden und sie sah, dass es Megan und ihr Trainer waren. Sie kicherten und rollten herum und Caroline ließ sich ablenken, weil die beiden so glücklich aussahen. Als der Trainer sich herumdrehte und Megan schelmisch lachend auf ihm landete, da war Caroline so abgelenkt, dass sie den nächsten Schritt verpasste.

Sie geriet aus dem Gleichgewicht und fiel, und Jesse ging mit ihr zu Boden.

Sie schlingerten und er versuchte, die Wucht des Aufpralls abzufangen, indem er sie beide drehte und an ihr zog und sie dadurch auf ihm zu liegen kam. Er ächzte, als sie auf seiner Brust landete und auf ihn herabblickte. Sie rollten weiter, sodass sie unter ihm lag. Sie keuchte und atmete schwer und plötzlich sprudelte ein Lachen aus ihr hervor. Er stützte sich auf einen Ellbogen und sah mit ernsten, fragenden Augen auf sie hinab.

Sie gluckste erneut, sie konnte nicht anders, besser lachen als weinen. Sie wollte so sehr, dass er ein Teil ihres Lebens war, dass sie es kaum aushielt.

Dann lachte auch er. „Bist du in Ordnung?"

Sie konnte kaum atmen, ihr perlendes Lachen erstarb ihr im Hals. Sie nahm ihn mit einem Mal ganz deutlich wahr. Sein Blick fiel auf ihre Lippen und alles, woran sie denken konnte, war ihn zu küssen. Sie war verloren. Verloren.

So verloren… Panik überrollte sie. „Ich muss… aufstehen", atemlos blickte sie in seine fragenden Augen, während sie von Sehnsucht beinahe überwältigt wurde. Sie krabbelte unter ihm hervor. Aber sie waren immer noch zusammengebunden. Sie tastete herum, fand das Band und riss daran. Er hatte einen Knoten geschlagen, wie man ihn für junge Kälber benutzte, er löste sich sofort und sie war frei.

Wie eine Frau, die vor einem Stalker davonlief, rappelte sie sich auf und eilte zur Ziellinie.

* * *

Jesse setzte sich auf und seine Stimmung verdüsterte sich, als er hinter Caroline hersah, die seiner Gegenwart entfloh. Noch vor wenigen Augenblicken hatte er sie um alles in der Welt küssen wollen. Und beinahe hätte er es getan. Wenn sie nicht unter ihm hervorgekrabbelt wäre, hätte er es vielleicht getan. Und was dann? Jeder in der Stadt hätte ihnen beim Küssen zugesehen?

So wie er es darstellte, klang das nach einer schrecklichen Sache, was es nicht war – sie waren schließlich verheiratet. Es lag eher daran, dass er, wenn er sie erneut geküsst hätte, einmal zu oft diese Grenze in ihrer vorgetäuschten Ehe überschritten hätte, als akzeptabel war.

Er stand auf und folgte ihr zur Ziellinie, wo sie gerade Auszeichnungen verteilte. Sein Herz schlug so hämmernd, dass er dachte, es würde ein Loch in seine Rippen schlagen.

„Wirst du deinen Gefühlen für meine Schwester nachgeben?"

Der Klang von Ashs Stimme sorgte dafür, dass er sich abrupt umdrehte und den Mann neben sich stehen sah. „Wo bist du denn auf einmal hergekommen?"

„Holly und ich sind mit Tess hier. Wie du weißt, ist sie inzwischen im Kindergarten. Wir dachten, sie würde gern an den Spielen teilnehmen. Wir sind nur leider etwas spät eingetroffen. Aber nicht zu spät, um Zeuge der Funken zu werden, die zwischen dir und Caroline fliegen."

„Es war nicht so, wie du denkst."

Ash warf ihm einen Blick zu, der ihm zu verstehen geben sollte, dass er kein Dummkopf war. „Diese Lüge solltest du dir für andere aufheben, denn ich nehme sie dir nicht ab. Wann wachst du endlich auf und gestehst dir selbst gegenüber das ein, was jeder andere längst begriffen hat? Du und Caroline seid füreinander bestimmt."

Da er nicht wollte, dass jemand anderes ihr Gespräch mitanhörte, entfernte er sich etwas und wie er angenommen hatte, folgte ihm Ash.

„Wir machen das nur, um die Ranch und ihr Erbe zu retten. Das ist alles."

„Das ist vielleicht der Grund, aus dem ihr euch entschieden habt, es zu tun. Aber ich kann mich nicht gegen den Gedanken erwehren, dass ihr es beide getan habt, weil es euch tief in eurem Inneren wichtig war."

Er blieb stehen. Sie waren wieder an der Startlinie angelangt und niemand war weit und breit. „Ash, komm schon, was habe ich deiner Schwester zu bieten? Nichts. Ich habe ihr nichts zu bieten. Und sag jetzt nicht, dass ich Liebe anzubieten habe. Denn selbst wenn es so wäre, so ist das doch nicht genug. Ein Mann muss in der Lage sein…"

„Wozu?", fragte Ash spottend, was ihm gar nicht ähnlich sah. „Er muss mehr Geld besitzen als sie, um sie zu lieben?"

„Schon, um die Beziehung tragfähig zu machen."

Ash hielt mit seiner Geringschätzung nicht hinter dem Berg. Der knabenhaft aussehende Tierarzt sprach mit stahlharter Stimme. „Hör mir jetzt mal genau zu. Und denk an die Vorurteile, die du meiner Schwester gegenüber hegst. Ich habe immer geglaubt, dass es eines Mannes mit viel Selbstvertrauen bedarf, um mit der Liebe zu Caroline umgehen zu können. Ich habe immer geglaubt, dass das du bist. Großvater offensichtlich auch."

Die Ironie dieser Worte lag ihm schwer im Magen. Leute, die von außen einen Blick auf ihn warfen, sahen nie den kleinen Jungen, der er einmal gewesen war. Das Kind, das nichts besessen hatte. „Ich bin nicht gut genug für sie."

Ash sah ihn ungläubig an. „Ist das so? Ich weiß nicht recht, an welchen Mann du denkst, wenn du so etwas sagst. Aber wir sehen offensichtlich nicht denselben Mann wie du, wenn du in den Spiegel schaust."

* * *

Caroline konnte nicht schlafen. Als sie von dem Fest nach Hause gekommen waren, waren die Kinder voller Aufregung gewesen. Jesse und sie waren sich den Abend über aus dem Weg gegangen. Irgendwann war sie nach oben gegangen und hatte den Jungen vorgelesen und als sie wieder nach unten gekommen war, hatte sie gewusst, dass er nicht im Haus war. Ihr war klar, dass er draußen im Stall war und ihr Zeit gab, zu Bett zu gehen. Sie war angespannt und hatte die Nase voll, daher holte sie tief Luft, um ihre Nerven zu beruhigen. Dann öffnete sie die Hintertür und trat auf die Veranda hinaus. Sie war alles in Gedanken wieder und wieder durchgegangen und wusste, dass es nur diesen einen Weg gab. Sie wusste, was sie wollte. Sie hatte an ihn gedacht, seit sie auf den Boden gefallen waren und sich ineinander verheddert hatten.

Sie wollte für den Rest ihres Lebens mit Jesse James verheddert sein. Als sie geschmollt und sich selbst leidgetan hatte, war ihr aufgegangen, dass sie in jedem anderen Bereich ihres Lebens mit aller Kraft versuchen würde, zu bekommen, was sie haben wollte. Im Allgemeinen war sie recht furchtlos, außer wenn es um Jesse ging.

Warum war das so? Weil sie wusste, dass er sie nicht wollte oder dass ihr Geld ihn einschüchterte… und es fühlte sich merkwürdig an, ihn damit zu konfrontieren. Neulich in der Scheune hatte sie ihn konfrontiert, aber sie hatte sich ihm nicht erklärt. Hatte nicht gesagt, dass sie ihn für immer in ihrem Leben haben wollte.

Zu ihrer Überraschung war er nicht im Stall. Sie sah sich um und streichelte eines der Pferde, die kamen und sie begrüßten. Sie beschloss, hinten um den Stall herumzulaufen und fand ihn auf einer Traktorschaufel sitzend, die sie benutzten, um den Boden der Reitanlage zu harken, damit er für das Training mit den Pferden weich genug war.

Im Licht des Vollmonds waren seine Umrisse klar zu erkennen. Das Knirschen ihrer Schuhe auf dem Kies veranlasste ihn dazu, in ihre Richtung zu schauen.

„Caroline. Was machst du hier?"

„Ich bin gekommen, um zu reden."

„Ja, das sollten wir wohl." Er stand auf und sie spürte das überwältigende Bedürfnis, zu ihm zu rennen und ihre Arme um ihn zu schlingen.

„Jesse, ich möchte dir nur sagen, dass ich dich liebe. Ich liebe dich schon so lange… und weiß, dass du nicht über mein Geld hinwegsehen kannst."

„Caroline, warte." Er überbrückte die Distanz zwischen ihnen und legte seine Hände auf ihre Schultern. Aber sie hatte nicht vor zu warten.

„Ich bin gekommen, um dir mein Herz zu öffnen. Ich will dich. Ich will diese Jungs. Ich habe das Gefühl, dass sie mir gehören und ich möchte sie nicht aufgeben. Ich wollte wütend sein. Ich wollte stark sein und weggehen, aber das kann ich nicht."

„Ich habe dir nichts zu bieten. Weißt du nicht, dass ich dich auch liebe, dass ich dich auch will? Mein Herz schmerzt, wenn ich daran denke, dass ich dich nicht haben kann, aber ich kann es nicht ertragen, dir niemals Dinge bieten zu können, die du brauchst und willst. Du brauchst mich nicht und wirst mich niemals brauchen."

Ihr traten Tränen in die Augen. „Oh, aber damit liegst du so falsch. Jesse, du kannst mir die Dinge bieten, die ich mir mit meinem Geld niemals kaufen kann, die wichtigen Dinge. Deine Liebe und meine Jungs. Diese Ranch und ein Leben hier mit euch allen ist das, was ich will. Jesse, du siehst, diese Dinge kann ich mir mit keinem Geld der Welt kaufen. Nur du kannst mir das schenken. Nur du hast die Macht, mir das zu geben. Aber um das zu tun, musst du deinen Stolz niederlegen, genauso wie ich es gerade tue. Ich lege meinen Stolz nieder, lege dir mein Herz und meine Seele offen und gebe dir die Möglichkeit, mich zurückzuweisen." Sie hatte sich noch nie so verletzlich gefühlt, außer als sie erfahren hatte, dass ihre Eltern ums Leben gekommen waren. „Ich wollte dich nur wissen lassen, wie ich mich fühle. Dir bleiben die kommenden Wochen, um dich zu entscheiden. Ich wollte nur ehrlich und offen sein."

Sie starrten einander an und in der Ferne schrien die Kojoten zum Mond.

Sie hielt die brennenden Tränen zurück, die sich anbahnten, als er nichts erwiderte. Sie drehte sich um und ging weg.

Angesichts seines Schweigens schmerzte ihr Herz mit unglaublicher Intensität. Was hatte sie erwartet? Dass er auf ein Knie fallen würde und sie bat, ihn zu heiraten? Ha, sie waren bereits verheiratet und das war ein einziger Witz. Nein, sie hatte ihre Seele entblößt und jetzt lag es an ihm.

* * *

Jesse sah der Frau, die er liebte, nach als sie sich entfernte. Das Gefühl der bevorstehenden Katastrophe, das er den ganzen Tag über gespürt hatte, brach mit voller Wucht auf ihn herein. Er wusste, was es seine stolze, freche Caroline gekostet hatte, ihm ihre Seele derartig offenzulegen. Sie hatte ihr Herz geöffnet und ihm die Macht gegeben, sie zu zerstören. Ihr das Herz zu brechen und sie fortzuschicken.

Sag etwas.

Lass sie nicht gehen.

Du wirst sie verlieren.

Er trat einen Schritt vor. Alles in ihm schrie nach ihr. Er musste lediglich seinen Stolz ablegen. So wie sie es getan hatte.

Jesse, du kannst mir die Dinge bieten, die ich mir mit meinem Geld niemals kaufen kann, die wichtigen Dinge. Deine Liebe und meine Jungs.

Ihre Worte hallten in seinem Kopf wider und forderten seine volle Aufmerksamkeit.

Ash hatte heute im Grunde dasselbe gesagt.

All diese Dinge kann ich mir mit keinem Geld der Welt kaufen. Nur du kannst mir das schenken.

Sie verschwand um die Ecke des Gebäudes… er spürte überdeutlich, wie die Sekunden verstrichen. Alles, was er jemals gewollt hatte, befand sich in unmittelbarer Reichweite. Er musste ihr nur nachgehen.

Er begann zu rennen.

Mit klopfendem Herzen bog er um die Ecke des Gebäudes und blieb stehen. Sie hatte bereits die halbe Strecke zwischen dem Stall und dem Haus zurückgelegt.

„Ich will dich, Caroline. Dich und unsere Jungs. Und ich werde alles tun, damit du bei mir bleibst."

Sie drehte sich um und im Mondlicht sah er ihr feuchtes Gesicht. Er lief zu ihr und nahm ihr schönes, liebes Gesicht zwischen seine Hände. „Ich liebe dich." Bei seinen Worten schnappte sie nach Luft und er fuhr fort: „Ich bin ein Dummkopf gewesen. Ich werde auf keinen Fall zulassen, dass du aus meinem Leben verschwindest. Du bist mein Leben. Du und die Jungs und was wir hier erschaffen können. Wir gemeinsam. Die Jungs wären am Boden zerstört, wenn du sie verlassen würdest. Und ich wäre es auch. Wenn du mich willst, dann ist das ein Segen und ich gehöre ganz dir. Für immer."

Sie nickte und als sie ihre Arme um seine Taille schlang, da senkten sich seine Lippen auf ihre herab.

Er versank in diesem Kuss, konnte kaum glauben, dass sie ihm ein solches Geschenk machte. Er war so dankbar, dass sein Stolz nicht dafür gesorgt hatte, dass er sie verlor.

Schließlich unterbrach er den Kuss und lehnte seine Stirn an ihre. „Du hast mich zum glücklichsten Mann auf Erden gemacht. Ich hoffe, du weißt, worauf du dich einlässt."

Sie atmete ihn ein und legte ihren Kopf auf seine Schulter und hielt ihn ganz fest. „Das weiß ich. Jesse James, wir werden uns hier auf dieser Ranch ein Leben aufbauen, wir werden im Leben der Jungen, die wir jetzt haben und im Leben unserer zukünftigen Jungen einen Unterschied machen. Du und ich sind ein Team und gemeinsam werden wir nicht aufzuhalten sein."

Er gluckste und plötzlich ergab alles einen Sinn. „Caroline James, ich liebe deine Art zu Denken."

Sie sah zu ihm auf und grinste ihn mit diesem schelmischen Glitzern in den Augen an. „Gut, dann trage mich jetzt über die Schwelle dort und lass uns unsere echte Ehe beginnen."

Ein Lachen brach aus ihm hervor. „Ja, Ma'am, ich mag die Art, wie Sie denken, wirklich." Und dann hob er sie in seine Arme und ging mit ihr auf das Haus zu. Er konnte gar nicht schnell genug dorthin gelangen.

EPILOG

Im folgenden Monat veranstaltete Penny einen riesigen Hochzeitsempfang auf der Ranch. Carolines Herz schwoll voller Liebe an, als sie sah, wie sich all ihre Freunde und Familie versammelten, um ihre und Jesses Ehe zu feiern.

Ihre Jungs sahen in ihren neuen Stiefeln und den festlichen Western-Klamotten äußerst adrett aus. Voller Freude beobachtete sie, wie sie die Musik genossen und sogar ein bisschen tanzten. Sie und Jesse hatten bereits ihren Hochzeitstanz getanzt, und er unterhielt sich ein paar Meter entfernt mit ihren Brüdern. Sie selbst gönnte sich einen Moment Zeit, um die Atmosphäre zu genießen. Alles hatte sich gefügt.

„Caroline."

Als sie sich umdrehte, entdeckte sie ihren Großvater. Mit ihm hatte sie noch nicht wieder gesprochen. Er wusste nicht, dass sie und Jesse ein echtes Paar geworden waren. Sie hegte immer noch einen leisen Groll wegen der Art und Weise, wie alles abgelaufen war.

„Großvater."

Er krümmte seinen Arm. „Gehst du ein Stück mit mir?"

„Okay, wir müssen uns unterhalten." Sie schob ihren Arm durch seinen und gemeinsam entfernten sie sich von den anderen und gingen in Richtung der Ställe.

„Wie geht es dir?"

„Mir geht es gut. Und dir?"

Er schenkte ihr ein trauriges Lächeln. „Ich vermisse dich. Ich weiß, dass ich aus den richtigen Beweggründen gehandelt habe und doch war ich mir in Bezug auf dich nie sicher, ob ich es richtig gemacht habe. Meine Liebe, ich möchte dich nicht verlieren."

Ihr Herz schmerzte und schwoll vor Liebe zu diesem Mann an. „Das wirst du nicht. Du hast recht, du warst knallhart. Aber ich verstehe, warum du es getan hast. Und ich danke dir dafür."

Er blieb stehen. „Du dankst mir dafür?"

Sie sah ihn an und nickte und ein Lächeln huschte über ihr Gesicht. „Du hast dich zwei stolzen, störrischen Personen gegenübergesehen, die Hilfe brauchten. Wir brauchten unnachgiebige Liebe und ich bin dir dankbar für deine verrückte Intervention."

„Willst du damit sagen, dass du und Jesse jetzt glücklich miteinander seid?"

Sie lächelte. „Ja. Wir haben unsere… Probleme vor zwei Wochen geklärt. Ich liebe ihn so sehr, Großvater. Und wenn wir nicht geheiratet hätten, um dieses Projekt und die Jungen, die wir beide lieben, zu retten, wären wir wahrscheinlich nie mutig genug gewesen, uns unserer Liebe zueinander zu stellen. Danke, dass du nicht nachgelassen hast und uns der größeren Sache wegen gezwungen hast, uns zusammenzutun. Ich bin dir so dankbar.“

Sie beugte sich vor und küsste seine Wange und er umarmte sie fest.

„Mir ist nur selten etwas so schwergefallen, Caroline. Ich freue mich so für dich und Jesse. Gemeinsam werdet ihr alles erreichen können, ich kann es kaum abwarten zu sehen, was ihr auf die Beine stellen werdet.“

„Ich auch nicht. Wir haben ein paar Ideen, aber im Moment werden wir uns erst mal auf die Jungs konzentrieren, die gerade bei uns sind. Und uns richtig an unser neues gemeinsames Leben gewöhnen.“

„Ich denke, dass ist eine gute Idee für den Anfang. Du weißt, dass ich immer auf deiner Seite bin, wenn du bei irgendetwas Hilfe benötigst.“

„Ja, das weiß ich. Und glaub mir, ich werde das in Anspruch nehmen. Aber jetzt werde ich mit meinem Mann tanzen.“

Sie gingen zurück zu den anderen. Jesse sah sie

kommen und als sie ihn erreichten, umarmte sie ihn. „Er weiß Bescheid", sagte sie zu ihm und er lächelte.

„Talbert, ich verdanke deiner ungewöhnlichen Einmischung viel. Ich liebe deine Enkelin und danke dir, dass du mir Zeit verschafft hast, um mir klarzuwerden, dass ich sie nicht gehen lassen durfte."

„Du bist ein guter Mann, Jesse. Jetzt tanze mit deiner Frau. Das ist schließlich euer Fest."

Jesse nahm ihre Hand. „Das ist die beste Idee, die ich an diesem Abend gehört habe."

Und dann führte er sie auf die Tanzfläche, schloss sie in seine Arme und hielt sie ganz fest. „Tanzt du für den Rest meines Lebens mit mir?"

Sie bog ihren Kopf zurück und begegnete seinem dunklen Blick. „Versuch du nur, mich loszuwerden. Du hast mich jetzt am Hals, Cowboy."

„Das höre ich gern, Erbin. Sehr gern."

Sie lachte, als sie begannen, einen Two-Step zu tanzen. „Perfekt. Das ist Musik in meinen Ohren."

Und das war es. Süße Musik.

Über die Autorin

Der Name der zeitgenössischen Bestseller-Autorin Hope Moore ist das Pseudonym einer preisgekrönten Autorin, die in Texas lebt und von Cowboys umgeben ist. Sie liebt es, Liebesromane und Happy Ends zu verfassen. Ihre herzerwärmenden Liebesromane sind voller schöner Helden, die es zu lieben gilt und wagemutiger Frauen, die ihre Herzen gewinnen.

Wenn sie nicht gerade schreibt, versucht sie hartnäckig, nicht zu kochen, da sie von Erdnussbuttersandwiches, Kaffee und Käsekuchen leben könnte. Seit sie schreibt, ist sie kaum noch in sozialen Medien präsent, aber sie LIEBT ihre Leserinnen und Leser, also melde dich für ihren Newsletter an und sichere dir die kostenlose Kurzgeschichte DIE WAHRE LIEBE IHRES MILLIARDENSCHWEREN COWBOYS.

MILLIARDENSCHWEREN COWBOYS, die Vorgeschichte ihrer Western Liebesgeschichten-Serie der McCoy Milliardärsbrüder!

Dieses Buch ist nur für Newsletter-Abonnenten erhältlich und ist die süße Liebesgeschichte von J.D. McCoy, dem geliebten Großvater der Brüder. Du wirst außerdem Leseproben ihrer Abenteuer, zusammen mit Sonderangeboten und neu veröffentlichten Büchern erhalten.

Bitte kopiere diesen Link und füge ihn in deinen Browser ein, um dich anzumelden: https://www.subscribepage.com/cowboyromantik

9 781646 258291